金玉叢部
금옥총부

<지만지한국문학>은
한국의 고전 문학과 근현대 문학을 출간합니다.
널리 알려진 작품부터
세월의 흐름에 묻혀 이름을 빛내지 못한 작품까지
적극적으로 발굴합니다.
오랜 시간 그 작품을 연구한 전문가가
정확한 번역, 전문적인 해설, 풍부한 작가 소개, 친절한 주석을
제공합니다.

金玉叢部
금옥총부

안민영(安玟英) 지음

김용찬 옮김

대한민국, 서울, 지만지한국문학, 2023

편집자 일러두기

- 이 책은 서울대학교 중앙도서관 소장(가람문고)의 필사본 《금옥총부(金玉叢部)》(가람본)를 원전으로 삼아 번역했습니다. 이본으로는 충남대학교 도서관 소장본이 있습니다. 두 이본의 책 크기와 필체는 다르나 가집의 체제와 수록 작품은 거의 유사합니다.
- 《금옥총부》에는 모두 181수의 시조 작품이 수록되어 있으며, 가집의 앞부분에는 음악에 관한 각종 기록과 박효관과 안민영의 서문 등이 제시되어 있습니다. 이 책은 원본의 체제를 그대로 따랐으며, 가집 관련 기록들과 작품 원문을 순서대로 수록했습니다. 작품 원문 뒤에는 〈 〉 안에 원본 문헌의 약호(금옥) 및 작품 번호(*)와 《고시조대전》(김흥규 외, 고려대학교 민족문화연구원, 2013)의 작품 번호(#)를 함께 적시했습니다.
- 가집 앞부분의 각종 기록은 번역문과 원문의 순서로 배치하고, 필요한 용어들은 각주로 풀이하여 소개했습니다.
- 작품이 수록된 본문은 현대역과 원문 순으로 배열하고, 작품 및 해석과 관련된 내용들은 각주에서 상세히 풀이했습니다. 특히 한문과 한자어에 익숙하지 않은 독자들을 위해, 한시의 구절이나 한자어에 대해서는 개별 작품마다 해당 용어에 대한 풀이를 각주에 소개하는 것을 원칙으로 했습니다. 시조 작품의 경우 독자들이 개별 작품을 찾아서 활용하는 경우가 많기에 다른 작품에서 소개한 용어일지라도 작품마다 별도로 소개했습니다.
- 작품 형식은 원문의 체제를 그대로 수용하여 가곡의 5장 형식을 취했습니다. 모든 작품은 현대 어법에 맞도록 띄어쓰기 했습니다. 작품의 현대역과 원문은 위와 아래에 나란히 배열해 독자들이 쉽게 비교할 수 있게 했고, 각 작품에 첨부된 각종

기록도 번역해서 함께 수록했습니다.
- 본문의 한자는 한글 독음 뒤 ( ) 안에 병기하는 것을 원칙으로 삼되, 원문은 국한문이 혼용된 형태를 그대로 따랐습니다. 필사본인 원문에서는 한자의 약자(略字)와 이체자(異體字)가 빈번히 사용되나, 본문에서는 일반적으로 통용되는 한자로 바꾸어 표기했습니다. 가집 원본에 결락(缺落)된 부분이 발견되는데, 해당 부분에서는 글자 수만큼 ○ 표시를 첨가했습니다.
- 작품의 현대역은 시조라는 갈래의 특성을 고려해 가급적 원문의 형태와 유사하게 했으며, 일부 표현은 의미를 고려해 현대 어법에 맞게 바꾸었습니다. 또한 현대역에서 한시나 한자어를 자세히 풀이하면 시조의 형태가 크게 어긋날 수 있기에, 독음(讀音)을 기입하는 정도에 그쳤습니다.
- 작품명은 〈 〉 안에 기입했으며, 단행본과 기타 문헌의 제목은 《 》 안에 기록했습니다.

차 례

가곡원류 능개재만록(歌曲源流 能改齋謾錄) · · · · · · · 3

논곡지음 능개재만록(論曲之音 能改齋謾錄) · · · · · · · 8

논오음지용 유상생협률(論五音之用 有相生協律) · · · · · 10

박효관 서(朴孝寬 序) · · · · · · · · · · · · · 13

평조(平調) · 우조(羽調) · 계면조(界面調) · · · · · · · 16

가지풍도형용 십오조목(歌之風度形容 十五條目) · · · · · 19

안민영 자서(安玟英 自序) · · · · · · · · · · · · · 22

우조(羽調) · · · · · · · · · · · · · · · 27

  초삭대엽(初數大葉) · · · · · · · · · · · 28

  이삭대엽(二數大葉) · · · · · · · · · · · 46

  중거삭대엽(中擧 數大葉) · · · · · · · · · 94

  평거삭대엽(平擧 數大葉) · · · · · · · · · 120

  두거삭대엽(頭擧 數大葉) · · · · · · · · · 155

  삼삭대엽(三數大葉) · · · · · · · · · · · 191

  소용(搔聳) · · · · · · · · · · · · · · 205

회계삭대엽(回界 數大葉) · · · · · · · · · · · · 213

계면조(界面調) · · · · · · · · · 223
  초삭대엽(初數大葉) · · · · · · · · · 224
  이삭대엽(二數大葉) · · · · · · · · · 237
  중거삭대엽(中擧 數大葉) · · · · · · · · · 262
  평거삭대엽(平擧 數大葉) · · · · · · · · · 275
  두거삭대엽(頭擧 數大葉) · · · · · · · · · 289
  삼삭대엽(三數大葉) · · · · · · · · · 298

언롱(言弄) · · · · · · · · · · · · 313
농(弄) · · · · · · · · · · · · · · · 319
계락(界樂) · · · · · · · · · · · · 333
우락(羽樂) · · · · · · · · · · · · 337
언락(言樂) · · · · · · · · · · · · 355
편락(編樂) · · · · · · · · · · · · 363
편삭대엽(編數大葉) · · · · · · · · · 371
언편(言編) · · · · · · · · · · · · 387
편시조(編時調) · · · · · · · · · · · 419

작품 찾아보기 · · · · · · · · · · · · · · · · · · · 425

해설 · 433
지은이에 대해 · · · · · · · · · · · · · · · · · 441
옮긴이에 대해 · · · · · · · · · · · · · · · · · 445

금옥총부

가곡원류 능개재만록(歌曲源流 能改齋謾錄)[1]

 '시 삼백오 편[시경]'은 상(商)나라와 주(周)나라의 노랫말이다. 그 말이 예의(禮義)에 이르러, 성인[공자]이 덜어내고 선택하여 경전으로 삼았다. 주(周)나라가 쇠하고 정(鄭)나라와 위(衛)나라의 음악이 만들어지자, 시의 성률(聲律)이 막혔다. 한(漢)나라가 흥하자 제씨(制氏)가 여전히 악기 소리(鏗鏘)를 전하였으며, 원제(元帝)와 성제(成帝) 연간에 이르러 창악(倡樂)이 크게 일어났다. 황실의 인척이었던 순우장[定陵]과 장안세[富平]와 같은 외척들의 집안에서 지나치고 사치함이 과도하여, 황제[人主]와 더불어 여악(女樂)을 다투자 제씨가 전한 바의 음악이 마침내 끊겨서 들리지 않게 되었다.

 《문선》에 실린 악부시(樂府詩)와 《진서》에 실린 '탕석(碭石)' 등의 작품, 고악부(古樂府)에 그 이름이 수록된 삼백 작품은 진(秦)나라와 한(漢)나라 이하의 노랫말[歌辭]이다. 그 근원이 정나라와 위나라에서 나와 대체로 한때

---

[1] 가집의 서문으로 알려졌던 '가곡원류(歌曲源流)'는 안민영(安玟英)이 직접 지은 것이 아니라, 중국 송나라 오증(吳曾)의 《능개재만록(能改齋漫錄)》에서 가져와 수록한 글이다. 다음 항목의 '논곡지음(論曲之音)'도 마찬가지이다.

의 문인들이 느끼고 떨친 바가 있어, 세속(世俗)의 상황에 따라 지은 것이다. 다시 '오호(五胡)의 난'으로 북방이 분열되자, 후위(元魏)와 북제(高齊)와 북주[文氏之周]가 모두 오랑캐의 강한 종족으로 중원[中夏]을 차지했다. 그러므로 그 노래는 중화(中華)와 오랑캐가 뒤섞여 소리가 날카롭고 매우 촉박하며 거칠고 저속하게 되어, 절주(節奏)를 회복하지 못해 옛 음악의 성률(聲律)이 전해지지 않게 되었다.

주나라 무제(武帝) 때에 구자국[龜玆]의 비파 연주자 소지파[蘇婆]라는 사람이 처음으로 칠균(七均)에 대해서 말했고, 우홍(牛弘)과 정역(鄭譯)이 이것을 따라 연주하여 84조가 비로소 싹을 드러냈다. 당나라 장문수(張文收)와 조효손(祖孝孫)이 교사(郊祀)와 묘당(廟堂)의 음악을 토론하여, 그 수가 여기에 이르러 크게 갖추어졌다. 개원(開元)과 천보(天寶) 연간에 이르러 군신(君臣)이 서로 더불어 어지러운 음악을 즐기고, 당나라 현종(明皇)이 또한 오랑캐 음악에 빠져 천하에 향기를 끼치듯 풍속을 이뤘다. 이에 재사(才士)가 비로소 악공의 두드리는 박자를 좇아 노랫말의 장단에 올려 각각 곡조를 맞추었으나, 옛 기록의 '소리는 곡조를 따른다[聲依永]'는 이치가 더욱 잃게 되었다. 온정균(溫庭筠)과 이상은(李商隱)의 무리가 갑자기 일시의 정취를 펼치자, 어지럽고 요염하며 외설스러워들을 수 없는 말들이 유행하였다. 우리 송(宋)나라에서 뛰어난 예술가[宗工]와 훌륭한 선비[鉅儒]들이 흥(興)하자, 문장력으로 천하에 뛰어난 사람들이 오히려 그 유풍(遺風)을 본받았는데, 흐름이 멈출 바를 알지 못해 사방으로 창(唱)이 전해져서 빠르기가 풍우(風雨)와 같았다.

詩三百五篇, 商周之歌詞也. 其言止乎禮義, 聖人刪取以爲經. 周衰, 鄭衛之音作, 詩之聲律廢矣. 漢興, 制氏猶傳其鏗鏘, 至元成間, 倡樂大成. 貴戚王侯, 定陵[2]富平[3], 外戚之家, 淫佚過度, 與人主爭女樂, 而制氏所傳, 遂泯絶無聞焉. 文選[4]所載樂府詩, 曰志[5]所載碣石等篇, 古樂府所載其名三百, 秦漢以下之歌辭也. 其源出於鄭衛, 盖一時文人有所感發, 隨世俗容態而有作也. 更五胡[6]之亂, 北方分裂, 元

---

2) '정릉(定陵)'은 중국 한나라의 인물인 순우장(淳于長)의 봉호(封號)이며, 그는 황실의 인척으로 조비연(趙飛燕)을 성제(成帝)의 황후로 만드는 역할을 해서 정릉후에 책봉되었다.

3) '부평(富平)'은 중국 한나라의 인물인 장안세(張安世)의 봉호(封號)이며, 그의 아들이 성제(成帝)의 누이동생과 결혼하여 황실의 인척이 되었다.

4) 《문선(文選)》은 중국 양(梁)나라 소명태자 소통(蕭統)이 편찬한 책으로, 주나라 이후 양나라까지의 시문(詩文)을 모아 엮었다.

5) '왈지(曰志)'는 '진지(晉志)'의 오기(誤記)로 보이며, 중국 당나라 태종 때 편찬된 진나라의 역사서인 《진서(晉書)》를 가리킨다.

6) '오호(五胡)'는 당시 중국의 서북쪽에서 중원으로 이주한 흉노(匈奴)·갈(羯)·선비(鮮卑)·저(氐)·강(羌) 등의 다섯 이민족을 가리킨다.

魏7)高齊8)宇文氏之周9), 咸以戎狄10)强種, 雄據中夏. 故其
謳謠雜揉華夷, 嘄殺急促11), 鄙俚俗下12), 無復節奏, 而古樂
之聲律不傳. 周武帝時, 龜玆13)琵琶工蘇婆14)者, 始言七
均15), 牛洪16)鄭譯17), 因以演之, 八十四調18), 始見萌芽. 唐
張文收祖孝孫19), 討論郊廟之樂20), 其數於是乎大備. 迄于

---

7) '원위(元魏)'는 후위(後魏)의 별칭으로, 북위(北魏)라고도 한다.

8) '고제(高齊)'는 고씨(高氏)가 세운 북제(北齊)의 별칭이다.

9) '우문씨의 주나라(宇文氏之周)'는 선비족이 세운 북주(北周)의 별칭이다.

10) '융적(戎狄)'은 중국의 서쪽과 북쪽에 살던 이민족을 일컫는 말로, 오랑캐로 통칭하기도 한다.

11) '초쇄(嘄殺)'는 소리가 급하게 빠르다는 뜻이며, '급촉(急促)'은 조금도 여유가 없이 매우 촉박하다는 의미이다.

12) '비리(鄙俚)'는 말이 거칠고 촌스럽다는 뜻이며, '속하(俗下)'는 저속하게 되었다는 의미이다.

13) '구자(龜玆)'는 중국 변방인 신강성에 있던 작은 나라의 이름이다.

14) '소사(蘇婆)'는 구자국 출신의 비파 연주자인 소지파(蘇祇婆)로, 주무제 때 서역의 음악을 중국에 전파했다고 한다.

15) '칠균(七均)'은 음악의 기본이 되는 7음계를 가리킨다.

16) '우홍(牛洪)'은 '우홍(牛弘)'의 오기(誤記)인 듯하다. 중국 수(隋)나라 때에 예악(禮樂)의 제도를 정비했던 인물이다.

17) '정역(鄭譯)'은 소지파에게 비파 연주법을 배웠던 인물이다.

18) '84조(八十四調)'는 소지파의 비파 원리를 채용하여 정역이 연주했다는 84가지 곡조를 일컫는다.

19) '장문수(張文收)'와 '조효손(祖孝孫)'은 모두 중국의 음악가이며, 특히 조효손은 수나라 때에 옛 음악을 정리하여 《대당아악(大唐雅樂)》을

開元天寶21)間, 君臣相與爲淫樂, 而明皇22)又溺於夷音, 天下薰然成俗. 於是乎, 才士始依樂工拍担之聲23), 被之辭句之長短, 各隨曲度, 而愈失古之聲依永24)之理也. 溫李25)之徒, 率然抒一時情致, 流爲淫艷猥褻, 不可聞之語. 我宋之興宗工鉅儒26), 文力妙天下者, 猶祖其遺風, 蕩而不知所止, 四方傳唱, 敏若風雨焉.

지었다고 한다.

20) '교묘지악(郊廟之樂)'은 '교사(郊祀)'를 지내거나 '묘당(廟堂)'의 행사에서 연주하는 음악이다. '교사(郊祀)'는 수도의 성 밖에서 천지에 지내는 제사를 일컫고, '묘당(廟堂)'은 종묘와 명당을 아우르는 표현으로 조정을 의미한다.

21) '개원(開元)'과 '천보(天寶)'는 모두 중국 당나라 현종(玄宗) 때의 연호다.

22) '명황(明皇)'은 당나라 현종을 달리 부르는 명칭이다.

23) '박단지성(拍担之聲)'은 악기를 두드려 내는 소리를 의미한다.

24) '성의영(聲依永)'은 《서경(書經)》의 "시는 뜻을 읊은 것이고, 노래는 말을 길게 늘인 것이며, 소리는 곡조를 따라야 하고, 음률은 소리가 잘 조화되어야 한다(詩言志, 歌永言, 聲依永, 律和聲)"는 구절에서 취한 것이다.

25) '온이(溫李)'는 당나라의 시인인 온정균(溫庭筠)과 이상은(李商隱)을 함께 일컫는 표현이다.

26) '종공(宗工)'은 가장 뛰어난 장인을 일컬으며, '거유(鉅儒)'는 실력이 뛰어난 유학자를 의미한다.

논곡지음 능개재만록(論曲之音 能改齋謾錄)

　　노래를 잘하는 사람은 마땅히 소리 중에 글자는 없게, 글자 중에는 소리가 있도록 해야 한다. 무릇 곡(曲)이란 하나의 소리에 그치는 것이니, 맑고 탁하고 높고 낮음은 마치 실타래가 얽힌 듯할 따름이다. 글자는 후음(喉音)과 순음(脣音)과 치음(齒音)과 아음(牙音)과 설음(舌音)이 있어 서로 다르니, 마땅히 글자마다 나무처럼 들어 올려다 가볍고 원만하게 한다면, 모두 소리 속으로 녹아들어 소리가 바뀌는 곳에서 불평이 쌓이지 않게 될 것이다. 이것이 '소리 중에 글자가 없다'는 것을 일컫는다. 《예기》에 '무릇 노래는 겨루는 듯이 오르고, 떨어지는 듯 내리고, 마른 나무처럼 멈추며, 굽을 때는 굽은 자에 맞추고, 꺾일 때는 갈고리에 맞추며, 구슬을 꿴 듯이 이어진다'라고 했다. 지금은 '선과도(善過度)'라 일컫는데, 마치 궁성(宮聲)의 글자이지만 곡이 상성(商聲)에 합치된다면, 곧 궁성을 상성으로 바꾸어 노래할 수 있으니, 이것이 '글자 속에 소리가 있다'는 것이다. 노래 잘하는 사람은 '내리성(內裏聲)'이라 일컬으며, 노래를 잘하지 못하는 사람은 소리에 억양이 없어 '염곡(念曲)'이라 일컫고, 소리에 온축됨이 없어 '규곡(叫曲)'이라 일컫는다.

《성휘(聲彙)》에 '평성(平聲)은 슬프지만 편안하며, 거성(去聲)은 거세지만 들어 올리며, 상성(上聲)은 맑지만 먼 듯하며, 입성(入聲)은 곧지만 재촉하는 듯하다'라고 하였다.

善歌者, 當便聲中無字, 字中有聲. 凡曲, 止是一聲, 淸濁高下, 如縈縷[1]耳. 字有喉脣齒牙舌不同, 當使字字擧木皆輕圓, 悉融入聲中, 令轉換處無磊磈[2]. 此謂聲中無字. 禮曰, '夫歌者, 上如抗, 下如墜, 止如槁木, 倨中矩, 句中鉤, 累累如貫珠.' 今謂之善過度[3], 如宮聲字而曲合商聲, 則能轉宮爲商歌之, 此字中有聲也. 善歌者, 謂內裏聲[4], 不善歌者, 聲無抑揚, 謂之念曲[5], 聲無含韞, 謂之叫曲[6].

聲彙曰, '平聲哀而安, 去聲勵而擧, 上聲淸而遠, 入聲直而促.'

---

1) '영루(縈縷)'는 '영루(縈縷)'의 오기인 듯하다. '영루(縈縷)'는 실타래가 이리저리 꼬여 얽혀 있는 듯한 모습을 가리킨다.

2) '뇌외(磊磈)'는 가슴속에 불평이 쌓인 듯한 상태를 뜻한다.

3) '선과도(善過度)'는 한계를 잘 넘어선다는 의미이다.

4) '내리(內裏)'는 가슴에 품고 있는 생각을 뜻하니, '내리성(內裏聲)'은 마음먹은 대로 그대로 내는 소리를 가리킨다.

5) '염곡(念曲)'은 외우는 듯이 부르는 노래를 뜻한다.

6) '규곡(叫曲)'은 부르짖는 듯이 하는 노래를 뜻한다.

논오음지용 유상생협률(論五音之用 有相生協律)

　오음(五音)의 용도는 후음(喉音)과 순음(脣音)과 치음(齒音)과 아음(牙音)과 설음(舌音)의 구별에 있다. 궁(宮)은 토(土)에 속하여 후음을 주관하고, 상(商)은 금(金)에 속하여 치음을 주관하며, 우(羽)는 수(水)에 속하여 순음을 주관하며, 각(角)은 목(木)에 속하여 아음을 주관하며, 치(徵)는 화(火)에 속하여 설음을 주관하니, 이것은 모두 소리를 사용함에 스스로 나오는 바의 큰 줄기이다. 우리 동방에서 음악을 사용함에 다만 평조(平調)·우조(羽調)·상조(商調)의 세 가지 악조가 있는데, 평조(平調)는 토(土)에 속하여 그 소리가 크고 깊고 화평하며, 우조(羽調)는 수(水)에 속하여 맑고 굳세어 막힘없이 통하며, 상조(商調)는 금(金)에 속하여 그 소리가 슬퍼하고 원망하며 애달프니, 이 또한 그 큰 줄기를 거론한 것이다. 평조는 토음(土音)으로 목구멍에서 나와 흙이 두텁고 편안하게 머무는 형상이며, 상조는 금성(金聲)으로 치아에서 나와 가죽을 좇아 엄숙하고 밝은 형상이 있으며, 우조는 수음(水音)으로 입술에서 나와 아래로 젖어드는 듯 부드럽고 순한 형상이 있다. 소리의 깊고 옅음을 활용함이 비록 다르지만, 억양의 변화는 각각 그 글자의 소리와 말의 울림에 따른다. 오음(五音)은 서로 얽혀 상생(相生)한 연후에 음률이 화합하여 곡조를 이룬다. 안족(雁足)을 고정하여 현악기를 연주할 수는 없으며, 또한 형상으로 말하는 것에 얽매여 서로 고할 수 없는 것이다. 《서경(書經)》에 '소리가 바뀌는 곳에서 불평이 쌓이지 않게 될 것이다'라고 했고, 또 '구슬을 꿴 듯이 이어진다'라고 했으며, 또 '노래 잘하는 사람은 내리성(內裏聲)이라 일컬으며, 노래를 잘하지 못하는 사람은 소리에 억양이 없어 염곡(念曲)이라 일컫고, 소리에 온축됨이 없어 규곡(叫曲)이라 일컫는다'라고 했다. 노래를 노래할 수 있다는 것은 이로 미루어 알 수 있다. 또한 '노래라는 것은 소리의 울림으로 서로 전하는 것이지, 물건을 집어서 서로 주는 것이 아니다'라고 했다. 우조(羽調)와 계면조(界面調)를 논할 것 없이 노래를 부르는 사람은 미루어 연구하여 절묘함을 얻음에, 언어 밖에서 구할 수 있는 것이 아니다.

어떤 이가 나에게 묻는데, 글자의 소리와 높낮이로 힐난하는 자이다. 그러므로 어리석은 뜻을 간략하게 진술하여, 그에 답할 따름이다.

五音之用, 有喉唇齒牙舌之別. 宮屬土而主喉, 商屬金而主齒, 羽屬水而主唇, 角屬木而主牙, 徵屬火而主舌, 此皆用聲所自出之大槩也. 我東用樂, 只有平羽商三調, 而平調屬土, 其聲雄深和平, 羽調屬水, 其聲淸壯踈暢[1], 商調屬金, 其聲哀怨悽愴, 此亦擧其大槩也. 平調土音而出自喉, 有土厚處安之象, 商調金聲而出自齒, 有從革²⁾肅亮之象, 羽調水音而出自脣, 有潤下柔順之象. 用聲之深淺, 雖異, 抑揚變化, 各隨其字音語響. 五音縈累相生然後, 律協而成調也. 不可以膠柱³⁾而鼓瑟也, 亦不可以形而言之執泥相誥者. 書曰, '轉換處無磊隗.' 又曰, '累累貫珠.' 又曰, '善歌者謂內裏聲, 不善歌者, 聲無抑揚, 謂之念曲, 聲無含韞, 謂之叫曲.' 歌之爲歌, 推此可知也. 且曰, '歌也者, 以聲響相傳者, 非執物相授者也.' 無論羽界面調, 詠歌者推究得妙, 不可以言語外求者也.

或問於余, 以字音高低詰難者. 故畧陳愚魯⁴⁾之義, 答之耳.

---

1) '소창(踈暢)'은 확 트여 막힘이 없다는 뜻이다.

2) '종혁(從革)'은 가죽처럼 자유롭게 변형이 가능하다는 의미이다.

3) '교주(膠柱)'는 거문고의 줄을 괴는 기러기발(雁足)을 움직일 수 없도록 아교로 붙여 놓고 연주한다는 뜻이다.

4) '우로(愚魯)'는 둔하고 어리석어 미련하다는 의미로, 자신을 낮추어 겸양하는 표현이다.

[박효관 서(朴孝寬 序)][1]

 구포동인(口圃東人) 안민영(安玟英)의 자(字)는 '성무(聖武)' 또는 '형보(荊寶)'이며, 호(號)는 '주옹(周翁)'이다. '구포동인'은 곧 국태공(흥선대원군)이 내려주신 호이다. 성품은 본래 고결(高潔)하고, 자못 운취(韻趣)가 있다. 산을 좋아하고 물도 좋아하여 공명(功名)을 구하지 않아, 구름처럼 호방하게 노니는 것을 벼슬로 여겼다. 또 노래 짓는 것을 잘하였고 음률에 정통하였다. 당시 오직 석파대로(石坡大老)와 우석상공(又石相公)이 또한 음률(音律)을 환하게 깨달아, 질장구 연주에는 경지에 이르렀다. 주옹은 '지기인(知己人)'이 되어 오랫동안 늘 곁에서 모시면서, 그들을 위해 수백 수의 새로운 노래를 지어, 나에게 고저(高低)와 청탁(淸濁)과 음률이 화합하고 절주(節奏)에 합당한지 교정을 요구하였다. 재주 있는 자들과 뛰어난 연주자들에게 가르쳐 악기 반주에 맞춰 노래하도록 시켜, 좋은 놀이와 즐거운 일로 삼고자 하였다. 그러므로 아는 것이 적고 재주가 둔함을 피하지 않고, 교정하여 한 권을

---

[1] 《금옥총부》에는 제목이 없고 글만 있는 부분으로 역자가 적절한 제목을 붙인 것이다. 뒤에 오는 (평조·우조·계면조)와 [안민영 자서(安玟英 自序)]도 마찬가지다.

엮어 만들었으니 후학(後學)들에게 길이 전해지기를 원하노라.

병자(丙子:1876)년 7월 16일, 운애옹(雲崖翁) 박효관(朴孝寬)이 필운산방(弼雲山房)에서 쓰다. 바야흐로 나이는 77세이며 자(字)는 경화(景華)이다.

口圃東人, 安玟英, 字聖武, 又荊寶, 號周翁. 口圃東人卽國太公2)所賜號也. 性本高潔, 頗有韻趣. 樂山樂水, 不求功名, 以雲遊豪放爲仕. 又善於作歌, 精通音律. 時維石坡大老及又石相公3), 亦曉通音律, 聖於擊缶4). 周翁爲知己人 長常陪過, 而爲之作數百闋新歌, 要余校正高低淸濁協律合節. 使訓才子賢伶5), 被以管絃唱, 爲勝遊樂事. 故不避識蔑才鈍, 校正爲一編, 願流傳後學焉.

歲赤鼠夷則6)月旣望7), 雲崖翁朴孝寬, 書于弼雲山房. 方年

---

2) '국태공(國太公)'은 나라의 큰 어른이라는 뜻으로, 고종(高宗)의 부친인 흥선대원군(興宣大院君) 이하응(李昰應)을 높여 부르던 칭호이다.

3) '석파(石坡)'는 흥선대원군 이하응의 호이며, '우석(又石)'은 이하응의 장남이자 고종의 형인 이재면(李載冕)의 호이다.

4) '격부(擊缶)'는 흙을 구워 만든 타악기인 질장구(缶)를 연주하는 것을 의미한다.

5) '현령(賢伶)'은 뛰어난 연주자를 일컫는다.

6) '적서(赤鼠)'에서 '적(赤)'은 천간(天干) 중에 병(丙)과 정(丁)을 가리키며, 쥐[鼠]는 지지(地支)에서 자(子)를 의미하니 바로 병자(丙子)년을 달리 표현한 것이다. 또한 '이칙(夷則)'은 음력 7월을 다르게 일컫는 말이다.

七十七, 字景華.

---

7) '기망(旣望)'은 보름이 막 지났다는 뜻으로, 음력 16일을 달리 일컫는 표현이다.

〈평조 · 우조 · 계면조〉

평조(平調)

크고 깊고 화평하다. 황종률[黃鐘]이 한 번 움직이면 만물이 모두 봄을 맞는다. 낙양(洛陽)의 삼월에 소옹[邵子]이 수레를 타고, 온갖 꽃들이 빽빽한 가운데 고삐를 쥐고 서서히 가는 듯하다. 순(舜)임금이 남훈전(南薰殿) 위에서 오현금(五絃琴)으로 백성들의 노여움을 풀어주는 곡을 타니, 성률(聲律)이 크게 올바르고 화평(和平)하다.

雄深和平. 黃鐘一動, 萬物皆春. 洛陽三月, 邵子[1]乘車, 百花叢裡, 按轡徐徐. 舜御南薰殿上, 以五絃之琴, 彈解民慍之曲, 聲律正大和平.

우조(羽調)

맑고 장하며 씩씩하다. 옥으로 만든 구기가 부딪혀 깨어지니, 부서진 조각이 쨍하고 울리는 듯하다. 항우[項王]가 말을 달리자 큰 검이 허리에서 울고, 큰 강 서쪽으로 가서 공격하니 견고한 성이 없다. 항우가 말을 달리자 쇠로 만든 채찍에서 비스듬히 빛이 나고, 분기가 솟구쳐 큰소리

---

[1] '소자(邵子)'는 중국 북송(北宋)의 인물인 소옹(邵雍)을 높여 부른 호칭이다.

로 꾸짖자 모든 사람의 혼이 날아갈 듯하니, 성률(聲律)이 장하고 씩씩하다.

淸壯澈勵.[2] 玉斗撞破, 碎屑鏘鳴. 項王[3]躍馬, 雄劍腰鳴, 大江而西, 攻無堅城. 項王躍馬, 鐵鞭橫光, 喑啞叱咤 萬夫魂飛 而聲律壯勵

계면조(界面調)

슬퍼하고 원망하며 애달프다. 충성스러운 혼[굴원]이 강물에 빠지니, 남겨진 한(恨)이 초(楚)나라에 가득하다. 정령위[令威]가 나라를 떠나고 천년 후에 비로소 돌아오니, 여러 겹의 무덤 앞에 풍경은 그대로이나 사람은 아닌 듯하다. 왕소군이 한(漢)나라를 떠나 오랑캐의 땅으로 갈 때, 흰 눈이 어지럽게 내리는데 말 위에서 비파를 타는 듯하니, 성률은 목메어 우는 듯 애달프다.

哀怨悽悵. 忠魂[4]沈江, 餘恨滿楚. 令威[5]去國, 千載始歸, 壘

---

[2] '철려(澈勵)'는 '격려(激勵)'의 오기(誤記)인 듯하다. '격려(激勵)'는 용기나 힘 따위를 북돋아 준다는 의미이다.

[3] '항왕(項王)'은 중국 진나라 말기에 군사를 일으켜 서초패왕(西楚霸王)이라 일컫던 항우(項羽)를 달리 부르는 호칭이다.

[4] '충혼(忠魂)'은 내용으로 보아, 참소로 인해 멱라수에 빠져 죽은 중국 초나라의 굴원(屈原)의 혼을 지칭한 듯하다.

[5] '영위(令威)'는 중국 한나라 사람으로, 신선이 되어 승천해서 학이 되어 나타났다는 전설로 유명한 정령위(丁令威)를 일컫는다.

疊塚前, 物是人非. 王昭君[6]辭漢往胡時, 白雪紛紛, 馬上彈琵琶. 聲律嗚咽悽悵.

---

[6] '왕소군(王昭君)'은 중국 전한(前漢) 대의 궁녀로, 흉노에게 강제로 끌려가 결혼한 인물이다.

가지풍도형용 십오조목(歌之風度形容 十五條目)

초중대엽 : 남훈전에서 오현금을 타듯, 구름이 떠가고 물이 흐르는 듯하다.

이중대엽 : 바다는 넓은데 홀로 돛을 단 듯, 평탄한 냇물이 여울을 만난 듯하다.

삼중대엽 : 항우가 말을 달리듯, 높은 산에서 돌이 구르는 듯하다.

후정화 : 기러기가 서리 내리는 하늘에서 울듯, 풀 속에서 뱀이 놀라듯 하다.

이후정화 : 빈 규방에서 부인이 원망하듯, 적막하여 애달픈 듯하다.

초삭대엽 : 긴 소매로 춤을 잘 추는 듯, 푸른 버들에 봄바람이 부는 듯하다.

이삭대엽 : 행단(杏壇)에서 설법하는 듯, 때에 맞춰 비가 오고 바람이 조화로운 듯하다.

삼삭대엽 : 수레의 문에서 장수가 나오는 듯, 칼로 춤을 추며 도적을 베는 듯하다.

소용이 : 폭풍이 비를 몰아오는 듯, 제비가 어지럽게 나는 듯하다.

편소용이 : 두 장수가 맞서 싸우는 듯, 창을 쓰는 것이 마

치 신이 내린 듯하다.

만횡 : 선비 무리가 말로 싸우는 듯, 바람과 구름이 모양을 바꾸는 듯하다.

농가 : 맑은 개천에서 빨래하는 듯, 물결을 쫓아 뒤집히는 듯하다.

낙시조 : 요(堯)와 탕(湯)임금의 세월인 듯, 꽃이 봄철의 성에 난만한 듯하다.

편락시조 : 춘추(春秋) 시대의 비바람인 듯, 초한(楚漢) 시대의 세상인 듯하다.

편삭대엽 : 대군(大軍)이 몰려오는 듯, 북과 피리가 일제히 울리는 듯하다.

初中大葉, 南薰五絃, 行雲流水.
二中大葉, 海瀾孤帆, 平川挾灘.
三中大葉, 項王躍馬, 高山放石.
後庭花, 鴈叫霜天, 草裏驚蛇.
二後庭花, 空閨怨婦, 寂寞悽悵.
初數大葉, 長袖善舞, 綠柳春風.
二數大葉, 杏壇[1]設法, 雨順風調.
三數大葉, 軒門出將, 舞刀提賊.
搔聳伊, 暴風吹雨, 飛鷰橫行.
編搔聳耳, 兩將交戰, 用戟如神.

---

[1] '행단(杏壇)'은 공자(孔子)가 살구나무 아래에 단을 마련하여 제자를 가르쳤기에, 일반적으로 학문을 배워 익히는 곳을 의미한다.

蔓橫, 舌戰羣儒, 変態風雲.
弄歌, 浣紗淸川, 逐浪飜覆.
樂時調, 堯風湯日, 花爛春城.
編樂時調, 春秋風雨, 楚漢乾坤.
編數大葉, 大軍驅來, 鼓角齊鳴.

[안민영 자서(安玟英 自序)]

    운애(雲崖) 박효관 선생은 평생 노래를 잘하여, 이름이 당시 세상에 알려졌다. 매번 물이 흐르고 꽃이 피는 밤이나 달이 밝고 바람이 맑은 새벽이면, 금 술잔을 받들고 악기[檀板]를 어루만지며 목을 굴려 소리를 내었는데, 맑고 뚜렷하며 가락이 드높아 들보 위의 먼지가 날리고 구름이 멈추는 것을 깨닫지 못할 정도이다. 비록 옛날 이구년[龜年]의 좋은 재주라도 이보다 더할 수는 없을 것이다. 그러므로 교방(敎坊)의 난간에서 풍류를 즐기는 재주 있는 사람들과 정도가 지나치게 노니는 남녀들이 받들어 중하게 여기지 않음이 없었고, 이름과 자(字)가 아닌 '박선생(朴先生)'이라 칭하였다.

    이때 우대(友臺)에 아무개 아무개의 여러 노인이 있었는데, 또한 모두 당시의 소문난 호걸(豪傑)들이라 계(禊)를 맺어 '노인계(老人禊)'라고 하였다. 또 호화롭고 부귀한 이들과 숨어 지내는 이와 시와 노래를 즐기는 사람들이 있어, 계를 맺어 '승평계(昇平禊)'라고 하였다. 오로지 기쁘게 즐기면서 잔치와 음악으로 일삼았는데, 선생은 실로 맹주였다. 나는 이 도(道)를 매우 좋아하여, 남몰래 선생의 풍모를 사모하며 마음을 비우고 서로 따른 것이 지금까지 거의 40년이 되었다.

아! 우리가 태평성세에 태어나 만나서 장수하는 나이에 함께 올랐으니, 위로는 국태공(國太公) 석파대로(石坡大老)가 있어 몸소 정사[萬機]를 다스려, 사방의 풍속을 움직이고 예악(禮樂)과 법도(法度)가 찬란하게 새로이 고쳐졌다. 그리고 음악과 율려(律呂)의 일에 이르러서는 정밀하게 통하지 않음이 없었으며, 이어서 우석상서(又石尙書)는 더욱 밝으셨으니, 어찌 천년 만의 좋은 시절이 아니겠는가.

내가 고무되고 흥을 일으키고자 하는 생각을 금하지 못해, 외람되이 지나침을 피하지 않고 벽강(碧江) 김윤석(金允錫)과 서로 확실하게 의논하여, 이에 새로운 노래(新飜) 수십 수를 지어 훌륭한 덕을 노래하여 하늘을 본뜨고 해를 그리는 정성으로 삼았다. 또한 전후에 함부로 읊었던 작품 수백 수를 엮어 한 권으로 만들어, 삼가 선생께 나아가 질문하여 보존하고 덜어내고 덧붙인 연후에 완벽을 이룰 수 있었다. 이에 이름난 기녀[名姬]나 뛰어난 연주자[賢伶]들이 악기 반주에 올려 다투어 노래하고 번갈아 화답한다면, 또한 한 시대의 좋은 일이다. 이에 노래 악보의 끝에 기록하여, 뒤에 오는 같은 뜻을 품은 사람들에게 우리들이 이 세상에 태어나 이러한 즐거움이 있었음을 모두 알게 하고자 한다. 선생의 이름은 효관(孝寬)이요, 자(字)

는 경화(景華)이며, 호(號)는 운애(雲崖)인데, 국태공께서 내려주신 호이다.

왕(고종)이 즉위하시고 18년인 경진(庚辰:1880)년 음력 12월[臘月]. 구포동인(口圃東人) 안민영(安玟英), 자(字)는 성무(聖武)이고, 처음 자는 형보(荊寶)이며, 호는 주옹(周翁)이 서문을 쓰다.

雲崖朴先生, 平生善歌, 名聞當世. 每於水流花開之夜, 月明風淸之辰, 供金樽, 按檀板, 喉轉聲發, 瀏亮淸越, 不覺飛樑塵而遏淤雲. 雖古之龜年[1]善才, 無以加焉. 以故敎坊句欄, 風流才子, 冶遊士女, 莫不推重之, 不名與字而稱朴先生. 時則有友臺[2]某某諸老人, 亦皆當時聞人豪傑之士也, 結禊曰, '老人禊.' 又有豪華富貴及遺逸風騷之人, 結禊曰, '昇平禊.' 惟歡誤謰樂是事, 而先生實主盟焉. 余酷好是道, 竊慕先生之風, 虛心相隨, 將四十年于茲. 噫, 吾儕[3]生逢聖世, 共躋壽域, 而上有國太公石坡大老,[4] 躬攝萬機, 風動四方, 禮樂法度, 燦然更張. 而至音樂律呂之事, 無不精通, 繼而又石尙書,[5] 尤皦如也, 豈非千載日時也歟. 余不禁鼓舞作興之思,

---

1) '구년(龜年)'은 중국 당나라의 음악가인 이구년(李龜年)으로, 음률에 정통하여 뛰어난 음악가를 대표하는 인물로 여겨졌다고 한다.

2) '우대(友臺)'는 청계천 상류 지역인 인왕산 기슭으로, 곧 서울의 '웃대'이다.

3) '오제(吾儕)'는 '우리들'이란 의미이며, '제(儕)'를 덧붙여 '나(吾)'의 복수형으로 사용한다.

4) '국태공(國太公)'은 나라의 큰 어른이라는 뜻으로, 흥선대원군 이하응(李昰應)을 높여 부르던 칭호이다. 석파(石坡)는 그의 호(號)이다.

不避猥越, 與碧江金允錫君仲6)相確, 迺作新飜數十闋, 歌詠盛德, 以寓摹天繪日7)之誠. 又輯前後漫詠數百闋, 作爲一篇, 謹以就質于先生, 存削之潤色之然後, 成完璧. 於是名姬賢伶, 被之管絃, 競唱迭和, 亦一代勝事也. 爰錄于曲譜之末, 使後來同志之人, 咸知吾儕之生斯世而有斯樂也. 先生名孝寬, 字景華, 號雲崖, 國太公所賜號也.
上之十八年,8) 庚辰臘月.9) 口圃東人, 安玟英, 字聖武, 初字荊寶, 號周翁, 序.

---

5) '우석(又石)'은 흥선대원군의 아들이자, 고종의 형인 이재면(李載冕)의 호(號)이다.

6) 김윤석(金允錫)은 안민영과 절친한 거문고 연주자이며, 벽강(碧江)은 그의 호이고 군중(君仲)은 그의 자(字)이다.

7) '모천회일(摹天繪日)'은 하늘을 본뜨고 해를 그린다는 의미로, 임금의 공덕을 하늘과 해에 비유하여 칭송하는 표현이다.

8) '경진(庚辰)'년은 고종 즉위 17년인데, 18년으로 잘못 기록되어 있다. 아마도 즉위년은 원년으로 여겨 계산하지 않는데, 즉위년까지 포함하여 세었기 때문일 것이다.

9) '납월(臘月)'은 음력 섣달(12월)을 달리 일컫는 표현이다.

우조(羽調)

초삭대엽(初數大葉)

긴소매로 춤을 잘 추는 듯, 푸른 버들에 봄바람이 부는 듯하다.
長袖善舞 綠柳春風

●

상원(上元) 갑자년 봄에

우리 임금 즉위(卽位)하셔

요순(堯舜)을 본받으사 사방으로 빛나시니

좋도다

억만년(億萬年) 동방(東方) 운수가 이로부터 시작이라.

* 임금께서 즉위한 원년(元年) 갑자년(甲子年 : 1864) 봄, 하축시(賀祝詩).

上元1) 甲子之春에

우리 聖主2) 卽位3)신져

堯舜4)을 法바드스5) 光被四表6) 허오시니

---

1) 상원(上元) : 시대 변화의 큰 단위로 잡는 세 묶음의 육십갑자 가운데 첫 번째 60년을 일컬음. 고종의 즉위년이 갑자년(1864)이기에 이렇게 표현한 것.

2) 성주(聖主) : 인덕이 뛰어난 임금.

3) 즉위(卽位) : 새로운 임금이 왕위에 오름.

美哉라7)

億萬年8) 東方9)紀數10) ㅣ 이로 좃ᄎ 비로ᄉ다.

⟨금옥 *1, #2453.2⟩

聖上11)卽祚12)元年,13) 甲子之春, 賀祝.14)

---

4) 요순(堯舜) : 중국 고대의 성군(聖君)을 대표하는, 요(堯)임금과 순(舜)임금을 아우르는 말. 흔히 태평성대를 대표하는 표현으로 사용됨.

5) 법(法)바드ᄉ : 본받으셔. 본보기로 삼아 그대로 따라 하시어.

6) 광피사표(光被四表) : 빛이 나라 바깥의 사방까지 비친다는 뜻. 일반적으로 덕이 세상에 널리 퍼진다는 의미를 가리키는 표현.

7) 미재(美哉)라 : 아름다워라. 상대에 대한 긍정적인 감정을 표출하는 표현으로, 현대역에서는 글자 수를 맞추기 위해 '좋도다'라고 번역했음.

8) 억만년(億萬年) : 한없이 긴 세월.

9) 동방(東方) : 동쪽에 있는 지방, 곧 중국의 동쪽에 있는 우리나라를 지칭함.

10) 기수(紀數) : 운수의 실마리.

11) 성상(聖上) : 살아 있는 임금을 높여 이르는 말.

12) 즉조(卽祚) : 임금의 자리에 오름.

13) 원년(元年) : 임금이 즉위하고 맞는 첫해. 이전 임금이 물러난 해와 같기에, 1년이 아닌 '원년'이라고 칭함.

14) 하축(賀祝) : 남의 좋은 일에 기쁘고 즐거운 마음으로 인사함.

◉

　태극(太極)이 갈라진 후

　성제(聖帝) 명왕(明王) 헤아리니

　요순(堯舜)이 으뜸이요 우탕(禹湯) 문무(文武)가 버금이라

　지금은

　동방(東方)에 길상(吉祥)이 많으니 성인(聖人) 나실 징조이라.

　* 임금이 즉위하신 초기에, 동쪽 산골에서 흰 꿩을 바치는 사람이 있었고, 또 한 줄기에 아홉 개의 이삭이 달린 벼를 바친 사람도 있었다. 또 인천으로부터 신령한 거북을 바친 사람이 있었으니, 이는 커다란 길상(吉祥)이다. 세상 사람들이 모두 말하기를 '훗날 성인(聖人)이 반드시 태어난다'라고 했는데, 과연 갑술년(甲戌年:1874) 2월 초팔일에 세자께서 탄강(誕降)하셨다.[1]

　太極[2]이 肇判[3]後에

　聖帝 明王[4] 혜여허니

　堯舜[5]이 읏듬[6]이요 禹湯文武[7] ㅣ 버금[8]이라

---

1) 세자탄강 하축시 8수 중 제1수.

2) 태극(太極) : 우주 만물의 근원을 지칭하는 표현.

3) 조판(肇判) : 처음 쪼개져 갈라짐.

4) 성제 명왕(聖帝 明王) : 어질고 덕이 뛰어난 황제와 정치나 행정에 밝고 현명한 임금.

至今은

東方9)에 吉祥10)이 만흐니 聖人11) 나실 徵漸12)인져.

〈금옥 *2, #5103.1〉

聖上13)卽祚14)之初, 自東峽15)有獻白雉16)者, 又有獻一莖九穗之禾17)者. 又自仁川, 有獻灵龜18)者, 此是大吉祥也. 世人皆謂, '後日聖人必降矣', 果於甲戌二月初八日, 聖世子19)誕降. 20)

---

5) 요순(堯舜) : 중국 고대의 성군인 요임금과 순임금.

6) 웃듬 : 으뜸. 사물의 중요한 정도로 보았을 때, 첫째나 우두머리.

7) 우탕문무(禹湯文武) : 중국 고대의 성군(聖君)으로 꼽히는, 우(禹)임금과 탕(湯)임금 그리고 문왕(文王)과 무왕(武王)을 아우르는 말.

8) 버금 : 으뜸의 바로 다음.

9) 동방(東方) : 동쪽에 있는 지방, 곧 중국의 동쪽에 있는 우리나라를 지칭함.

10) 길상(吉祥) : 좋은 일이 일어날 조짐.

11) 성인(聖人) : 모든 사람의 스승이 될 만한 사람.

12) 징점(徵漸) : 징조가 서서히 나타남.

13) 성상(聖上) : 살아 있는 임금을 높여 이르는 말.

14) 즉조(卽祚) : 임금의 자리에 오름.

15) 동협(東峽) : 동쪽의 산골.

16) 백치(白雉) : 깃털의 빛깔이 흰 꿩.

17) 일경구수지화(一莖九穗之禾) : 줄기 하나에 낟알 9개가 달린 벼.

18) 영귀(靈龜) : 만 년 동안 산다는 신령스러운 거북.

19) 성세자(聖世子) : 왕위를 이을 왕자.

20) 탄강(誕降) : 세자의 탄생을 높여 이르는 말.

●

이슬에 눌린 꽃과
바람에 날린 잎을
노석(老石)의 조화필(造化筆)로 깁 바탕에 옮겼으니
좋도다
묵란(墨蘭)이 향 있을까마는 몰래 젖어 들더라.

 * 석파대로(石坡大老)께서 난을 그리는 것이 아주 절묘하여, 일세(一世)에 독보적이었다. 계유년(癸酉年:1873) 봄에 양주(陽州) 곧은골[直洞]의 작은 별장에서 편히 쉬시며, 때때로 난(蘭)을 그리면서 소일거리로 삼으셨는데, 나 또한 곱절이나 머물렀다. 〈난초사(蘭草詞)〉 세 수를 지어, 악기로 연주하도록 하였다.[1]

玉露[2]에 눌닌 솟과
淸風[3]에 나는 닙흘
老石[4]에 造化筆[5]노 깁[6] 바탕에 옴겨슨져

---

1) 〈난초사〉 3수 중 제1수.
2) 옥로(玉露) : 맑고 깨끗한 이슬.
3) 청풍(淸風) : 부드럽고 맑게 부는 바람.
4) 노석(老石) : '석파대로(石坡大老)'의 줄임말로, 홍선대원군 이하응을 가리킴.
5) 조화필(造化筆) : 이치를 알 수 없을 정도로 신통한 붓 솜씨.
6) 깁 : 누에고치에서 뽑은 명주실로 짠 비단.

美哉라[7]
寫蘭[8]이 豈有香가만은 暗然襲人[9] 허더라.

〈금옥 *3, #3465.1〉

石坡大老[10], 以寫蘭透妙[11], 獨步[12]一世[13]. 癸酉春, 偃息[14]於楊州直洞小庄[15], 有時寫蘭, 以補消遣[16]之資, 而余亦倍留. 作蘭草詞三絶, 被之管絃[17].

---

7) 미재(美哉)라 : 아름다워라. 상대에 대한 긍정적인 감정을 표출하는 표현으로, 현대역에서는 글자 수를 맞추기 위해 '좋도다'라고 번역했음.

8) 사란(寫蘭) : 붓으로 난(蘭)을 그림.

9) 암연습인(暗然襲人) : 남몰래 사람에게 젖어 드는 것.

10) 석파대로(石坡大老) : 흥선대원군 이하응.

11) 투묘(透妙) : 아주 절묘함.

12) 독보(獨步) : 남이 감히 따를 수 없을 정도로 혼자 앞서감.

13) 일세(一世) : 온 세상.

14) 언식(偃息) : 걱정이 없어 편안하게 쉼.

15) 소장(小庄) : 작은 별장.

16) 소견(消遣) : 어떤 놀이나 일에 마음을 붙여 시간을 보냄.

17) 피지관현(被之管絃) : 관악기와 현악기로 반주함. 곧 음악에 맞추어 연주함.

●

석파(石坡)에 우석(又石)하니

만년 장수(長壽) 기약하다

화여해소(花如解笑) 환다사(還多事)요 석불능언(石不能言) 최가인(最可人)을

지금에

석(石)으로 호(號) 삼고 못내 즐겨 하노라.

 * 우석(又石)은 제2태양관(太陽舘)의 주인인 상서(尙書)의 별호(別號)이니, 곧 운현궁(雲峴宮)의 작은 사랑(舍廊)이다.

石坡1)에 又石2)허니
萬年壽3)를 期約4)거다
花如解笑 還多事5)요 石不能言 最可人6)을
至今에

---

1) 석파(石坡) : 흥선대원군 이하응의 호.

2) 우석(又石) : 흥선대원군의 아들인 이재면의 호.

3) 만년수(萬年壽) : 오래도록 장수함.

4) 기약(期約) : 때를 정하여 약속함.

5) 화여해소 환다사(花如解笑還多事) : 꽃이 만일 웃는다면 도리어 일이 많아짐.

6) 석불능언최가인(石不能言最可人) : 돌은 말 못하나 사람에게 가장 좋음. 이상의 두 구절은 육유(陸游)의 한시 〈한거자술(閑居自述)〉에서 취한 것이다.

以石爲號하고 못닉 즑어 하노라.

〈금옥 * 4, #2570.1〉

又石, 第二太陽舘7)主人尙書8)別號9), 卽雲峴10)小舍廊11)也.

---

7) 제이태양관(第二太陽舘) : 운현궁의 작은 사랑으로, 이재면의 거처를 일컬음.

8) 상서(尙書) : 장관에 해당하는 관직. 이 책에서는 일관되게 이재면을 지칭하는 표현으로 사용되고 있음.

9) 별호(別號) : 본이름 외에 따로 지어 부르는 이름.

10) 운현(雲峴) : 흥선대원군 이하응의 저택인 운현궁.

11) 소사랑(小舍廊) : 작은 사랑채. 곧 집주인의 아들이 쓰는 사랑채를 일컬으며, 이재면을 지칭하는 표현이다.

부수부자(父雖不慈)하나

자불가이불효(子不可以不孝)어니

부완모은(父頑母嚚) 순(舜)임금은 극해이효(克諧以孝) 불격간(不格姦)을

만고(萬古)에

통천대효(通天大孝)는 순제(舜帝)신가 하노라.

* 효자의 도리는 여기에서 다하는 것이다.

父雖不慈하나

子不可以不孝1)어니

父頑母嚚2) 舜님군3)은 克諧以孝 不格姦4)을

萬古의

通天大孝5)닌 舜帝신가 하노라.

---

1) 부수부자(父雖不慈) 자불가이불효(子不可以不孝) : 아버지가 비록 자애롭지 않더라도, 아들은 효도하지 않으면 안 됨.

2) 부완모은(父頑母嚚) : 아버지는 완고하고 어머니는 어리석음.

3) 순(舜)님군 : 중국 고대의 성군이었던 순임금.

4) 극해이효(克諧以孝) 부격간(不格姦) : 효로써 화합하여 극복하고, 간사함에 이르지 않음. 이상의 구절은 모두 《동몽선습(童蒙先習)》에서 가져와 작품에 활용했음.

5) 통천대효(通天大孝) : 하늘에 통하는 큰 효도.

〈금옥 * 5, #2096.1〉
孝子之道, 於斯盡矣.

매영(梅影)이 부딪힌 창에

옥인(玉人) 금차(金釵) 비추는데

이삼(二三) 백발옹(白髮翁)은 거문고와 노래로다

이윽고

잔 들어 술 권할 때 달이 또한 오르더라.

* 내가 경오년(庚午年:1870) 겨울에 운애(雲崖) 박경화(朴景華) 선생, 오기여(吳岐汝) 선생, 평양 기녀 순희(順姬), 전주 기녀 향춘(香春) 등과 함께 산방(山房)에서 거문고 반주로 노래하였다. 선생께서 매화를 아주 좋아하여, 손으로 새순을 분재하여 책상 위에 두었다. 바야흐로 그때 몇 송이가 반쯤 피어 은은한 향이 떠다니기에, 그로 인해 〈매화사(梅花詞)〉를 우조 한바탕 8수로 지었다.[1]

梅影[2]이 부드친 窓에

玉人[3] 金釵[4] 비겨신져

二三 白髮翁[5]은 거문고와 노리로다

이윽고

---

1) 〈매화사〉 8수 중 제1수.

2) 매영(梅影) : 매화의 그림자.

3) 옥인(玉人) : 아름다운 사람.

4) 금차(金釵) : 금비녀. 곧 금비녀를 한 여성을 일컬음.

5) 백발옹(白髮翁) : 흰머리의 늙은이. 박효관과 오기여를 지칭.

盞 드러 勸하랼저 달이 쏘한 오르더라.

〈금옥 *6, #1604.1〉

余於庚午冬, 與雲崖6)朴先生景華, 吳先生岐汝, 平壤妓順姬, 全州妓香春, 歌琴於山房.7) 先生癖8)於梅, 手栽新筍,9) 置諸案上.10) 而方其時也, 數朶半開,11) 暗香浮動,12) 因作梅花詞, 羽調一篇13)八絶.

---

6) 운애(雲崖) : 박효관의 호. 경화(景華)는 그의 자(字).

7) 산방(山房) : 박효관의 거처인 '운애산방'.

8) 벽(癖) : 너무 지나치게 즐기는 버릇.

9) 수재신순(手栽新筍) : 손으로 새순을 분재함.

10) 안상(案上) : 책상의 위.

11) 반개(半開) : 꽃이 반쯤 핌.

12) 암향부동(暗香浮動) : 그윽한 향기가 은은히 떠돎.

13) 일편(一篇) : 한바탕. 시조를 노래하는 방식의 하나인 가곡창에서, 곡조에 따라 모든 곡을 차례로 부르는 방식을 한바탕이라고 함.

◉

천만 칸 넓은 집에
풍월(風月)을 실어 두고
호연(浩然)한 기운을 마음대로 길렀으니
아마도
대도홍량(大度洪量)은 위당(偉堂)인가 하노라.

 * 교동(校洞) 이상서(李尙書)이며, 호(號)는 위당(偉堂)이다.

千萬間 너른 집의
風月1)을 시러 두고
浩然2)한 氣運을 마음듸로 길너스니
아마도
大度洪量3)은 偉堂4)인가 ㅎ노라.

〈금옥 *7, #4603.1〉

校洞5) 李尙書,6) 號偉堂.

---

1) 풍월(風月) : 아름다운 자연의 경치.

2) 호연(浩然) : 마음이 넓고 뜻이 큼.

3) 대도홍량(大度洪量) : 크고 넓은 도량.

4) 위당(偉堂) : 사람의 호로, 누군지는 미상.

5) 교동(校洞) : 서울 경운동 일대의 옛 지명. 고려 시대부터 향교가 위치해 있어 교동(校洞)이라는 지명이 유래했음.

6) 이상서(李尙書) : 미상. 하지만 《금옥총부》에서 '상서(尙書)'라는 호칭은 흥선대원군의 아들인 이재면에게만 사용하고 있고, 교동이 운현

궁과 가까운 곳이기에 그곳의 저택에 살았던 이는 이재면으로 추정됨.

●

임금의 부친(父親)이시니

높으시기 그지없네

경진(庚辰) 섣달 이십일일[卄一日] 이로당(二老堂)의 회갑연을

온종일

봉생용관(鳳笙龍管)으로 헌반도(獻蟠桃)를 하시더라.

　＊ 경진년(庚辰年:1880) 12월 21일, 석파대로의 회갑일이다. 임금께서 친히 운현궁에 왕림하시어 장수를 축원하시니, '하축시(賀祝詩)' 3수를 지었다.[1]

聖上[2]에 父親이신져

놉푸시기 그지업네

庚辰 臘月[3] 卄一日[4]예 設甲宴[5]於二老堂[6]를

盡日[7]에

---

1) 흥선대원군 회갑 하축시 3수 중 제1수

2) 성상(聖上) : 임금을 높여 부르는 말.

3) 납월(臘月) : 음력 12월, '섣달'이라고도 한다.

4) 입일일(卄一日) : 21일.

5) 갑연(甲宴) : 만으로 60살이 되는 생일에 여는 잔치. 회갑연이라고도 함.

6) 이로당(二老堂) : 흥선대원군의 집이자, 고종의 친가인 운현궁 본채의 당호(堂號).

鳳笙龍管8)으로 獻蟠桃9)를 하시더라.

〈금옥 * 8, #2606.1〉

庚辰十二月二十一日, 石坡大老10)回甲日, 11)　聖上親臨12)于雲宮,13) 獻壽14)而作賀祝15)三章.

---

7) 진일(盡日) : 진종일. 온종일.

8) 봉생용관(鳳笙龍管) : 봉(鳳)의 울음소리를 모방해서 만들었다는 생황(笙簧)과 궁중의 음악에 사용되던 악기인 용관(龍管)을 아울러 이르는 말. 곧 악기 반주에 맞춰 연주되는 음악을 일컬음.

9) 헌반도(獻蟠桃) : 궁중 음악에 맞춰 부르던 춤의 하나. 무대의 중심에 장수를 상징하는 복숭아가 담긴 쟁반이 놓여 있다고 함.

10) 석파대로(石坡大老) : 흥선대원군 이하응.

11) 회갑일(回甲日) : 만 60세의 생일.

12) 친림(親臨) : 임금이 몸소 나옴.

13) 운궁(雲宮) : 흥선대원군의 집인 운현궁을 줄여서 부르는 명칭.

14) 헌수(獻壽) : 장수를 기원하며 술잔을 올림.

15) 하축(賀祝) : 남의 좋은 일에 기쁘고 즐거운 마음으로 인사함.

🌸

오운(五雲)이 어리는 곳에

웅장하다 저 집이여

옛적에 영대(靈臺)러니 지금에는 건천궁(乾天宮)을

묻노라

영소 영유(靈囿)는 어디인가 하노라.

* 건천궁 하축시.

五雲1)이 얼의닌 곳에

壯麗2) 홀슨 져 집이여

예젹에 靈臺3)러니 이제로는 乾天宮4)을

뭇노라

영소5) 靈囿6)는 어드머요 ᄒ노라.

〈금옥 *9, #3440.1〉

乾天宮賀祝.7)

---

1) 오운(五雲) : 오색의 구름이라는 뜻으로, 상서로운 기운을 일컫는 말.

2) 장려(壯麗) : 웅장하고 아름다움.

3) 영대(靈臺) : 중국의 주(周)나라 문왕이 지었다는 건물의 이름.

4) 건천궁(乾天宮) : 경복궁에 있는 전각의 하나인 건청궁(乾淸宮)의 다른 이름. 처음에는 건물의 이름을 건천궁으로 했다가, 후에 건청궁으로 바꾼 듯함.

5) 영소(靈沼) : 중국 주나라 문왕의 궁궐에 있었다는 연못의 이름.

6) 영유(靈囿) : 중국 주나라 문왕 때에 만들어진 동물원.

---
7) 하축(賀祝) : 남의 좋은 일에 기쁘고 즐거운 마음으로 인사함.

이삭대엽(二數大葉)

행단(杏壇)에서 설법하는 듯, 때에 맞춰 비가 오고 바람이 조화로운 듯하다.

杏壇設法 雨順風調

◎

인재교(麟在郊) 봉상기(鳳翔岐)하니

이 어떤 상서(祥瑞)인가

갑술(甲戌) 이월(二月) 초파일(初八日)에 세자(世子)가 탄생하여

억만년(億萬年)

동방(東方) 운수를 받아 이어 계시네.

* 하축시 제2수.[1)

獜在郊[2)] 鳳翔岐[3)]하니

이 어인 大吉祥[4)]고

---

1) 세자탄강 하축시 8수 중 제2수.

2) 인재교(獜在郊) : '인재교(麟在郊)'의 오기인 듯. 기린이 교외에 나타났다는 의미로, 상서로운 징조를 일컬음.

3) 봉상기(鳳翔岐) : '봉(鳳)이 기(岐) 지역에서 날다'라는 의미로, 상서로운 징조를 일컬음.

甲戌5) 二月 初八日의 聖世子6) ㅣ 誕降7)하사

億萬年8)

東方9) 氣數10)를 바다 니여 계신져.

〈금옥 *10, #3963.1〉

賀祝11)第二.

---

4) 대길상(大吉祥) : 크고 좋은 상서로움.

5) 갑술(甲戌) : 1874년.

6) 성세자(聖世子) : 왕위를 이을 왕자.

7) 탄강(誕降) : 세자의 탄생을 높여 이르는 말.

8) 억만년(億萬年) : 한없이 긴 세월.

9) 동방(東方) : 동쪽에 있는 지방, 곧 중국의 동쪽에 있는 우리나라를 지칭함.

10) 기수(氣數) : 기운이 좋은 운수.

11) 하축(賀祝) : 남의 좋은 일에 기쁘고 즐거운 마음으로 인사함.

서양배 포화로는
천하가 어두워도
동방(東方)의 일월(日月)이라 만년(萬年)이나 밝히리라
만일에
국태공(國太公) 아니시면 누가 능히 밝히리오.

 * 석파대로(石坡大老)의 시에 '서양배의 포연과 먼지로 천하가 어두워도, 동방의 일월은 만년을 밝으리라'라고 하셨다. 바야흐로 병인년(丙寅年:1866) 서양 오랑캐의 난이 있었는데, 만약 석파대로의 영웅과 같은 풍모와 지략이 아니었다면, 곧 누가 능히 사악함을 물리치고 올바름을 지켰겠는가.

西舶1)예 烟塵2)으론
天下ㅣ 어두어도
東方3)예 日月이란 萬年4)이나 발키리라
萬一5)예

---

1) 서박(西舶) : 서양배. 여기서는 병인양요(丙寅洋擾:1866) 때 강화도로 침범한 프랑스의 함선을 가리킴.

2) 연진(煙塵) : 연기와 먼지. 여기서는 병인양요 때의 전투 상황을 일컬음.

3) 동방(東方) : 동쪽에 있는 지방, 곧 중국의 동쪽에 있는 우리나라를 지칭함.

4) 만년(萬年) : 아주 오랜 세월을 비유적으로 이르는 말.

5) 만일(萬一) : 있을지도 모르는 뜻밖의 경우.

國太公6) 아니시면 뉘라 能히 발키리오.

〈금옥 * 11, #2511.1〉

石坡大老7)詩曰 '西舶烟塵天下晦, 東方日月萬年明.' 方其丙寅洋醜之乱,8) 若非石坡大老英風雄畧,9) 則誰能斥邪衛正.10)

---

6) 국태공(國太公) : '나라의 큰 어른'이란 뜻으로, 흥선대원군 이하응을 일컫는 칭호.

7) 석파대로(石坡大老) : 흥선대원군 이하응.

8) 병인양추지란(丙寅洋醜之乱) : 병인년 서양 오랑캐의 난이란 뜻으로, '병인양요'를 가리킴.

9) 영풍웅략(英風雄略) : 영웅과 같은 풍모와 지략.

10) 척사위정(斥邪衛正) : 사악함을 물리치고 올바름을 지킴. 여기서는 흥선대원군 이하응이 외국과의 교역을 막고 나라의 안녕을 꾀하기 위해 펼쳤던 쇄국정책(鎖國政策)을 가리킴.

●

억지로는 못 할 일이

인(仁)과 덕(德) 두 글자라

희로(喜怒)를 불형(不形)하니 인용(忍容)이 자연이라

지금에

순순연(諄諄然) 군자(君子) 풍모는 우석공(又石公)을 보았노라.

* 내가 남몰래 우석상서(又石尙書)의 깊은 인자함과 후한 덕을 흠모하여, 마음으로부터 지었다.

지어1) 能히 못할 닐은

仁與德 두 글字 | 라

喜怒2)를 不形3)하니 忍容4)이 自然5)이라

至今에

諄諄然6) 君子之風7)은 又石公8)을 뵈왓노라.

---

1) 지어 : 거짓으로 꾸며.

2) 희로(喜怒) : 기쁨과 노여움.

3) 불형(不形) : 겉으로 드러나지 않음.

4) 인용(忍容) : 참을성과 포용력.

5) 자연(自然) : 사람의 힘을 더하지 않은 저절로 된 그대로.

6) 순순연(諄諄然) : 다정하고 친절하게.

7) 군자지풍(君子之風) : 군자의 풍모. '군자(君子)'는 학식이 높고 행실이 어진 사람을 일컫는다.

〈금옥 * 12, #4472.1〉

余竊慕9)又石尙書深仁厚德,10) 由中而作.11)

---

8) 우석공(又石公) : 흥선대원군 이하응의 아들인 이재면.

9) 절모(竊慕) : 남몰래 사모함.

10) 심인후덕(深仁厚德) : 인자함이 깊고 덕이 후함.

11) 유중이작(由中而作) : 마음으로부터 우러나와 지음.

●

상운(祥雲)이 어린 곳에
노안당(老安堂)이 웅장하고
화풍(和風)이 부는 곳에 태을정(太乙亭)이 아득하다
두어라
상운(祥雲) 화풍(和風)이 만년장주(萬年長住)하리라.

  * 노안당(老安堂)은 운현궁의 큰 사랑채이고, 태을정(太乙亭)은 후원의 산에 있는 정자이다.

祥雲[1]이 어린[2] 곳의
老安堂[3]이 壯麗[4]하고
和風[5]이 이는 곳의 太乙亭[6]이 飄緲[7]하다
두어라
祥雲 和風이 萬年長住[8] 하리라.

---

1) 상운(祥雲) : 상서로운 구름.

2) 어린 : 황홀하고 현란한 빛으로 부시거나 어른어른한.

3) 노안당(老安堂) : 운현궁의 큰 사랑채로, 흥선대원군 이하응이 거처하던 곳.

4) 장려(壯麗) : 웅장하고 아름다움.

5) 화풍(和風) : 화창한 바람.

6) 태을정(太乙亭) : 운현궁 후원의 산에 있던 정자의 이름.

7) 표묘(縹緲) : 멀어 어렴풋함.

8) 만년장주(萬年長住) : 오랫동안 길게 머무름.

〈금옥 *13, #2451.1〉

老安堂, 雲峴9)大舍廊,10) 太乙亭, 後園11)山亭.12)

---

9) 운현(雲峴) : 흥선대원군 이하응의 저택인 운현궁.

10) 대사랑(大舍廊) : 큰 사랑채. 곧 집주인이 머물던 건물을 일컬음.

11) 후원(後園) : 집 뒤에 있는 작은 동산이나 정원.

12) 산정(山亭) : 산속에 있는 정자.

◉

넓고도 둥근 연못

거울 낯을 열었으니

용주(龍舟) 금범(錦帆)으로 범피중류(泛彼中流)하실 적에

물결에

뛰는 고기는 영소어(靈沼魚)인가 하노라.

* 건천궁(乾天宮) 앞의 연못이 있고, 연못 가운데 향원정(香遠亭)이 있다.

너르고 둥군 연못
거울 낯1) 철 여러슨죄
龍舟2) 錦帆3)으로 泛彼中流4) ᄒ오실 제
水波5)에
뛔는 고기는 靈沼魚6) ㄴ가 ᄒ노라.

---

1) 거울 낯 : 거울의 표면. 연못의 표면이 거울처럼 잔잔함을 일컬음.

2) 용주(龍舟) : 임금이 타는 배.

3) 금범(錦帆) : 비단으로 만든 돛.

4) 범피중류(泛彼中流) : 저 강의 중류로 배를 띄움.

5) 수파(水波) : 물결.

6) 영소어(靈沼魚) : 영소(靈沼)의 물고기. 영소는 중국 주나라 문왕의 연못. 곧 연못에 물고기가 뛰는 모습을 태평성대에 비유한 표현.

〈금옥 *14, #1011.1〉

乾天宮7)前有池, 池中有香遠亭.8)

---

7) 건천궁(乾天宮) : 경복궁에 있는 전각의 하나인 건청궁(乾淸宮)의 다른 이름.

8) 향원정(香遠亭) : 경복궁 근정전 북쪽의 연못 안에 있는 정자.

●

어리고 성긴 매화

너를 믿지 않았더니

눈 기약(期約) 능히 지켜 두세 송이 피었구나

초 잡고

가까이 사랑할 제 암향부동(暗香浮動)하더라.

  * 운애산방(雲崖山房)의 〈매화사〉 제2수이다.[1]

어리고 셩근[2] 梅花

너를 밋지 안얏더니

눈 期約[3] 能히 직켜 두세 송이 푸엿구나

燭[4] 잡고

갓가이 사랑할 제 暗香浮動[5] 하더라.

〈금옥 * 15, #3153.1〉

雲崖山房,[6] 梅花詞第二.

---

1) 〈매화사〉 8수 중 제2수.

2) 셩근 : 성긴. 사이가 떠서 공간이 많은.

3) 눈 기약(期約) : 눈으로 한 약속. 또는 눈(雪)이 내릴 때의 약속.

4) 쵹(燭) : 촛불.

5) 암향부동(暗香浮動) : 그윽한 향기가 은은하게 허공에 퍼짐.

6) 운애산방(雲崖山房) : 필운대에 있는 박효관의 거처. '운애(雲崖)'는 박효관의 호.

●

바위는 위태롭지만

꽃 얼굴이 천연(天然)하고

골은 그윽하지만 새 소리 시끄럽다

폭포는

소나기 형세 빌어 낙구천(落九天)을 하더라.

* 내가 임자년(壬子年:1852) 봄에 영남(嶺南)에서 돌아오는 길에, 문경의 새재에 이르러 교구정(交龜亭) 용추폭포에서 잠시 쉬었다.

바회난 危殆1)타마는

곳 얼골이 天然2) ᄒᆞ고

골3)은 그윽다만은 싀 소릭 셕글하다4)

飛瀑5)는

急한 비6) 形勢7) 비러 落九天8)을 하더라.

---

1) 위태(危殆) : 마음을 놓을 수가 없을 정도로 위험함.

2) 천연(天然) : 자연 그대로의 상태.

3) 골 : 골짜기. 곧 산과 산 사이에 깊숙이 패어 들어간 곳을 일컬음.

4) 셕글하다 : 시끄럽다. 듣기 싫을 만큼 소리가 큼.

5) 비폭(飛瀑) : 높은 곳에서 나는 듯이 세차게 떨어지는 폭포.

6) 급(急)한 비 : 급하게 내리는 비. 곧 소나기.

7) 형세(形勢) : 일이 되어 가는 형편.

8) 낙구천(落九天) : 높은 하늘에서 떨어짐. 중국 당나라의 시인 이백

⟨금옥 *16, #1804.1⟩

余於壬子春, 自嶺南9)歸路,10) 到聞慶鳥嶺,11) 交龜亭12)龍湫,13) 暫歇.14)

―――――

(李白)의 〈망여산폭포(望廬山瀑布)〉의 마지막 구절인 '하늘 끝에서 은하수가 쏟아져 내리는 듯하다(疑是銀河落九天)'라는 구절에서 취했음.

9) 영남(嶺南) : 조령의 남쪽이라는 뜻으로, '경상도'를 달리 일컫는 말.

10) 귀로(歸路) : 돌아오는 길.

11) 조령(鳥嶺) : 새재. 곧 경상도 문경과 충청도 괴산 사이에 있는 고개를 일컬음.

12) 교구정(交龜亭) : 문경 새재에 있는 정자. 조선 시대 경상감사의 인수인계가 이뤄졌던 장소라고 함.

13) 용추(龍湫) : 문경 새재에 있는 폭포의 이름.

14) 잠헐(暫歇) : 잠시 쉼.

●

청산(靑山)의 옛길 찾아

백운심처(白雲深處) 들어가니

학 울음 들리는 곳 죽비(竹扉) 형비(荊扉) 두세 집을

나 또한

산림(山林)에 길들어 저와 같이 하리라.

* 영남(嶺南)에서 돌아오는 길에, 연풍 이상사(李上舍)의 산장을 방문했다.

靑山1)의 옛길2) 차져

白雲深處3) 드러가니

鶴唳聲4) 니난 곳에 竹扉5) 荊扉6) 두세 집을

늬 쏘한

山林7)에 길드려8) 져와 가치 하리라.

---

1) 청산(靑山) : 풀과 나무가 무성한 푸른 산.

2) 옛길 : 예전에 다니던 길.

3) 백운심처(白雲深處) : 흰 구름이 있는 깊은 곳.

4) 학려성(鶴唳聲) : 학의 울음소리.

5) 죽비(竹扉) : 대나무를 엮어 만든 사립문.

6) 형비(荊扉) : 가시나무를 엮어 만든 사립문.

7) 산림(山林) : 산속의 숲.

8) 길드려 : 맞추어 익숙해져.

〈금옥 * 17, 4763.1〉

嶺南9)歸路10), 訪連豊11)李上舍12)山庄.13)

---

9) 영남(嶺南) : 조령의 남쪽이라는 뜻으로, '경상도'를 달리 일컫는 말.

10) 귀로(歸路) : 돌아오는 길.

11) 연풍(連豊) : 충북 괴산의 지역 이름.

12) 이상사(李上舍) : 이씨 성을 가진 안민영의 지인으로 짐작되지만, 구체적인 인적 사항은 미상. 상사(上舍)는 흔히 과거의 초시에 합격한 생원이나 진사를 달리 일컫는 표현.

13) 산장(山庄) : 산속에 있는 별장.

즐거워 웃음이요

감격하여 눈물이라

흥(興)으로 노래하고 기운(氣運)으로 춤이로다

오늘날

가여무(歌與舞) 소여루(笑與淚)는 우석상서(又石尙書) 주신 바라.

* 병자년(丙子年:1876) 6월 29일은 곧 내 회갑일이다. 석파대로(石坡大老)께서 공덕리(孔德里) 추수루(秋水樓)에서 회갑연을 열어 주도록 우석상서(又石尙書)에게 명하였다. 많은 기녀와 악공들을 초청하여 종일토록 정도가 지나치게 즐겼으니, 이것이 어찌 사람마다 얻을 수 있는 바이겠는가.

즐거워 우슘이요

感激1)하야 눈물이라

興2)으로 노릭여늘 氣運3)으로 춤이로다

오늘날

歌與舞4) 笑與淚5)는 又石尙書6) 쥬신 비라.

---

1) 감격(感激) : 마음속 깊이 느껴 뭉클한 감정이 일어남.

2) 흥(興) : 재미나 즐거움이 일어나는 감정.

3) 기운(氣運) : 살아 움직이는 힘.

4) 가여무(歌與舞) : 춤추고 노래함.

5) 소여루(笑與淚) : 웃다가 눈물을 흘림.

〈금옥 * 18, #4453.1〉

丙子六月二十九日, 卽吾回甲日7)也. 石坡大老,8) 爲設甲宴9)於孔德里秋水樓,10) 命又石尙書. 廣招妓樂,11) 盡日12)迭宕,13) 是豈人人所得者歟.

---

6) 우석상서(又石尙書) : 흥선대원군 이하응의 아들인 이재면.

7) 회갑일(回甲日) : 만으로 60살이 되는 해의 생일.

8) 석파대로(石坡大老) : 고종(高宗)의 친부인 흥선대원군 이하응.

9) 갑연(甲宴) : 만으로 60살 생일에 여는 잔치, 곧 회갑연.

10) 추수루(秋水樓) : 흥선대원군의 공덕리 별장에 있던 건물의 이름.

11) 광초기악(廣招妓樂) : 널리 기녀와 악공을 초대함.

12) 진일(盡日) : 온종일. 곧 아침부터 저녁까지의 동안을 일컬음.

13) 질탕(迭宕) : 지나칠 정도로 흥에 겨워 높.

●

주옹(周翁)의 미(微)함으로

위질어우석(委質於又石)하여

덕지(德池)에 목욕하고 인풍(仁風)에 술을 깨니

내 이제

덕문인(德門人) 되었으니 낙우락(樂又樂)을 하노라.

* 내가 석파대로(石坡大老)를 모시고 노닌 지 이제 여러 해가 되었고, 우석상서(又石尙書)가 또한 대하는 마음이 후하여 감격하며 지었다.

周翁1)의 微하므로2)

委質3)於又石4)하야

德池5)에 沐浴6) 감고 仁風7)에 술을 씨니

늬 이제

德門人8) 되얏슨져 樂又樂9)을 하노라.

---

1) 주옹(周翁) : 안민영의 호.

2) 미(微)하므로 : 한미(寒微)함으로. 지체가 변변하지 못하므로.

3) 위질(委質) : 몸을 맡김.

4) 우석(又石) : 흥선대원군의 아들인 이재면의 호.

5) 덕지(德池) : 덕의 연못. 덕이 모여 연못을 이룬 듯하다는 표현.

6) 목욕(沐浴) : 온몸을 씻음.

7) 인풍(仁風) : 어진 바람. 어진 행동이 바람처럼 영향을 미친다는 의미.

〈금옥 *19, #4408.1〉

余侍遊10)石坡大老,11) 今幾多年, 而又石尙書, 亦厚待12)之心, 感而作.

---

8) 덕문인(德門人) : 덕을 지닌 이의 문하인(門下人). '문하인(門下人)'은 권세가 있는 집에 드나드는 지체가 낮은 사람을 가리킴.

9) 낙우락(樂又樂) : 즐거워하고 또 즐거워함.

10) 시유(侍遊) : 모시고 노닒.

11) 석파대로(石坡大老) : 흥선대원군 이하응.

12) 후대(厚待) : 후하게 대접함.

부용당(芙蓉堂) 난간 밖에

만타화향(萬朶花香) 문십리(聞十里)라

연우(烟雨)에 젖은 잎은 고운 빛을 자랑한다

다시금

공해대(控海臺)에 올라 풍범(風帆) 보려 하노라.

* 내가 평양으로부터 돌아오는 길에 해주 부용당(芙蓉堂)에 올랐다.

芙蓉堂1) 欄干2) 밧기

萬朶花香 聞十里3)라

烟雨4)에 져즌 입흔 고은 빗츨 자랑한다

다시금

控海臺5)에 올나 風帆6) 보랴 하노라.

---

1) 부용당(芙蓉堂) : 황해도 해주에 있던 정자.

2) 난간(欄干) : 가장자리에 나무나 쇠로 만든 기둥을 이용해 일정한 간격으로 막아 세운 구조물.

3) 만타화향문십리(萬朶花香聞十里) : 만 송이 꽃에서 향기가 난다고 십 리 밖에서도 소문이 들림.

4) 연우(烟雨) : 안개에 섞여 내리는 비, 곧 안개비.

5) 공해대(控海臺) : 황해도 해주에 있던 누대를 지칭하는 듯.

6) 풍범(風帆) : 바람에 움직이는 돛단배.

〈금옥 * 20, 2098.1〉

余自平壤歸路,7) 登海州芙蓉堂.

---

7) 귀로(歸路) : 돌아오는 길.

세상이 눈이거니

너 홀로 피었구나

빙자옥질(氷資玉質)이여 합리(閤裏)에 숨어 있어

황혼(黃昏)에

암향동(暗香動)하니 달이 좇아오더라.

* 동래부(東萊府)에서 온정(溫井)까지 5리 정도 된다. 내가 마산포의 최치학(崔致學), 김해의 문달주(文達柱)와 함께 동래부 내의 기녀 청옥(靑玉)의 집으로 함께 들어갔다. 술잔을 들고 서로 권하여 마실 때 홀연히 한 미인이 밖에서 들어와 우리가 나란히 앉아 있음을 보고 몸을 돌려 나갔다. 단지 그 여인을 보니 얼음과 같은 자태에 옥 같은 바탕이라, 마치 눈 속의 차가운 매화와 같아 조금도 더러움이 없는 듯했다. 앉아 있던 모든 사람이 눈을 동그랗게 뜨고 입을 벌려 어찌할 바를 몰랐다. 청옥이 급히 일어나 거꾸로 문밖으로 나가 조금 후에 손을 끌고 들어와 '너는 무슨 마음으로 왔다가 무슨 마음으로 가느냐'라고 말하면서, 곧 마루에 올라와 앉게 했다. 이 사람이 제일의 이름난 기녀인 옥절(玉節)이다. 내가 서울과 지방 사이의 명기(名妓)들을 두루 겪어 그 수를 헤아릴 수 없는데, 바닷가의 먼 곳에 어찌 옥절 같은 사람이 있으리라고 짐작했겠는가. 한마디 찬사가 없을 수 없을 따름이다.

乾坤1)이 눈이여늘

---

1) 건곤(乾坤) : 하늘과 땅, 곧 세상천지.

네 홀노 푸엿구나
氷資玉質2)이여 閤裏3)에 숨어 잇셔
黃昏4)에
暗香動5)ᄒ니 달이 조차오더라.

〈금옥 * 21, #0216.1〉

自萊府6)距溫井, 爲五里許7)也. 余與馬山浦崔致學, 金海文達柱, 同入于府內妓靑玉家. 擧酒相屬8)之際, 忽一美娥,9) 自外而入, 見吾儕10)之列坐,11) 回身還出12)矣. 第見厥娥,13) 氷姿玉質, 如雪中寒梅,14) 少無塵埃15)矣. 一座眼環口呆,16) 莫知所爲. 靑玉急起, 顚

---

2) 빙자옥질(氷資玉質) : 얼음 같은 자태에 옥 같은 바탕.

3) 합리(閤裏) : 방 안. 혹은 집 안.

4) 황혼(黃昏) : 해가 지면서 어두워질 무렵.

5) 암향동(暗香動) : 그윽한 향기가 은은하게 퍼짐.

6) 래부(萊府) : 부산의 동래부.

7) 오리허(五里許) : 5리쯤. 5리 정도. 약 2㎞의 거리.

8) 거주상촉(擧酒相屬) : 술잔을 들어 서로 술을 따름.

9) 미아(美娥) : 아름다운 여인.

10) 오제(吾儕) : 우리들. '제(儕)'를 붙여 '나(吾)'의 복수형으로 사용함.

11) 열좌(列坐) : 자리에 죽 벌여서 앉음.

12) 회신환출(回身還出) : 몸을 돌려 다시 나감.

13) 궐아(厥娥) : 그 여자.

14) 한매(寒梅) : 추위를 견디고 핀 매화.

15) 진애(塵埃) : 티끌과 먼지, 곧 더러움.

16) 안환구태(眼環口呆) : 눈을 동그랗게 뜨고 입을 벌림.

倒17)出門, 少頃,18) 携手19)而入曰, '汝以何心來而何心去耶', 卽爲升堂20)而坐. 此是第一名姬21)玉節也. 余於京鄕間,22) 閱歷23)名妓, 不計其數, 而海隅遐陬,24) 豈料有玉節者哉. 不可無一讚耳.

---

17) 전도(顚倒) : 거꾸로.

18) 소경(少頃) : 잠깐 사이. 잠시 후.

19) 휴수(携手) : 손을 마주 잡음.

20) 승당(升堂) : 마루에 오름.

21) 명희(名姬) : 이름난 기녀.

22) 경향간(京鄕間) : 서울과 지방 사이.

23) 열력(閱歷) : 두루 겪음.

24) 해우하추(海隅遐陬) : 바다 한 모퉁이의 멀리 떨어진 곳.

🌑

　　홍엽(紅葉)은 취벽(翠壁)에 날고

　　황화(黃花)는 단애(丹崖)에 피니

　　초월(楚月)이 밝았는데 옥소선아(玉簫仙娥)가 무금래
(撫琴來)라

　　어즈버

　　대취장가(大醉長歌)하고 농월귀(弄月歸)를 하더라.

　* '단애대회(丹崖大會)'의 2일 후는 곧 음력 9월 보름이다. 다시 산정(山亭)에 작은 술자리를 마련하여, 기녀 셋을 청하여 밤새 지나칠 정도로 흥겹게 놀았다.

　　紅葉1)은 翠壁2)에 날고

　　黃花3)는 丹崖4)에 퓐져

　　楚月5)이 발가는데 玉簫仙娥6) ㅣ 撫琴來7)라

　　어즙어

　　大醉長歌8) ᄒ고 弄月歸9)를 ᄒ더라.

---

1) 홍엽(紅葉) : 붉은 잎. 단풍잎.

2) 취벽(翠壁) : 푸른색의 절벽.

3) 황화(黃花) : 노란색의 국화꽃.

4) 단애(丹崖) : 단풍과 꽃으로 붉은빛을 띠는 암벽.

5) 초월(楚月) : 초나라의 달. 여기서는 기녀의 이름을 가리킴.

6) 옥소선아(玉簫仙娥) : 옥소선이라는 여인. 옥소선 역시 기녀의 이름.

7) 무금래(撫琴來) : 와서 가야금을 연주함.

〈금옥 *22, #5442.1〉

丹崖大會10)之後二日, 卽九月望日11)也. 更設小酌12)於山亭,13) 請三妓,14) 盡夜15)迭宕.16)

---

8) 대취장가(大醉長歌) : 크게 취하여 긴 노래를 부름.

9) 농월귀(弄月歸) : 달을 희롱하며 돌아옴. 농월 역시 기녀의 이름.

10) 단애대회(丹崖大會) : 박효관의 81세 되던 해(1880)에 단애에서 벌였던 큰 잔치(금옥 *179 작품 참조).

11) 망일(望日) : 음력 보름날(15일).

12) 갱설소작(更設小酌) : 다시 작은 술자리를 마련함.

13) 산정(山亭) : 산속에 지은 정자.

14) 삼기(三妓) : 세 기녀. 곧 작품에 이름이 등장하는 초월과 옥소선 그리고 농월.

15) 진야(盡夜) : 밤새도록.

16) 질탕(迭宕) : 정도가 지나치게 흥에 겨워 즐김.

❀

기정백대(旗亭百隊) 개신시(開新市)요

갑제천맹(甲第千甍) 분척리(分戚里)라

구태여 산림(山林)이랴 여기 숨어 관계(關係)하리

평생에

불이기심(不移其心)하니 시은호(市隱號)를 가졌더라.

 * 오위장(五衛將) 이건혁(李健赫)으로, 자는 경춘(景春)이며 호는 시은(市隱)이다.

旗旌百隊 開新市1)요

甲第千甍 分戚里2)라

구타야3) 山林4)이랴 여긔 숨어 関係ㅎ리

平生에

不移其心5)ㅎ니 市隱6)號를 가져더라.

---

1) 기정백대개신시(旗旌百隊開新市) : '기정(旗旌)'은 '기정(旗亭)'의 오기. 깃발 세운 정자가 백이나 모여 새로운 시장이 열림. '기정(旗亭)'은 일반적으로 술을 파는 주막을 의미함.

2) 갑제천맹분척리(甲第千甍分戚里) : 큰 저택이 끝없이 이어져 외척들의 마을로 나뉘어 있음. 이상 두 구절은 중국 당(唐)나라의 시인 왕발(王勃)의 한시 〈임고대(臨高臺)〉에서 취했으며, 여기서는 떠들썩하고 화려한 저자 풍경을 묘사하는 데 활용되었음.

3) 구타야 : 구태여. 애써 일부러.

4) 산림(山林) : 산속의 숲.

5) 불이기심(不移其心) : 그 마음을 바꾸지 않음.

〈금옥 *23, #0589.1〉

李五衛將7)健赫, 宇景春, 號市隱.

---

6) 시은(市隱) : 시끄러운 저자에 숨어 지냄.

7) 오위장(五衛將) : 관직명으로, 오위도총부의 장수.

●

높은 듯 낮은 듯하며
멀기와 가깝기와
모난 듯 둥근 듯하며 긴 것과 짧은 것과
평생에
이러하였으니 무슨 근심 있으리.

　＊ 운애(雲崖) 박선생은 평생 기뻐함은 있었으나 노여움이 없었다. 다른 사람을 만나 사귐에 매번 그것을 기뻐했으니, 군자(君子)의 풍모가 있다고 할 수 있으며, 또한 근심이 없이 태평하게 사는 노인이라고 할 수 있다.

놉푸락 나즈락 하며
멀기와 갓갑기와
모지락 둥구락 ᄒ며 길기와 져르아와
平生1)에
이러ᄒ엿스니 무삼 근심 잇스리.

〈금옥 *24, #1090.1〉

雲崖2)朴先生, 平生有喜無怒. 待人接物3)也, 每每悅之, 可謂君子4)之風, 亦可謂無愁太平翁.5)

---

1) 평생(平生) : 사람이 태어나서 죽을 때까지의 살아 있는 동안.
2) 운애(雲崖) : 박효관의 호.
3) 대인접물(待人接物) : 다른 사람과 만나 사귐.
4) 군자(君子) : 학식이 높고 행실이 어진 사람.

---

5) 무수태평옹(無愁太平翁) : 근심이 없이 태평하게 사는 노인.

●

석파(石坡)에 석우석(石又石)이요

유곡(幽谷)에 난우란(蘭又蘭)을

노석(老石)은 수년(壽年)이요 줄란(茁蘭)은 향천추(香千秋)라

이날에

우석상서(又石尙書)가 반의헌수(斑衣獻壽)하시더라.

* 석파대로(石破大老)의 회갑연 하축시 제2수이다.[1]

石坡[2]에 石又石[3]이요

幽谷[4]에 蘭又蘭[5]을

老石[6]은 壽年[7]이요 茁蘭[8]은 香千秋[9] ㅣ 라

---

1) 흥선대원군 회갑 하축시 3수 중 제2수.

2) 석파(石坡) : 흥선대원군 이하응의 호.

3) 석우석(石又石) : 돌에 또 돌이 있음. 우석(又石)은 흥선대원군의 아들인 이재면의 호이니, 두 사람의 호에 모두 '돌 석(石)'자가 있다는 것에 착안함.

4) 유곡(幽谷) : 깊은 계곡.

5) 난우란(蘭又蘭) : 난에 또 난이 있음. 난(蘭)은 깊은 계곡에 많다는 것에 착안한 구절.

6) 노석(老石) : 늙은 돌. 여기서는 노인인 석파를 줄인 표현.

7) 수년(壽年) : 장수할 해.

8) 줄란(茁蘭) : 싹이 새로 돋은 난. 곧 노석(老石)인 이하응에 비해서

이날에

又石尙書10) ㅣ 斑衣獻壽11) ᄒᆞ시더라.

〈금옥 *25, #2569.1〉

石破大老, 甲宴12)賀13)第二.

젊은 이재면을 지칭하는 표현.

9) 향천추(香千秋) : 천 년 동안 향기가 남.

10) 우석상서(又石尙書) : 흥선대원군 이하응의 아들인 이재면.

11) 반의헌수(斑衣獻壽) : 색동옷을 입고 장수를 비는 술잔을 올림.

12) 갑연(甲宴) : 만 나이 60살의 생일에 여는 잔치, 곧 회갑연.

13) 하축(賀祝) : 남의 좋은 일에 기쁘고 즐거운 마음으로 인사함. 원문에는 '하(賀)'라고만 되어 있으나, 주석에서는 작품의 성격을 고려해 '하축(賀祝)'으로 반영하여 풀이했음.

🌸

도화(桃花)는 흩날리고
녹음(綠陰)은 퍼져 온다
꾀꼬리새 노래는 연우(烟雨)에 구르도다
때맞춰
잔 들어 권하실 때 담장가인(澹粧佳人) 오더라.

　* 신미년(辛未年 : 1871) 초여름에 운애(雲崖) 선생과 함께 산방(山房)에 마주 앉았는데, 때맞춰 오는 비에 꾀꼬리 우는 소리가 상쾌했다. 술을 따르고 서로 연이어 권할 때 갑자기 엷은 화장의 아름다운 여인 한 사람이 술병 하나를 들고 왔는데, 바로 평양 기녀 산홍(山紅)이었다.

桃花[1]는 훗날니고[2]
綠陰[3]은 퍼져 온다
쇠소리식 노릭는 烟雨[4]에 구을거다
마초아[5]
盞 드러 勸허랼 제 澹粧佳人[6] 오더라.

---

1) 도화(桃花) : 복사꽃, 곧 복숭아나무의 꽃.

2) 훗날니고 : 흩어져 이리저리 날리고.

3) 녹음(綠陰) : 나뭇잎이 푸르게 우거짐.

4) 연우(烟雨) : 안개비, 곧 안개 낀 날에 내리는 비.

5) 마초아 : 때마침. 어떤 기회나 경우에 딱 알맞게.

6) 담장가인(澹粧佳人) : 엷은 화장을 한 아름다운 여인.

⟨금옥 *26, #1361.1⟩

辛未初夏,7) 与雲崖8)先生, 對坐9)於山房,10) 時雨11)洒鶯啼12)矣.
酌酒相屬13)之際, 忽一澹粧佳人, 携一壺而來, 正是平壤山紅也.

---

7) 초하(初夏) : 여름에 막 접어든 시기. 곧 음력 사월(四月).

8) 운애(雲崖) : 안민영의 스승인 박효관의 호.

9) 대좌(對坐) : 마주 대하여 앉음.

10) 산방(山房) : 박효관의 거처인 운애산방을 일컬음.

11) 시우(時雨) : 때맞춰 내리는 비.

12) 앵제(鶯啼) : 꾀꼬리의 울음소리.

13) 작주상촉(酌酒相屬) : 술을 마시며 서로 술을 따름.

※

용루(龍樓)에 우는 북은
태주율(太簇律)을 응(應)하였고
만호(萬戶)에 밝힌 불은 보름달을 맞는구나
이윽고
백척(百尺) 홍교(紅橋) 위에 만인동락(萬人同樂)하더라.
* 정월 대보름날 밤에, 종소리를 들으며 달구경 하다.

龍樓1)에 우는 북은
太簇律2)을 應허엿고3)
萬戶4)에 발킨 불은 上元月5)을 맞는고야
俄已6)오
百尺紅橋7)上에 萬人同樂8) 허더라.

---

1) 용루(龍樓) : 대궐의 별칭.
2) 태주율(太簇律) : 동양 음악에서 12율의 하나인 태주(太簇)의 음.
3) 응(應)허엿고 : 조응하였고. 북소리가 태주의 음에 들어맞았다는 뜻.
4) 만호(萬戶) : 아주 많은 집.
5) 상원일(上元日) : 음력 정월(1월) 대보름날.
6) 아이(俄已) : 이윽고. 조금 후에.
7) 홍교(紅橋) : 붉은색의 다리.
8) 만인동락(萬人同樂) : 모든 사람이 함께 즐김.

〈금옥 *27, #3557.1〉

上元夜, 聽鍾翫月.⁹⁾

---

9) 완월(翫月) : 달구경하며 즐김.

앞내에 비 그치니

버들이 푸르렀고

동원(東園)이 따뜻하니 백화쟁발(百花爭發) 소홍(小紅)이라

아이야

소거(小車)에 술 실어라 방화수류(訪花隨柳)하리라.

* 평양 기녀 소홍(小紅)을 찬미하다.

前川1)에 雨歇2)허니

柳色3)이 푸루엿고

東園에 日暖4)허니 百花爭發5) 小紅6)이라

兒禧야

小車7)에 슐 실어라 訪花隨柳8) 허리라.

---

1) 전천(前川) : 앞개울.

2) 우헐(雨歇) : 비가 그침.

3) 유색(柳色) : 버드나무의 색.

4) 일난(日暖) : 햇볕이 따뜻함.

5) 백화쟁발(百花爭發) : 모든 꽃이 다투어 핌.

6) 소홍(小紅) : 약간 붉음. 여기서는 평양 기녀의 이름.

7) 소거(小車) : 작은 수레.

8) 방화수류(訪花隨柳) : 꽃을 찾고 버드나무를 따름.

〈금옥 *28, #4305.1〉

讚箕妓9)小紅.

---

9) 기기(箕妓) : 평양의 기녀. 평양의 별칭인 기성(箕城)의 기녀라는 뜻.

●

구포동인(口圃東人) 빛난 신세

알 이 적어 병 되더니

사운사한(似韻似閑) 겸득미(兼得味)요 여시여주(如詩如酒) 우지음(又知音)은

석파공(石坡公)

지기필단(知己筆端)이시니 감격무한(感激無恨)하여라.

  * 삼계동(三溪洞)의 내 집 후원에 구(口)자 모양의 채마밭이 있다. 그러므로 석파대로께서 구포동인이라는 호를 내려 주셨다.

口圃東人[1] 빗난 身勢[2]

알 니 적어 病 되더니

似韻似閑 兼得味[3]요 如詩如酒 又知音[4]은

石坡公[5]

知己筆端[6]이시니 感激無恨[7] 허여라.

---

1) 구포동인(口圃東人) : 안민영의 호.

2) 신세(身勢) : 신변의 기세.

3) 사운사한 겸득미(似韻似閑兼得味) : 운치가 있는 듯 한가로운 듯 겸하여 맛을 얻음.

4) 여시여주 우지음(如詩如酒又知音) : 시를 같이 하고 술을 같이 하며 또 지음이 되었음.

5) 석파공(石坡公) : 홍선대원군 이하응의 존칭.

〈금옥 * 29, #0425.1〉

三溪洞,8) 我家後園,9) 有口字圃田,10) 故石坡大老賜號11)口圃東人.

---

6) 지기필단(知己筆端) : 붓끝으로 지기를 맺음. 곧 그림이나 글씨를 함께 즐기면서 지기가 되었다는 뜻.

7) 감격무한(感激無恨) : 감격하여 한스러움이 없음.

8) 삼계동(三溪洞) : 북악산 기슭의 지명. 세 개의 시냇물이 만나는 장소라는 뜻으로 붙여진 지명.

9) 후원(後園) : 집 뒤의 정원.

10) 포전(圃田) : 채마밭, 곧 채소를 심고 가꾸는 밭.

11) 사호(賜號) : 윗사람이 호를 내려 줌.

●

남포월(南浦月) 깊은 밤에

돛대 치는 저 사공(沙工)아

묻노라 너 탄 배가 계도금범(桂棹錦帆) 난주(蘭舟)로다

우리는

채련(採蓮) 가는 길이니 물어 무엇 하리오.

 * 진양 기녀 난주(蘭舟)에 대해 지었다.

南浦月1) 깁흔 밤에

돗딕2) 치는 져 沙工3)아

뭇노라 너 튼 빅야 桂棹錦帆4) 蘭舟5) ㅣ 로다

우리는

採蓮6) 가는 길이니 무러 무솝 허리요.

〈금옥 * 30, #0881.1〉

題晉陽妓蘭舟.

---

1) 남포월(南浦月) : 남쪽 포구의 달.

2) 돗딕 : 돛대. 돛을 매달 수 있도록 배의 바닥에 세운 기둥.

3) 사공(沙工) : 노를 저어 나가는 배를 부리는 일을 업으로 삼는 사람.

4) 계도금범(桂棹錦帆) : 계수나무로 만든 노와 비단으로 만든 돛.

5) 난주(蘭舟) : 화려하게 장식한 배. 여기서는 진양 기녀의 이름.

6) 채련(採蓮) : 연잎이나 연꽃을 캠.

●

연우조양(烟雨朝陽) 비낀 곳에

꾀꼬리가 너 아니냐

백설구변(百舌口辯)이요 유량(瀏亮)한 노래로다

만일에

너 앉고 저 있으면 누가 누군지 모르겠다.

* 밀양 기녀 초월(楚月)을 찬미하다.

烟雨朝陽1) 비긴 곳에

錦衣公子2) ㅣ 네 아니야

百舌口辯3)이오 瀏亮4)흔 노릭로다

萬一에

네 안고 제 잇스면 뉘가 뉜지 모로쾌라.

〈금옥 *31, #3331.1〉

讚密陽楚月.

---

1) 연우조양(烟雨朝陽) : 안개비가 내리는 가운데 뜨는 아침 햇볕.

2) 금의공자(錦衣公子) : 꾀꼬리의 별칭. 중국 당(唐)나라의 현종이 노란 꾀꼬리가 마치 비단옷을 입은 듯하다고 하여 '금의공자(錦衣公子)'라고 불렀다고 함.

3) 백설구변(百舌口辯) : 말솜씨가 때까치와 같음.

4) 유량(瀏亮) : 뚜렷하고 분명함.

●

주렴계(周濂溪)는 애련(愛蓮)하고

도정절(陶靖節)은 애국(愛菊)이라

연화(蓮花)는 군자(君子)거늘 국화(菊花)는 은일사(隱逸士)라

지금에

방당(方塘)에 연꽃 심고 호칭연호(號稱蓮湖)하더라.

 * 감목관(監牧官) 박한영(朴漢英)의 자는 사준(士俊)이고, 호는 연호(蓮湖)이다.

周濂溪1)는 愛蓮2)하고
陶靖節3)은 愛菊4)이라
蓮花는 君子5)여늘 菊花는 隱逸士6) ㅣ라

---

1) 주렴계(周濂溪) : 중국 송(宋)나라의 유학자인 주돈이(周敦頤). 염계(濂溪)는 주돈이의 호.

2) 애련(愛蓮) : 연꽃을 사랑함. 주돈이가 지은 〈애련설(愛蓮說)〉이 있음.

3) 도정절(陶靖節) : 중국 진(晉)나라의 시인인 도잠(陶潛). '정절(靖節)'은 도잠의 시호(諡號)이며, 흔히 그의 자(字)를 붙여 도연명(陶淵明)이라 일컬음.

4) 애국(愛菊) : 국화를 사랑함. 주돈이의 〈애련설〉에 '진나라 도연명은 유독 국화를 사랑했다(晉陶淵明獨愛菊)'라는 구절이 있음.

5) 군자(君子) : 학식이 있고 행실이 어진 사람.

6) 은일사(隱逸士) : 세상을 피해 숨어 지내는 사람. 주돈이의 〈애련설〉

至今에
方塘7)에 蓮 시무고 號稱蓮湖8) ᄒ더라.

〈금옥 *32, #4390.1〉

朴監牧官9)漢英, 字士俊, 號蓮湖.

에 '국화는 숨어 지내는 사람이다(菊花之隱逸者也)'라는 구절이 있음.

7) 방당(方塘) : 네모진 연못.

8) 호칭연호(號稱蓮湖) : 호(湖)를 연호(蓮湖)라고 칭함. '연호(蓮湖)'는 박한영(朴漢英)의 호로 연꽃이 피어 있는 호수라는 뜻.

9) 감목관(監牧官) : 목장에 관한 일을 담당하던 관직명.

●

크도다 오왕원유(吾王苑囿)

추요치토(芻蕘雉兔) 하는구나

문왕(文王)의 영유(靈囿)러니 우리 임금 경무원(慶武苑)을

금고(今古)에

성왕(聖王)의 대소화유(臺沼花囿)는 한가진가 하노라.

* 경무원(慶武苑)은 경무대(慶武臺)에 있다.

大哉라 吾王苑囿[1]

芻蕘雉兔[2] ᄒᆞ난구야

文王[3]에 靈囿[4]ㅣ러니 우리 聖上[5] 慶武苑[6]을

今古에

聖王之臺沼花囿[7]는 ᄒᆞ가진가 ᄒᆞ노라.

---

1) 원유(苑囿) : 울타리를 치고 동물을 기르는 곳.

2) 추요치토(芻蕘雉兔) : 꼴과 땔나무로 꿩과 토끼를 기름.

3) 문왕(文王) : 중국 주(周)나라의 왕.

4) 영유(靈囿) : 중국 주나라 문왕의 동물원.

5) 성상(聖上) : 임금을 높여 부르는 표현.

6) 경무원(慶武苑) : 경복궁 뒤편의 경무대에 있던 원유(苑囿).

7) 성왕지대소화유(聖王之臺沼花囿) : 성왕의 누대와 연못과 꽃밭과 동물원.

〈금옥 *33, #1312.1〉

慶武苑, 有慶武䑓.[8]

---

8) 경무대(慶武䑓) : 경복궁 뒤편의 넓은 터로, 무예 수련이나 왕이 농사를 짓던 친경지(親耕地) 등으로 사용되었음. 현재 청와대(青瓦臺)의 위치.

●

강의과감(剛毅果敢) 열장부(烈丈夫)요

효친우제(孝親友弟) 현군자(賢君子)라

양신미경(良辰美景) 천렵하고 명희현령(名姬賢伶) 자유여(自有餘)라

좋도다

사친가일(事親暇日)에 오유자락(傲遊自樂)하더라.

 * 가덕(加德) 하정일(河靖一)은 자가 성초(聖初)이고, 호는 ○○이다. 어버이에게 효도하고 형제와 우애하며, 성품은 강직하고 과감하여 일에 닥쳐 의심하지 않았으니, 한 시대의 쾌장부(快丈夫)라고 말할 수 있을 것이다. 나와 더불어 공경하고 사랑한 지 30년이 되었다.

剛毅果敢[1] 烈丈夫[2]요
孝親友弟[3] 賢君子[4] ㅣ 라
良辰美景[5] 닉노름[6]에 名姬賢伶[7] 自有餘[8] ㅣ 라

---

1) 강의과감(剛毅果敢) : 강직하고 과감함.

2) 열장부(烈丈夫) : 절개가 굳은 남자.

3) 효친우제(孝親友弟) : 부모에게 효도하고 형제에게 우애로움.

4) 현군자(賢君子) : 현명한 군자, 곧 어질고 점잖은 사람을 일컫는 말.

5) 양신미경(良辰美景) : 좋은 시절에 아름다운 경치.

6) 닉노름 : 냇물에서 고기를 잡고 노는 것, 곧 천렵(川獵).

7) 명희현령(名姬賢伶) : 이름난 기녀와 솜씨 좋은 연주자.

美哉라9)

事親暇日10)에는 傲遊自樂11) ᄒ더라.

〈금옥 * 34, #0147.1〉

河加德靖一,12) 字聖初, 號○○. 孝親友弟, 而性本剛毅果敢, 臨事無疑,13) 可謂一代快丈夫14)也. 與余敬愛15)三十年.

---

8) 자유여(自有餘) : 스스로 넉넉함.

9) 미재(美哉)라 : 아름다워라. 상대에 대한 긍정적인 감정을 표출하는 표현으로, 현대역에서는 글자 수를 맞추기 위해 '좋도다'라고 번역했음.

10) 사친가일(事親暇日) : 부모를 섬기기 위해 휴가를 냄.

11) 오유자락(傲遊自樂) : 거만한 듯이 노닐며 스스로 즐거워함.

12) 하정일(河靖一) : 흥선대원군의 측근 가운데 한 사람. 흥선대원군의 측근을 지칭하는 천하장안(千河張安)은 천희연(千喜然), 하정일(河靖一), 장순규(張淳奎), 안필주(安弼周)의 성을 따서 만든 표현.

13) 임사무의(臨事無疑) : 일에 임하여 의심하지 않음.

14) 쾌장부(快丈夫) : 호쾌한 남자.

15) 경애(敬愛) : 공경하고 사랑함.

중거삭대엽(中擧 數大葉)

●

남산(南山)같이 높은 수(壽)와
동해(東海)같이 깊은 복(福)을
세자(世子)가 탄강(誕降)하오실 때 오로지 받으시니
아마도
수복(壽福)이 쌍전(雙全)하시기는 성세자(聖世子)를 뵈었네.

  * 하축시 제3수.[1]

南山갓치 놉흔 壽[2]와
東海갓치 깁흔 福을
世子[3] ㅣ 誕降[4]허오실 졔 오로지 바드시니
아마도
壽福[5]이 雙全[6]허시기는 聖世子를 뵈온져.

---

1) 세자탄강 하축시 8수 중 제3수.
2) 수(壽) : 장수(長壽), 곧 오래 사는 것.
3) 세자(世子) : 왕위를 이을 왕자.
4) 탄강(誕降) : 세자의 탄생을 높여 이르는 말.

⟨금옥 *35, #0824.1⟩

賀祝7)第三.

---

5) 수복(壽福) : 장수와 복을 누리는 일.

6) 쌍전(雙全) : 모두 온전하게 갖춤.

7) 하축(賀祝) : 남의 좋은 일에 기쁘고 즐거운 마음으로 인사함.

◉

하늘 구만리(九萬里)에

구름을 쓸어 열고

두렷이 굴러 올라 중앙(中央)에 밝았으니

알겠다

성세(聖世) 상원(上元)이니 밤인가 하노라.

* 영안부원군(永安府院君)의 시에 '만리에 구름 없어 완전히 떠올라, 온 하늘이 물과 같아 한가운데 떠 있네'라고 하였다.

長空[1] 九萬里[2]에

구름을 쓰러 열고

두려시[3] 굴너 올나 中央에 밝앗스니

알괘라

聖世[4] 上元[5]이니 밤인가 허노라.

〈금옥 * 36, #4170.1〉

永安府院君[6]詩曰, '萬里無雲來宛轉,[7] 一天[8]如水在中央.'

---

1) 장공(長空) : 높고 먼 하늘.

2) 구만리(九萬里) : 까마득하게 멀리 있음.

3) 두려시 : 두렷하게, 곧 흐리지 않고 분명하게.

4) 성세(聖世) : 태평한 시대.

5) 상원(上元) : 음력 정월(1월) 대보름.

6) 영안부원군(永安府院君) : 순조(純祖)의 비 순원왕후(純元王后)의 아버지 김조순(金祖淳).

---

7) 완전(婉轉) : 또렷하게 도는 것.

8) 일천(一天) : 온 하늘.

●

호방(豪放)하다 저 늙은이
술 아니면 노래로다
단아중중(端雅衆中) 문사모(文士貌)요 고기화리(古奇畵裡) 노선형(老仙形)을
묻나니
운대(雲臺)에 숨어 있은 지 몇몇 해나 되었나.

* 운애(雲崖) 박경화(朴景華) 선생이 필운대(弼雲臺)에 은거하여, 평생 시와 술과 노래와 거문고로 시간을 보내며, 기로(耆老)의 나이에 이르렀으니 진실로 한 시대의 인걸(人傑)이라고 하겠다.

豪放[1]헐슨 져 늘그니
슐 아니면 노릭로다
端雅衆中[2] 文士皃요 古奇畵裡 老仙形[3]을
뭇ᄂ니
雲坮[4]에 슘어 엇슨 지 몃몃 히나 되언고.

---

1) 호방(豪放) : 기개가 있고 거리낌이 없음.

2) 단아중중문사모(端雅衆中文士貌) : 단아한 여러 사람 가운데 문사의 풍모가 있음.

3) 고기화리노선형(古奇畵裡老仙形) : 옛 기이한 그림 속의 늙은 신선의 형상이 있음.

4) 운대(雲臺) : 서울 인왕산 자락의 명승지인 필운대(弼雲臺).

〈금옥 *37, #5418.1〉

雲崖5)朴先生景華, 隱於弼雲坮, 平生以詩酒歌琹度日,6) 至於耆老,7) 固一世8)之人傑9)也.

---

5) 운애(雲崖) : 박효관의 호. 경화(景華)는 그의 자(字).

6) 도일(度日) : 세월을 보냄.

7) 기로(耆老) : 60세 이상의 노인. 60세를 기(耆), 70세를 노(老)라 함.

8) 일세(一世) : 한 시대. 온 세상.

9) 인걸(人傑) : 매우 뛰어난 인재.

진왕(秦王)이 격부(擊缶)하니

육국(六國) 제후(諸侯)가 다 꿇었다

이제 와 생각하니 수천년(數千年) 사이거늘

다시금

옥루(玉樓) 위 봄바람에 격부성(擊缶聲)이 들리네.

　*　석파대로(石坡大老)께서 음률(音律)에 밝았으며, 우석상서(又石尙書) 또한 밝으셔서 정통하지 않음이 없었는데, 격부(擊缶)에 이르러서는 신의 경지에 들어설 만큼의 묘함이 아니라면 여기에 이르지 못했을 것이다.

秦王1)이 擊缶2)허니

六國 諸侯3)] 다 숤거다4)

이제 와 혜여허니 數千年 亽이여늘

다시금

玉樓5)上 봄ᄇᆞ름에 擊缶聲이 이는고.

---

1) 진왕(秦王) : 중국 전국 시대 진(秦)나라의 왕.

2) 격부(擊缶) : 흙을 구워 만든 부(缶)를 연주함.

3) 육국 제후(六國諸侯) : 여섯 나라의 제후. 중국 전국 시대의 강국이었던 진(秦)나라에 대항하여 여섯 나라의 합종책(合從策)을 시도했던 소진(蘇秦)의 고사와 관련이 있는 듯함.

4) 다 숤거다 : 다 무릎을 꿇었다. 다 복종했다. 여섯 나라의 제후가 합종책에 복종하듯이 따랐다는 의미인 듯함.

5) 옥루(玉樓) : 아름다운 누각.

⟨금옥 * 38, #4494.1⟩

石坡大老,6) 皎於音律,7) 又石尙書,8) 亦皎如也, 無不精通,9) 而至於擊缶, 非妙入神,10) 無以至此.

---

6) 석파대로(石坡大老) : 흥선대원군 이하응.

7) 음률(音律) : 음악의 소리와 가락.

8) 우석상서(又石尙書) : 흥선대원군의 아들인 이재면.

9) 정통(精通) : 정밀하게 두루 알고 있음.

10) 입신(入神) : 신의 경지에 들어감.

●

산길 육칠리(六七里) 가니

일계(一溪) 이계(二溪) 삼계류(三溪流)라

유정(有亭) 익연(翼然)하니 흡사(恰似) 당년(當年) 취옹정(醉翁亭)을

석양에

생가고슬(笙歌鼓瑟)은 승평곡(昇平曲)을 알리더라.

 * 창의문(彰義門) 밖에 삼계동(三溪洞)이 있다. 계곡 가운데 정자가 있으니, 이곳이 석파대로(石坡大老)께서 편안하게 쉬는 곳이다.

山行1) 六七里2)하니

一溪 二溪 三溪流3) ㅣ 라

有亭 翼然4)하니 恰似5) 當年6) 醉翁亭7)를

夕陽에

---

1) 산행(山行) : 산길을 감.

2) 육칠리(六七里) : 6~7리 정도. 대략 2.5km 남짓의 거리.

3) 삼계류(三溪流) : 세 개의 시냇물이 흐름.

4) 익연(翼然) : 새의 날개를 편 듯함.

5) 흡사(恰似) : 거의 똑같을 정도로 비슷함.

6) 당년(當年) : 바로 그 해.

7) 취옹정(醉翁亭) : 중국 송(宋)나라의 문인인 구양수(歐陽脩)가 안휘성에 지었던 정자. 구양수가 쓴 〈취옹정기(醉翁亭記)〉가 있음.

笙歌鼓瑟8)은 昇平曲9)를 알외더라.

〈금옥 *39, #2366.1〉

彰義門10)外, 有三溪洞.11) 洞中有亭, 此是石坡大老12)偃息處13)也.

---

8) 생가고슬(笙歌鼓瑟) : 생황(笙篁) 반주에 맞춰 노래하고 거문고를 연주함.

9) 승평곡(昇平曲) : 태평성대를 형상화한 음악.

10) 창의문(彰義門) : 조선 시대 서울의 사소문(四小門)의 하나. 일명 자하문(紫霞門)이라고도 함.

11) 삼계동(三溪洞) : 북악산 기슭의 지명. 세 개의 시냇물이 만나는 장소라는 뜻으로 붙여진 지명.

12) 석파대로(石坡大老) : 흥선대원군 이하응.

13) 언식처(偃息處) : 걱정이 없이 편안하게 쉬는 곳.

●

운하(雲下) 태을정(太乙亭)에

영락지(泳樂池) 맑아 있다

조일(朝日)에 화문수(花紋繡)요 춘풍(春風)에 조관현(鳥管絃)을

경송(慶松)은

울울번연(鬱鬱蕃衍)하여 억만년(億萬年)을 기약(期約)한다.

 * 운현궁(雲峴宮) 후원(後園)에 태을정(太乙亭)과 영락지(泳樂池)가 있고, 영락지 가에 고송(古松)이 있어 뜰 가운데가 풍성하다. 을해년(乙亥年:1875) 봄에 임금께서 직접 오셨을 때 금가락지 한 쌍을 하사하여 그곳에 매다셨다.

雲下1) 太乙亭2)에
泳樂池3) 맑아 잇다
朝日에 花紋繡4)요 春風에 鳥管絃5)를
慶松6)은

---

1) 운하(雲下) : 구름 아래.

2) 태을정(太乙亭) : 운현궁 후원에 있던 정자.

3) 영락지(泳樂池) : 운현궁 후원에 있던 연못.

4) 조일화문수(朝日花紋繡) : 아침 햇볕에 꽃을 수놓은 듯함.

5) 춘풍조관현(春風鳥管絃) : 봄바람에 새 소리가 연주하는 듯함.

6) 경송(慶松) : 경사스러운 소나무. 운현궁 후원에 있는 고송(古松)으

鬱鬱蕃衍7) ᄒ야 億萬年8)을 期約9)거다.

〈금옥 * 40, #3615.1〉

雲峴宮10) 後園,11) 有太乙亭泳樂池, 池邊有古松,12) 蕃衍13)于庭中.
乙亥春, 親臨14)時, 賜金環一双15)懸之.

로, 고종이 왔을 때 금가락지 한 쌍을 매달았기에 '경송(慶松)'이라고
부른 듯함.

7) 울울번연(鬱鬱蕃衍) : 울창하게 번식하여 자람.

8) 억만년(億萬年) : 한없이 긴 세월.

9) 기약(期約) : 때를 정하여 약속함.

10) 운현궁(雲峴宮) : 흥선대원군 이하응의 저택.

11) 후원(後園) : 집 뒤에 있는 작은 동산이나 정원.

12) 고송(古松) : 오래 묵은 소나무.

13) 번연(蕃衍) : 한창 성하게 일어나 퍼짐.

14) 친림(親臨) : 임금이 몸소 나옴.

15) 금환일쌍(金環一雙) : 금가락지 한 쌍.

❀

빙자옥질(氷姿玉質)이여

눈 속의 너로구나

가만히 향기(香氣) 놓아 황혼월(黃昏月)을 기약(期約)하니

아마도

아치고절(雅致高節)은 너뿐인가 하노라.

 * 운애산방(雲崖山房)의 〈매화사〉 제3수이다.[1]

氷姿玉質[2]이여

눈 속에 네로구나

가만이 香氣 노아 黃昏月[3]를 期約ㅎ니

아마도

雅致高節[4]은 너쑌인가 ㅎ노라.

〈금옥 *41, #2193.1〉

雲崖山房,[5] 梅花詞第三.

---

1) 〈매화사〉 8수 중 제3수.

2) 빙자옥질(氷姿玉質) : 얼음 같은 자태에 옥 같은 바탕.

3) 황혼월(黃昏月) : 해가 지며 어두워질 무렵에 떠오른 달.

4) 아치고절(雅致高節) : 우아한 운치가 있는 고상한 절개.

5) 운애산방(雲崖山房) : 필운대에 있는 박효관의 거처. '운애(雲崖)'는 박효관의 호.

❄

전나귀 고삐 채니

돌길에 날래도다

아이야 채를 끊고 술병 부디 조심하라

석양이

산두(山頭)에 걸렸는데 학(鶴)의 소리 들리더라.

* 무인년(戊寅年 : 1878) 봄에 연호(蓮湖) 박사준(朴士俊), 화산(華山) 손오여(孫五汝), 벽강(碧江) 김군중(金君仲)과 함께 운애산방(雲崖山房)을 방문하였다.

전나귀1) 혁2)을 치니3)

돌길에 날뉘거다

아희야 치를 긋고4) 슐瓶 부듸 操心5)ᄒ라

夕陽이

山頭6)에 거졋난데7) 鶴에 소릐 들니더라.

---

1) 전나귀 : 다리를 저는 나귀.

2) 혁(革) : 말안장 양쪽에 꾸밈새로 늘어뜨린 고삐.

3) 치니 : 갑자기 힘을 주어 잡아당기니.

4) 치를 긋고 : 채찍을 멈추고.

5) 조심(操心) : 잘못이나 실수가 없도록 말이나 행동에 신경을 씀.

6) 산두(山頭) : 산꼭대기.

7) 거졋난데 : 걸렸는데.

⟨금옥 *42, #4289/1⟩

戊寅春, 與蓮湖朴士俊,8) 華山孫五汝, 碧江金君仲,9) 訪雲崖山房.10)

---

8) 연호(蓮湖) 박사준(朴士俊) : 박한영. 연호(蓮湖)는 그의 호이고, 자는 사준(士俊)임(*32 작품 참조).

9) 벽강(碧江) 김군중(金君仲) : 거문고 연주자인 김윤석(金允錫). 벽강(碧江)은 그의 호이고, 자는 군중(君仲).

10) 운애산방(雲崖山房) : 필운대에 있는 박효관의 거처. '운애(雲崖)'는 박효관의 호.

●

추파(秋波)에 섰는 연꽃

석양(夕陽)을 띠어 있어

미풍(微風)이 건듯하면 향기(香氣) 놓는 너로구나

내 어찌

너를 보고야 아니 꺾고 어찌하리.

* 내가 온정(溫井)에서 동래부(東萊府)에 돌아가 기녀 청옥(靑玉)의 집을 주인으로 삼아 묵었는데, 청옥은 곧 동래부의 이름난 기녀이다. 자색(姿色)이 곱고 아름다우며 노래와 춤에 능숙하여, 비록 서울의 이름난 기녀와 상대하게 하더라도 진실로 양보하지 않을 것이다.

秋波1)에 셧는 蓮못
夕陽을 씌여2) 잇셔
微風3)이 건듯허면4) 香氣 놋는 네로고나
닉 엇지
너를 보고야 아니 썻고 엇지허리.

〈금옥 *43, #4963.1〉

余自溫井歸到萊府,5) 妓靑玉家爲主,6) 而靑玉則萊府名姬7)也. 姿

---

1) 추파(秋波) : 가을의 잔잔한 물결.
2) 씌여 : 띠어. 감지할 수 있을 만큼 드러내어.
3) 미풍(微風) : 약하게 부는 바람.
4) 건듯허면 : 가볍게 불면.

色8)之艷姸,9) 歌舞之精熟,10) 雖使洛中11)名姬相對, 固不肯讓.12)

---

5) 래부(萊府) : 부산의 동래부(東萊府).

6) 위주(爲主) : 주인으로 삼아 머물다.

7) 명희(名姬) : 이름난 기녀.

8) 자색(姿色) : 아름다운 모습과 얼굴.

9) 염연(艷姸) : 곱고 아름다움.

10) 정숙(精熟) : 정통하여 능숙함.

11) 낙중(洛中) : 서울의 안. '낙양(洛陽)'을 서울의 대명사로 사용하며, '낙양의 가운데'를 줄인 말.

12) 긍양(肯讓) : 기꺼이 양보함.

◉

비오동불서(非梧桐不棲)하고

비죽실불식(非竹實不食)이라

남산월(南山月) 깊은 밤에 울려 하는 봉심(鳳心)이라

두어라

비천인(飛千仞) 불탁속(不啄粟)은 너를 본가 하노라.

* 순창 기녀 봉심(鳳心)은 사람됨이 정숙하여 자못 부인의 자태가 있으며, 춤과 노래를 겸하여 익혔다. 석파대로(石坡大老)께서 사랑하여 신부(新婦)라는 호를 지었다.

非梧桐不棲[1] ᄒᆞ고

非竹實不食[2]이라

南山月[3] 깁흔 밤에 울냐 허는 鳳心[4]이라

두어라

飛千仞[5] 不啄粟[6]은 너를 본가 허노라.

---

1) 비오동불서(非梧桐不棲) : 오동나무가 아니면 깃들지 않음.

2) 비죽실불식(非竹實不食) : 대나무 열매가 아니면 먹지 않음. 이 두 구절은 상서로운 새인 봉(鳳)의 행태를 묘사한 표현.

3) 남산월(南山月) : 남산에 떠오른 달.

4) 봉심(鳳心) : 상서로운 새인 봉(鳳)의 마음. 여기서는 전라도 순창의 기녀 이름.

5) 비천인(飛千仞) : 천 길 높이를 날아감. 한 길[仞]은 사람의 양 팔을 벌린 정도의 길이. 역시 봉(鳳)의 습성을 묘사한 표현.

6) 불탁속(不啄粟) : 좁쌀을 쪼아 먹지 않음. 이 표현도 봉(鳳)을 묘사한

〈금옥 *44, #2177.1〉

淳昌鳳心, 爲人淳淑,7) 頗有夫人態, 而兼閑8)於歌舞矣. 石坡大老,9) 愛而爲號新婦.10)

것.

7) 순숙(淳淑) : 순박하고 정숙함.

8) 겸한(兼閑) : 겸하여 익힘.

9) 석파대로(石坡大老) : 흥선대원군 이하응.

10) 신부(新婦) : 갓 결혼한 여자.

영산홍록(暎山紅綠) 봄바람에

황봉(黃蜂) 백접(白蝶) 넘노는 듯

백화원림(百花園林) 향기(香氣) 속에 흥(興)쳐 노는 두루민 듯

두어라

천태만상(千態萬狀)은 너뿐인가 하노라.

* 내가 동래에서 돌아오는 길에 최치학(崔致學)과 함께 밀양에 도착해서 기녀와 악공을 많이 불러 여러 날을 정도가 지나치게 즐겼는데, 동기(童妓) 초월(楚月)이 있어 아름다운 자태가 갖춰져 있으며 노래와 춤이 절묘하여 절세의 미모와 재주라고 할 수 있을 것이다. 요즘에 남쪽 사람들이 전하는 말을 들으니 초월의 미모와 예술이 한 도의 으뜸을 차지했다고 한다. 작년에 비록 장차 술을 따르는 흥취가 다가올 줄 알았다고 한들, 어찌 오늘날의 소문(所聞)과 같으리라고 짐작이나 했겠는가.

暎山紅綠1) 봄ᄇᆞ롬에
黃蜂2) 白蝶3) 넘노는 듯4)
百花園林5) 香氣 속에 興쳐6) 노는 두룸인 듯7)

---

1) 영산홍록(暎山紅綠) : 산에 비치는 붉은 꽃과 푸른 잎.
2) 황봉(黃蜂) : 노란 벌.
3) 백접(白蝶) : 흰 나비.
4) 넘노는 듯 : 이곳에서 저곳으로 오가며 노는 듯.

두어라

千態万狀8)은 너뿐인가 허노라.

〈금옥 *45, #3350.1〉

余自東萊歸路,9) 与崔致學到密陽, 廣招妓樂,10) 數日迭宕,11) 而有童妓12)楚月者, 色態13)俱備,14) 歌舞精妙,15) 可謂絶世色藝16)也. 近聞南人17)傳言, 則楚月色藝爲一道居甲18)云. 昔年19)雖知來頭20)將進之趣,21) 然豈料22)如今日所聞23)哉.

---

5) 백화원림(百花園林) : 온갖 꽃들이 핀 정원의 수풀.

6) 흥(興)쳐 : 흥에 겨워.

7) 두룸인 듯 : 두루미인 듯. 두루미는 몸통이 하얗고 목과 꼬리 등 일부가 검은 철새로 초월의 춤추는 모습을 묘사한 듯함.

8) 천태만상(千態萬狀) : 한결같지 않고 각각 다른 모습으로 나타남.

9) 귀로(歸路) : 돌아오는 길.

10) 광초기악(廣招妓樂) : 널리 기녀와 악공을 초대함.

11) 질탕(迭宕) : 지나칠 정도로 흥에 겨워 놂.

12) 동기(童妓) : 아직 머리를 얹지 않은 어린 기생.

13) 색태(色態) : 곱고 아름다운 자태.

14) 구비(俱備) : 모두 갖춤.

15) 정묘(精妙) : 자세하고 묘함.

16) 절세색예(絶世色藝) : 세상에서 가장 뛰어난 미모와 재주.

17) 남인(南人) : 남쪽에서 오는 사람.

18) 거갑(居甲) : 으뜸을 차지함.

19) 석년(昔年) : 여러 해 전. 또는 작년.

20) 내두(來頭) : 다가오게 될 앞날.

21) 장진지취(將進之趣) : 술을 따르는 흥취.

22) 기료(豈料) : 어찌 짐작했겠는가.

23) 소문(所聞) : 세상에 떠도는 소식.

🌑

늙은이 저 늙은이

임천(林泉)에 숨은 저 늙은이

시주가금(詩酒歌琴) 여기(與碁)로 늙어 오는 저 늙은이

평생에

불구문달(不求聞達)하고 절로 늙는 저 늙은이.

* 운애(雲崖) 박선생은 필운대(弼雲臺)에 은거하여, 시와 술과 노래와 거문고 가운데 늙어 갔다.

늘그니 져 늘그니

林泉1)에 슘운 져 늘그니

詩酒歌琴 与碁2)로 늙어온은 져 늘그니

平生3)에

不求聞達4)허고 절노 늙는 져 늘그니.

〈금옥 * 46, #1175.1〉

雲崖5)朴先生, 隱於弼雲坮,6) 老於詩酒歌琴中.

---

1) 임천(林泉) : 숲과 샘이라는 뜻으로, 은사가 사는 곳을 일컫는 말.

2) 시주가금여기(詩酒歌琴與碁) : 시와 술, 노래와 거문고, 그리고 바둑.

3) 평생(平生) : 사람이 태어나서 죽을 때까지의 살아 있는 동안.

4) 불구문달(不求聞達) : 명예나 영달을 구하지 않음.

5) 운애(雲崖) : 박효관의 호.

6) 필운대(弼雲臺) : 서울 인왕산 자락의 명승지.

●

어득한 구름 가에

숨어 밝은 달 아니면

희미한 안개 속에 반(半)만 열린 꽃이로다

지금에

화용월태(花容月態)는 너를 본가 하노라.

* 평양 기녀 혜란(蕙蘭)을 찬미하다.

어득헌1) 구름 가에

숨어 발근 달 아니면

稀迷2)헌 안기 속에 半만 녈닌 솟치로다

至今에

花容月態3)는 너를 본가 허노라.

〈금옥 *47, #3145.1〉

讚平壤妓蕙蘭.

---

1) 어득헌 : 가물가물할 정도로 몹시 멀고 희미한.

2) 희미(稀迷) : 분명하지 않고 어슴푸레함.

3) 화용월태(花容月態) : 꽃다운 얼굴과 달 같은 자태라는 뜻으로, 아름다운 여인의 얼굴과 맵시를 일컫는 말.

❀

공명(功名)은 부운(浮雲)이요
부귀(富貴)는 유수(流水)로다
열심락지(悅心樂志)를 만권서(萬卷書)에 부쳤으니
때문에
여세상위(與世相違)한지라 호칭좌암(號稱左菴)이러라.

* 아사(雅士) 이건황(李健璜)으로, 자는 ○○이고 호는 좌암(左菴)이다.

功名[1]은 浮雲[2]이요
富貴[3]는 流水[4] ㅣ 로다
悅心樂志[5]를 萬卷書[6]에 붓첫스니
以故[7]로
与世相違[8]헌지라 號稱左菴[9]이러라.

---

1) 공명(功名) : 공을 세워 이름이 세상에 떨침.

2) 부운(浮雲) : 뜬구름. 곧 덧없음을 비유적으로 일컫는 표현.

3) 부귀(富貴) : 부유하고 지위가 높음.

4) 유수(流水) : 흐르는 물.

5) 열심락지(悅心樂志) : 마음을 기쁘게 하고 뜻을 즐겁게 함.

6) 만권서(萬卷書) : 많은 책. 곧 부귀공명에 관심이 없고 책 읽기를 좋아한다는 의미.

7) 이고(以故) : 그러므로. 때문에.

8) 여세상위(與世相違) : 세상의 뜻과 서로 어긋남.

〈금옥 *48, #0327.1〉

李雅士10)健璜, 字○○, 號左菴.

---

9) 좌암(左菴) : 이건황(李健璜)의 호. 흔히 '좌(左)'는 바르지 않음을 의미함.

10) 아사(雅士) : 맑고 깨끗한 선비.

평거삭대엽(平擧 數大葉)

●

망지여운(望之如雲) 취지여일(就之如日)
성세자(聖世子)의 기상(氣像)이라
요순지치(堯舜之治)를 창생(蒼生)이 미리 알았던지
강구(康衢)에
수무족도(手舞足蹈)하니 억만세(億萬歲)를 부르더라.
* 하축시 제4수.[1]

望之如雲[2] 就之如日[3]
聖世子[4]에 氣像[5]이라
堯舜之治[6]를 蒼生[7]이 미리 아도던지

---

1) 세자탄강 하축시 8수 중 제4수.
2) 망지여운(望之如雲) : 바라보면 비를 내려주는 구름과 같음.
3) 취지여일(就之如日) : 가까이 다가가면 따뜻한 햇볕과 같음. 이 두 구절은 모두 《사기》에서 고대 중국의 성군인 요(堯)임금의 덕을 형용한 표현.
4) 성세자(聖世子) : 왕위를 이을 왕자.
5) 기상(氣像) : 사람의 타고난 기질.
6) 요순지치(堯舜之治) : 중국 고대의 성군인 요임금과 순임금이 다스

康衢8)에

手舞足蹈9)허니 億万歲10)를 부르더라.

〈금옥 *49, #1597.1〉

賀祝11)第四.

리던 시절, 곧 태평성대를 일컬음.

7) 창생(蒼生) : 세상의 모든 사람.

8) 강구(康衢) : 여러 곳으로 두루 통하는 큰 길거리.

9) 수무족도(手舞足蹈) : 손과 발을 움직여 춤을 춤.

10) 억만세(億萬歲) : 거듭 만세를 부르며 기뻐함.

11) 하축(賀祝) : 남의 좋은 일에 기쁘고 즐거운 마음으로 인사함.

●

만물(萬物)이 회양(回陽)하니
화산(華山)에 일난(日暖)이라
기수(沂水)가 맑았으니 시원하다 무우(舞雩) 바람
이때에
새 옷을 떨쳐입고 등림춘원(登臨春園)하리라.

* 첨사(僉使) 안(安)○○으로, 자는 경지(敬之)이고 호가 춘원(春園)이다.

萬物1)이 回陽2)허니
華山3)에 日暖4)이라
沂水5) ㅣ 말갓거니 시원헐슨 舞雩6) 바름

---

1) 만물(萬物) : 세상에 있는 모든 것.
2) 회양(回陽) : 양(陽)의 기운을 회복함.
3) 화산(華山) : 서울의 북쪽에 있는 북한산을 달리 일컫는 말.
4) 일난(日暖) : 햇볕이 따뜻함.
5) 기수(沂水) : 중국의 강 이름.
6) 무우(舞雩) : 중국의 지명. '기수(沂水)'와 '무우(舞雩)'는 《논어》〈선진(先進)〉편에서 공자의 물음에 제자인 증석(曾晳)이 답한 구절에서 나오는 표현으로 공자가 제자들에게 '만약 누군가 너희를 알아주는 사람이 있다면 어떻게 하겠느냐'라는 질문을 던지자, 제자인 증석이 '늦봄에 옷이 완성되면 관을 쓴 사람 대여섯과 동자 예닐곱과 함께 기수(沂水)에서 목욕하고 무우(舞雩)에서 바람을 쐬다가 시를 읊조리며 돌아오겠습니다'라고 대답했음.

잇찌에

싀 옷슬 썰쳣스니7) 登臨春園8) ᄒᆞ리라.

〈금옥 *50, #1551.1〉

安僉使9)○○, 字敬之, 號春園.

---

7) 썰쳣스니 : 잘 갖추어 입었으니.

8) 등림춘원(登臨春園) : 봄 정원에 올라감. '춘원(春園)'은 작품의 대상인 안경지의 호.

9) 첨사(僉使) : 조선 시대 무관직의 하나.

●

공산(空山) 풍설야(風雪夜)에

돌아오는 저 사람아

시비(柴扉)에 개 소리를 듣느냐 못 듣느냐

석경(石逕)에

눈이 덮였으니 나귀 혁(革)을 놓으라.

* 내가 갑술년(甲戌年 : 1874) 겨울에, 목산(木山) 강경학(姜景學)과 밤에 운애산방(雲崖山房)을 방문하였다. 이날 밤 큰 눈이 많이 내려 돌길을 찾을 수가 없었는데, 선생께서 문에 기대어 부르기를 '무슨 까닭에 가까운 곳의 개 짖는 소리도 듣지 못하는가'라고 하셨다.

空山1) 風雪夜2)에
도라오는 져 스름아
柴扉3)에 기 소리를 듯느냐 못 듯느냐
石逕4)에
눈이 덥혀스니 나귀 革5)을 노으라.

---

1) 공산(空山) : 사람이 없는 산속.
2) 풍설야(風雪夜) : 바람이 불고 눈이 오는 밤.
3) 시비(柴扉) : 사립문, 곧 잡목의 가지를 엮어서 만든 문을 일컬음.
4) 석경(石逕) : 돌이 많은 좁은 길.
5) 혁(革) : 말안장 양쪽에 꾸밈새로 늘어뜨린 고삐.

⟨금옥 *51, #0360.1⟩

余於甲戌冬, 与木山姜景學, 夜訪雲崖山房.6) 是夜大雪紛紛,7) 不能尋逕,8) 先生9)依門10)而呼之曰, '故不聞只尺11)犬吠聲12)乎.'

---

6) 운애산방(雲崖山房) : 필운대에 있는 박효관의 거처. '운애(雲崖)'는 박효관의 호.

7) 분분(紛紛) : 많이 흩날리는 모양.

8) 심경(尋逕) : 좁은 길을 찾음.

9) 선생(先生) : 박효관을 일컬음.

10) 의문(依門) : 문에 기댐.

11) 지척(只尺) : 아주 가까운 거리.

12) 견폐성(犬吠聲) : 개가 짖는 소리.

●

지난해 오늘 밤에
저 달빛을 보았는데
이 해 오늘 밤에 그 달빛이 또 밝았다
이제야
세거월장재(歲去月長在)를 알겠다고 하노라.

* 오늘에야 세월이 지나도 달은 오래도록 있음을 처음으로 깨달았다.

지난히 오늘 밤에
져 달빗츨 보왓더니
이 히 오늘 밤에 그 달빗치 쏘 발앗다
이제야
歲去月長在1)를 아랏슨져 허노라.

〈금옥 * 52, #4458.1〉

今日始覺2)歲去月長在.

---

1) 세거월장재(歲去月長在) : 세월이 지나도 달이 오래도록 있음.
2) 시각(始覺) : 처음으로 깨달음.

희기 눈 같으니

서시(西施)의 후신(後身)인가

곱기 꽃 같으니 태진(太眞)의 넋이런가

지금에

설부화용(雪膚花容)은 너를 본가 하노라.

* 해주 기녀 옥소선(玉簫仙)을 찬미하다.

희기 눈 갓트니

西施1)에 後身2)인가

곱기 숏 갓트니 太眞3)에 넉4)시런가

至今에

雪膚花容5)은 너를 본가 허노라.

〈금옥 *53, #5545.1〉

讚海州玉簫仙.

---

1) 서시(西施) : 중국 춘추 시대 대표적인 미인. 월나라의 계략으로 오나라 왕 부차의 후궁이 되어, 오나라를 패망으로 이끌었다는 평가가 있음.

2) 후신(後身) : 죽은 다음 다시 태어난 몸.

3) 태진(太眞) : 중국 당(唐)나라 현종(玄宗)의 비였던 양귀비(楊貴妃)의 호. 중국의 4대 미인 가운데 하나로 여겨짐.

4) 넉 : 넋. 사람들의 정신이나 마음을 이르는 말.

5) 설부화용(雪膚花容) : 눈처럼 흰 살갗과 꽃처럼 고운 얼굴이라는 뜻으로, 아름다운 여자의 모습을 일컫는 표현.

눈으로 기약(期約)하고
너 과연(果然) 피었구나
황혼(黃昏)에 달이 오니 그림자도 성기도다
청향(淸香)이
잔(盞)에 떴으니 취(醉)코 놀려 하노라.
* 운애산방(雲崖山房)의 〈매화사〉 제4수.1)

눈으로 期約2)터니
네 果然 푸엿고나
黃昏에 달이 오니 그림즈도 셩긔거다3)
淸香4)이
盞에 썻스니 醉코 놀녀 허노라.

〈금옥 *54, #1115.1〉

雲崖山房,5) 梅花詞第四.

---

1) 〈매화사〉 8수 중 제4수.

2) 눈으로 기약(期約) : 눈으로 한 약속, 곧 혼자서 한 약속이라는 뜻. 또는 눈(雪)이 내릴 때의 약속.

3) 셩긔거다 : 성기구나. 곧 사이사이에 공간이 많음을 의미함.

4) 청향(淸香) : 맑은 향기.

5) 운애산방(雲崖山房) : 필운대에 있는 박효관의 거처. '운애(雲崖)'는 박효관의 호.

◉

우사사(雨絲絲) 양류사사(楊柳絲絲)

풍습습(風習習) 화쟁발(花爭發)을

만성도리(滿城桃李)는 성세(聖世)에 춘광(春光)이라

우리는

강구일민(康衢逸民)이니 태평가(太平歌)로 즐기리라.

* 을해년(乙亥年:1875) 봄에 선생의 직방(直房)에서 모여 술을 마셨다.

雨絲絲1) 楊柳絲絲2)

風習習3) 花爭發4)을

滿城桃李5)는 聖世6)에 春光7)이라

우리는

康衢逸民8)인져 太平歌9)로 즐기리라.

---

1) 우사사(雨絲絲) : 비가 실처럼 내림.

2) 양류사사(楊柳絲絲) : 수양버들의 가지가 실처럼 늘어져 있음.

3) 풍습습(風習習) : 바람이 기분이 좋을 만큼 차고 부드럽게 붊.

4) 화쟁발(花爭發) : 꽃이 다투어 핌.

5) 만성도리(滿城桃李) : 복사꽃과 자두꽃이 피어 성안에 가득함.

6) 성세(聖世) : 태평성대, 곧 사람들이 편안하게 지내는 시대.

7) 춘광(春光) : 봄철의 경치.

8) 강구일민(康衢逸民) : 태평한 시대의 사람. '강구(康衢)'는 여러 곳으로 두루 통하는 큰 길거리이며, 일민(逸民)은 세상을 피해 숨어 지내는

〈금옥 *55, #3581.1〉

乙亥春, 會酌10)于先生11)直房.12)

사람을 뜻함.

9) 태평가(太平歌) : 세상이 태평함을 기뻐하여 부르는 노래.

10) 회작(會酌) : 행사 이튿날에 다시 베푸는 잔치를 이르던 말.

11) 선생(先生) : 박효관을 지칭함.

12) 직방(直房) : 박효관의 거처인 운애산방을 일컫는 듯. '직방(直房)'은 조정의 신하들이 조회 시간을 기다리며 모여 있는 방을 일컫는데, 아마도 박효관을 찾은 제자들이 모였던 방을 지칭하는 것으로 보임.

●

공덕리(孔德里) 천조류(千條柳)에

만년춘광(萬年春光) 머물렀고

삼계동(三溪洞) 구절폭(九折瀑)은 백장기세(百丈氣勢)
가졌더라

우리도

성세일민(聖世逸民)이니 태평가(太平歌)로 즐기리라.

 * 공덕리(孔德里)의 아소당(我笑堂) 앞에 천조류(千條柳)가 있고, 삼계동(三溪洞) 미월방(米月舫) 뒤 수각(水閣)에는 구절폭(九折瀑)이 있다.

孔德里[1] 千條柳[2]에

萬年春光[3] 머무럿고

三溪洞[4] 九折瀑[5]은 百丈氣勢[6] 가졋셰라

---

1) 공덕리(孔德里) : 흥선대원군 이하응의 별장이 있던 곳의 지명.

2) 천조류(千條柳) : 수많은 가지가 늘어진 버드나무. 천 가닥의 가지가 있다는 의미로 붙여진 이름.

3) 만년춘광(萬年春光) : 영원히 봄날의 경치가 지속됨.

4) 삼계동(三溪洞) : 북악산 기슭의 지명. 세 개의 시냇물이 만나는 장소라는 뜻으로 붙여진 지명이라고 함.

5) 구절폭(九折瀑) : 굽이가 아홉 번 꺾이며 이뤄진 폭포.

6) 백장기세(百丈氣勢) : 백 길을 떨어지는 듯한 물의 기세. '장(丈)'은 사람의 양팔을 벌린 정도의 길이를 뜻하며, '길'이라고도 함.

우리도
聖世逸民7)인져 太平歌8)로 즐기리라.

〈금옥 *56, #0305.1〉

孔德里我笑堂9)前, 有千條柳, 三溪洞米月舫10)後, 水閣11)有九折瀑.

---

7) 성세일민(聖世逸民) : 태평한 시대의 사람. '성세(聖世)'는 태평한 시대이며, 일민(逸民)은 세상을 피해 숨어 지내는 사람을 뜻함.

8) 태평가(太平歌) : 세상이 태평함을 기뻐하며 부르는 노래.

9) 아소당(我笑堂) : 흥선대원군의 공덕리 별장에 있던 건물의 이름.

10) 미월방(米月舫) : 흥선대원군의 삼계동 별장에 있던 건물의 이름.

11) 수각(水閣) : 물가에 지은 정자.

●

아소당(我笑堂) 추수루(秋水樓)에

주렴(珠簾)을 걸고 보니

남포(南浦)에 구름 뜨고 서산(西山)에 비 내렸다

석양에

청가세악(淸歌細樂)은 교주태평(交奏太平)하더라.

 * 공덕리(孔德里) 아소당(我笑堂) 서쪽에 추수루(秋水樓)가 있다.

我笑堂1) 秋水樓2)에

珠箔3)을 걸고 보니

南浦4)에 구름 쓰고 西山에 비 지거다

夕陽에

淸歌細樂5)은 交奏太平6) 허더라.

〈금옥 *57, #3010.1〉

孔德里我笑堂西, 有秋水樓.

---

1) 아소당(我笑堂) : 흥선대원군의 공덕리 별장에 있던 건물의 이름.

2) 추수루(秋水樓) : 아소당의 서쪽에 있던 누각.

3) 주박(珠箔) : 구슬을 실에 꿰어 만든 발. 주렴(珠簾).

4) 남포(南浦) : 남쪽의 포구.

5) 청가세악(淸歌細樂) : 맑은 목청의 노래와 작은 규모의 음악 연주.

6) 교주태평(交奏太平) : 태평가를 서로 번갈아 연주함.

●

만호(萬戶)에 드리운 버들
꾀꼬리 세계이고
청강(淸江)의 성긴 비는 백로의 평생(平生)이라
우리도
성은(聖恩)을 갚은 후에 저와 같이 놀리라.

* 죽동(竹洞) 홍상국(洪相國)의 시에 '만호(萬戶)에 드리운 버들은 꾀꼬리 세계요, 온 강에 성긴 비는 백로의 평생이다'라고 하였다.

萬戶1)에 드리운 버들
쇠쇼리 세계어늘
淸江2)의 성귄3) 비눈 히오리4) 平生이라
우리도
聖恩5)을 갑산 후의 저와 갓치 놀니라.

〈금옥 *58, #1568.1〉

竹洞6)洪相國7)詩曰, '萬戶垂楊鶯世界, 一江踈雨8)鷺平生.'

---

1) 만호(萬戶) : 아주 많은 집.
2) 청강(淸江) : 물이 맑은 강.
3) 성귄 : 사이가 떠서 공간이 많은.
4) 히오리 : 해오라기, 곧 백로(白鷺)를 가리킴.
5) 성은(聖恩) : 임금의 큰 은혜.
6) 죽동(竹洞) : 서울 남산 자락에 있던 곳의 지명. 현재의 중구 남학동

에 해당하는 지역.

7) 홍상국(洪相國) : 홍씨 성의 재상. '상국(相國)'은 조선 시대의 정승을 일컫는 호칭이며, 구체적으로 누군지는 확인할 수 없음.

8) 소우(踈雨) : 보슬비. 조용히 가늘고 성기게 내리는 비.

●

연광정(練光亭) 올라가니

예 듣던 말이로다

장성일면(長城一面) 용용수(溶溶水)요 대야동두(大野東頭) 점점산(點點山)을

지금에

청류벽상취(淸流壁上翠)는 대아귀(待我歸)를 하였더라.

* 평양의 연광정(練光亭)에 올랐다.

練光亭1) 올라가니

예 듯든2) 말이로다

長城一面 溶溶水3)요 大野東頭 點點山4)을

至今의

淸流壁上翠5)는 待我歸6)을 ᄒᆞ엿더라.

---

1) 연광정(練光亭) : 평양의 대동강 변에 있는 정자.

2) 예 듯든 : 옛날에 듣던.

3) 장성일면용용수(長城一面溶溶水) : 장성의 한 면에서 넘실넘실 물이로다.

4) 대야동두점점산(大野東頭點點山) : 넓은 들의 동쪽 머리에는 점점이 산이로다. 이 두 구절은 고려 시대 김황원(金黃元)이 평양의 부벽루에 올라 지은 시로, 끝내 다음 구절을 이어서 짓지 못하고 통곡하며 내려왔다는 이야기가 전함.

5) 청류벽상취(淸流壁上翠) : 청류벽 위의 푸른 이끼. '청류벽(淸流壁)'은 평양 대동강 주변의 절벽 이름이다.

〈금옥 *59, #3319.1〉

登平壤練光亭.

---

6) 대아귀(待我歸) : 내가 돌아오기를 기다림.

●

진흙에 천연(天然)한 꽃이
연꽃 밖에 누구 있나
하추(遐陬)에 너 날 줄을 나는 일찍 몰랐노라
지금에
떠나는 정(情)이야 어찌 그지 있으리.

 * 내가 통영에서 거제로 들어가서 산천을 유람하였다. 기녀 가향(可香)이란 사람이 있어 나이는 열여섯인데, 비록 춤과 노래를 못하지만 아름다운 얼굴과 빼어난 미모며 말과 행동거지가 참으로 한 시대의 뛰어난 아름다움이었다. 이 땅에 이같이 아름다운 여자가 있으리라고 어찌 짐작했겠는가. 내가 차마 버려두지 못하고 10여 일을 머물고 헤어졌다. 옛사람이 '꽃이 향기로우면 나비가 저절로 날아온다'고 했으니, 진실로 거짓이 아니었다.

汚泥[1]예 天然[2]흔 솣치
蓮꼿 밧긔 뉘 잇는냐
遐陬[3]에 네 날 쥴을 나는 일즉 몰낫노라
至今의
써나는 情이야 엇지 그지 잇스리.[4]

---

1) 오니(汚泥) : 더러운 진흙.
2) 천연(天然) : 생긴 그대로 조금도 꾸밈이 없이 자연스러움.
3) 하추(遐陬) : 멀리 떨어진 지역.

⟨금옥 *61, #3407.1⟩

余自統營入巨濟, 遊覽5)山川. 有妓可香者, 年可二八,6) 而雖無歌舞, 丰容秀色,7) 言語動止,8) 眞一世絶艶9)也. 豈料此地有此等美姬10)耶. 余不忍捨, 留十餘日而別. 古人所謂花香蝶自來11)者, 信不誣12)也.

---

4) 그지 잇스리 : '그지없다'는 뜻으로, 헤어지는 아쉬움이 이루 다 말할 수 없음을 표출한 것.

5) 유람(遊覽) : 아름다운 경치나 명승지를 돌아다니며 구경함.

6) 이팔(二八) : 열여섯.

7) 봉용수색(丰容秀色) : 아름다운 얼굴과 빼어난 용모.

8) 동지(動止) : 몸을 움직여 어떤 일을 하는 동작이나 자세, 곧 행동거지.

9) 절염(絶艶) : 견줄 사람이 없을 만큼 아주 예쁨.

10) 미희(美姬) : 아름다운 여자.

11) 화향접자래(花香蝶自來) : 꽃향기에 나비가 스스로 날아옴.

12) 불무(不誣) : 속이지 않음.

●

고와라 저 꽃이여

반(半)만 여윈 저 꽃이여

더도 덜도 말고 매양(每樣) 그만 하여 있어

춘풍(春風)에

향기(香氣) 좇는 나비를 웃고 맞이하노라.

* 내가 몇 해 전에 전주 감영에 갔을 때 양대운(襄臺雲)의 향기로운 이름을 물어, 몸소 그 집으로 가니 곧 아름다운 얼굴에 꽃다운 나이였으며 글과 글씨에 능하여 진실로 한 시대의 뛰어나게 아름다운 사람이었다. 사랑하고 공경하며 여러 날을 서로 따랐다.

고을사 져 숏치여

半만 여윈1) 져 숏치여

더도 덜도 말고 每樣2) 그만 허여 잇셔

春風3)에

香氣 좃는4) 나뷔를 웃고 마즈 허노라.

〈금옥 *61, #0288.1〉

余於昔年5)完營6)之行, 問襄坮雲之香名,7) 躬往8)其家, 則韶顔妙

---

1) 여윈 : 살이 빠져 수척해짐.
2) 매양(每樣) : 한결같이. 늘.
3) 춘풍(春風) : 봄철에 부는 따뜻한 바람.
4) 좃는 : 좇는. 그대로 따라가는.

齡,9) 能文能筆, 眞一世之絶艶10)也. 愛而敬之, 多日相隨.

---

5) 석년(昔年) : 여러 해 전. 혹은 작년.

6) 완영(完營) : 전라 감영을 달리 이르던 말. 전주에 있어 완영(完營)이라고 불렀음.

7) 향명(香名) : 향기로운 이름이라는 뜻으로, 아름다운 여성의 이름을 비유적으로 이르는 말.

8) 궁왕(躬往) : 몸소 감. 직접 감.

9) 소안묘령(韶顔妙齡) : 아름다운 얼굴에 스물 안팎의 나이.

10) 절염(絶艶) : 견줄 사람이 없을 만큼 아주 예쁨.

●

자못 붉은 꽃이
짐짓 숨어 뵈지 않네
장차 찾으리라 굳이 헤쳐 들어가니
진실로
그 꽃이거늘 문득 꺾어 들었노라.

　* 진주 기녀 비연(飛燕)은 아리따운 자태로 한 감영에 떠들썩했으나, 도성 바깥 마을의 거부(巨富)인 성진사(成進士)라는 사람이 사랑하는 바가 되어, 부득이 만나 볼 수 없었다고 한다. 내가 진주에 있을 때 그 이름을 듣고, 사람을 사이에 넣어 한 번 볼 수 있었다.

즈못1) 불근 숏치
즘즛2) 숨어 뵈지 안네
장츠 츠즈리라 구지 헷쳐 드러가니
진실노
그 숏치여늘 문득 것거 드럿노라.

〈금옥 *63, #4135.1〉

晉州飛燕, 以色態3)喧動4)一營, 而爲外村5)巨富6)成進士者所愛,

---

1) 즈못 : 자못. 생각보다 훨씬.
2) 즘즛 : 짐짓. 속마음이나 본뜻은 그렇지 않으나 일부러 그렇게.
3) 색태(色態) : 곱고 아리따운 자태.
4) 훤동(喧動) : 떠들썩하게 움직임.

不得相見云矣. 余在晉州時, 聞其名而間人7)得一見之.

---

5) 외촌(外村) : 도성 밖에 있는 마을.

6) 거부(巨富) : 재산이 대단히 많은 부자.

7) 간인(間人) : 사람을 사이 넣음. 곧 심부름하는 사람을 일컬음.

●

세병관(洗兵舘) 높은 집에

황조(皇朝) 팔사(八賜) 벌여 놓고

수루(戍樓)에 높이 앉아 칼을 빼어 만질 적에

쥐 같은

왜추(倭酋)의 무리야 어찌 감(敢)히 엿볼까.

* 통영 세병관(洗兵舘)에 올라, 충무공(忠武公)을 느꼈다.

洗兵舘[1] 놉흔 집에

皇朝 八賜[2] 버려 놋코

戍樓[3]에 놉피 안져 칼을 쌘혀 만질 젹에

쥐 갓튼

倭酋[4]에 무리야 엇지 敢히 여허보리.[5]

〈금옥 *63, #2629.1〉

登統營洗兵舘, 感忠武公.[6]

---

1) 세병관(洗兵舘) : 경상도 통영의 군영에 있던 건물 이름.

2) 황조팔사(皇朝八賜) : 중국 명(明)나라 신종(神宗)이 이순신의 충절을 찬양하며 보내 줬던 여덟 가지 물건.

3) 수루(戍樓) : 적군의 동정을 살피기 위하여 성 위에 지은 망루.

4) 왜추(倭酋) : 왜군의 우두머리. '왜(倭)'는 일본을 낮추어 일컫는 말.

5) 여허보리 : 엿보리. '엿보다'는 남몰래 가만히 보거나 살피다라는 뜻.

6) 충무공(忠武公) : 조선 시대의 무장 이순신(李舜臣)의 시호(諡號).

●

대도(大道) 정여발(正如髮)한데

운거(雲車)를 몰아갈 제

화작작(花灼灼) 유사사(柳絲絲)요 풍습습(風習習) 운유유(雲悠悠)라

뒤에는

기라군(綺羅裙) 따르거늘 앞에 세악(細樂)이더라.

* 병자년(丙子年:1876) 봄에 우석상서(又石尙書)께서 장안(長安)의 제일가는 가객(歌客)과 금객(琴客), 아름다운 기녀들 10여 명을 거느리고, 양주의 덕사(德寺)에서 꽃놀이하며 즐기셨다.

大道 正如髮[1]헌듸

雲車[2]를 모라갈 제

花灼灼[3] 柳絲絲[4]요 風習習[5] 雲悠悠[6] ㅣ라

뒤혜는

---

1) 정여발(正如髮) : 꼭 머리카락 같음. 아마도 큰 길가에 늘어선 나무들의 가지를 일컫는 듯.

2) 운거(雲車) : 높은 대(臺)가 있는 수레.

3) 화작작(花灼灼) : 꽃이 화려하고 찬란하게 핌.

4) 유사사(柳絲絲) : 버들가지가 실처럼 늘어짐.

5) 풍습습(風習習) : 바람이 기분 좋을 만큼 차고 부드럽게 붊.

6) 운유유(雲悠悠) : 구름이 멀고 아득함.

綺羅裙7) 쓰로거늘 압혜 細樂8)이러라.

〈금옥 *64, #1279.1〉

丙子春, 又石尙書,9) 率長安10)第一歌琴佳妓11)十餘箇, 花遊12)於楊州德寺.13)

---

7) 기라군(綺羅裙) : 화려한 옷차림의 여성.

8) 세악(細樂) : 작은 규모의 악기 편성으로 연주함.

9) 우석상서(又石尙書) : 흥선대원군 이하응의 아들인 이재면.

10) 장안(長安) : 수도 또는 번화한 도시.

11) 가금가기(歌琴佳妓) : 노래하는 사람과 거문고 연주자 그리고 아름다운 기녀들.

12) 화유(花遊) : 꽃을 구경하며 즐김.

13) 양주 덕사(楊州德寺) : 남양주 흥국사(興國寺)의 이전 이름인 흥덕사(興德寺)를 지칭.

●

우석상서(又石尙書) 산두중망(山斗重望)

금인호부(金印虎符) 대사마(大司馬)라

요간(腰間)에 날랜 칼은 서리 빛을 띠었구나

쉬는 날

경구(輕裘) 완대(緩帶)로 아가(雅歌) 투호(投壺)하더라.

* 경진년(庚辰年:1876) ○○○○, 밤에 우석상서(又石尙書)께서 병조판서(兵曹判書)가 되신 것을 배례(拜禮)하였다.

又石尙書1) 山斗重望2)

金印虎符3) 大司馬4) ㅣ라

腰間5)에 날닌 칼은 셔리 빗츨 쯰엿거다

暇日6)則

輕裘7) 緩帶8)로 雅歌9) 投壺10) 허더라.

---

1) 우석상서(又石尙書) : 흥선대원군 이하응의 아들 이재면.

2) 산두중망(山斗重望) : 태산(泰山)과 북두(北斗)처럼 무거운 명망.

3) 금인호부(金印虎符) : 금으로 만든 도장과 호랑이 모양의 부절.

4) 대사마(大司馬) : 병조판서를 달리 이르는 호칭.

5) 요간(腰間) : 허리 언저리.

6) 가일(暇日) : 쉬는 날. 한가한 날.

7) 경구(輕裘) : 가벼운 가죽옷.

8) 완대(緩帶) : 느슨한 허리띠.

9) 아가(雅歌) : 우아한 노래.

〈금옥 *65, #3583.1〉

庚辰○○○○, 夜拜又石尙書, 爲兵曹判書.[11]

---

10) 투호(投壺) : 항아리에 화살을 던져 넣어 화살의 숫자로 승부를 가리던 놀이.

11) 병조판서(兵曹判書) : 정이품 당상관으로 병조(兵曹)의 수장이며, 군사와 통신을 담당했음.

제이태양관(第二太陽舘)에

봄바람이 맑았구나

난간(欄干) 밖에 웃는 꽃과 수풀 아래 우는 새라

이따금

섬가세악(纖歌細樂)은 학(鶴)의 춤을 일으킨다.

* 제이태양관(第二太陽舘)의 봄날 풍경이니, 운현궁의 작은 사랑이다.

第二. 太陽舘1)의

봄ㅂ름이 맑앗거다

欄干2) 밧게 웃는 곶과 슛풀 아리 우는 시라

잇다감3)

纖歌細樂4)은 鶴에 춤5)을 니루혇다.

〈금옥 *66, #4349.1〉

第二太陽舘, 春日卽景,6) 雲峴7)小舍廊.8)

---

1) 제이태양관(第二太陽舘) : 운현궁의 작은 사랑으로, 이재면의 거처를 일컬음.

2) 난간(欄干) : 마루의 가장자리에 나무나 쇠로 만든 기둥을 이용해 일정한 간격으로 막아 세운 구조물.

3) 잇다감 : 이따금. 조금씩 있다가.

4) 섬가세악(纖歌細樂) : 작은 규모의 악기 반주에 맞추어 부르는 아름다운 여인의 노래.

5) 학(鶴)에 춤 : 학춤. 양팔을 학처럼 펄럭이며 추는 춤을 일컬음.

---

6) 춘일즉경(春日卽景) : 봄날의 풍경.

7) 운현(雲峴) : 홍선대원군 이하응의 저택인 운현궁.

8) 소사랑(小舍廊) : 작은 사랑채. 곧 주인의 아들이 사용하는 사랑채를 일컬음.

●

　우석상서(又石尙書) 산두중망(山斗重望)

　금인호부(金印虎符) 대사마(大司馬)라

　이로당(二老堂) 높은 집의 반의헌수(斑衣獻壽)하오실 때

　장(帳) 밖에

　갑사웅졸(甲士雄卒)은 백세수(百歲壽)를 아뢰더라.

　　* 석파대로(石坡大老) 회갑연의 하축시 제3수.[1]

　又石尙書[2] 山斗重望[3]

　金印虎符[4] 大司馬[5] ㅣ 라

　二老堂[6] 놉푼 집의 斑衣獻壽[7] 허오실 써

　帳 밧게

　甲士雄卒[8]은 百歲壽[9]를 알외더라.

---

1) 흥선대원군 회갑 하축시 3수 중 제3수.

2) 우석상서(又石尙書) : 흥선대원군 이하응의 아들 이재면.

3) 산두중망(山斗重望) : 태산(泰山)과 북두(北斗)처럼 무거운 명망.

4) 금인호부(金印虎符) : 금으로 만든 도장과 호랑이 모양의 부절.

5) 대사마(大司馬) : 병조판서를 달리 이르는 호칭.

6) 이로당(二老堂) : 흥선대원군의 집이자, 고종의 친가인 운현궁 본채의 당호(堂號).

7) 반의헌수(斑衣獻壽) : 색동옷을 입고 장수를 기원하는 잔을 올림.

8) 갑사웅졸(甲士雄卒) : 갑옷을 입은 병사와 용맹한 병졸.

〈금옥 *67, #3584.1〉

石坡大老10)甲宴,11) 賀祝12)第三.

---

9) 백세수(百歲壽) : 백 살까지 장수하기를 기원함.

10) 석파대로(石坡大老) : 흥선대원군 이하응.

11) 갑연(甲宴) : 회갑연, 곧 만 60살의 생일에 여는 잔치.

12) 하축(賀祝) : 남의 좋은 일에 기쁘고 즐거운 마음으로 인사함.

❋

복성고조(福星高照) 평안지(平安地)요

희기다림(喜氣多臨) 적선가(積善家)라

부럽도다 노인계(老人稧)여 인인부귀(人人富貴) 수백세(壽百歲)라

비나니

세세계승(世世繼承)하여 전지무궁(傳至無窮)하오소서.

* 내가 머리를 올린 때로부터 신사년(辛巳年:1881)에 이르러 66세가 되었다. 우대노인(友臺老人)들이 계를 맺어 필운동과 삼청동의 사이에서 모임을 만들었다. 허다한 계회(稧會)들이 불과 4~5년 만에 흔적이 없어졌는데, 유독 노인계(老人稧)는 계승되어 거의 백 년이 되었다. 무릇 백 가지의 규모(規模)가 오히려 지난날보다 빛나니, 이 계의 웅장함과 우수함은 천지와 더불어 같이할 것이다.

福星高照 平安地[1]요

喜氣多臨 積善家[2] ㅣ라

부러울슨 老人稧[3]여 人人富貴 壽百歲[4]라

---

1) 복성고조평안지(福星高照平安地) : 복성(福星)은 평안한 땅을 높이 비춤. '복성(福星)'은 길한 별이라는 뜻으로, 목성을 달리 이르는 표현.

2) 희기다림적선가(喜氣多臨積善家) : 기쁜 기운은 선을 쌓은 집에 자주 찾아듦.

3) 노인계(老人稧) : 안민영과 박효관이 주관하여 만든 모임.

4) 인인부귀수백세(人人富貴壽百歲) : 사람마다 부귀하고 백 살까지 오

비난이
世世繼承5)ᄒ야 傳至無窮6) ᄒ오쇼셔.

〈금옥 *68, #2021.1〉

余自總髮7)至于辛巳六十六歲矣. 友臺8)老人結稧, 作會於弼雲三淸之間. 而許多稧會, 不過四五年無痕,9) 而獨老人稧, 繼承幾百年.10) 凡百11)規模,12) 猶燦於昔日,13) 此稧之雄華14)英邁,15) 與天地偕焉.

래 삶.

5) 세세계승(世世繼承) : 대를 이어 계속 이어짐.

6) 전지무궁(傳至無窮) : 끝이 없이 전해짐.

7) 총발(總髮) : 머리를 올려 묶음. 상투를 틀어 성인이 되었음을 의미.

8) 우대(友臺) : 청계천 상류 지역인 인왕산 기슭, 곧 서울의 '웃대'.

9) 무흔(無痕) : 흔적이 없음.

10) 기백년(幾百年) : 거의 백 년이 됨.

11) 범백(凡百) : 갖가지의 모든 사물.

12) 규모(規模) : 본보기가 될 만한 틀이나 일.

13) 석일(昔日) : 지난날. 옛날.

14) 웅화(雄華) : 웅장하고 화려함.

15) 영매(英邁) : 영리하고 뛰어남.

두거삭대엽(頭擧 數大葉)

◉

수첨수(壽添壽) 복첨복(福添福)하니

수복(壽福)이 첨첨(添添)이요

자계자(子繼子) 손계손(孫繼孫)하니 자손(子孫)이 계계(繼繼)로다

지금에

수복귀(壽福貴) 다남자(多男子)는 성세자(聖世子)께 비시네.

* 하축시 제5수.[1)]

壽添壽[2)] 福添福[3)]ᄒ니

壽福[4)]이 添添이요

子繼子[5)] 孫繼孫[6)]ᄒ니 子孫이 繼繼로다

---

1) 세자탄강 하축시 8수 중 제5수.

2) 수첨수(壽添壽) : 장수에 장수가 더해짐.

3) 복첨복(福添福) : 복에 복이 더해짐.

4) 수복(壽福) : 장수와 복을 아울러 이르는 말.

5) 자계자(子繼子) : 아들에서 아들로 이어짐.

至今의
壽福貴7) 多男子8)넌 聖世子9)씌 비긴져.

〈금옥 *69, #2811.1〉

賀祝10)第五.

---

6) 손계손(孫繼孫) : 손자에서 손자로 이어짐.

7) 수복귀(壽福貴) : 장수와 복과 귀함.

8) 다남자(多男子) : 아들을 많이 낳음.

9) 성세자(聖世子) : 왕위를 이을 왕자.

10) 하축(賀祝) : 남의 좋은 일에 기쁘고 즐거운 마음으로 인사함.

낙화(落花) 방초로(芳草路)에

비단 치마 끌었으니

바람에 날리는 꽃 옥협(玉頰)에 부딪힌다

아깝다

쓸어 올지라도 밟든 마라 하노라.

* 내가 평양 감영에 머물 때 모란봉(牧丹峯)에 올라 꽃을 감상하고 멀리 바라보니, 혜란(蕙蘭)과 소홍(小紅)이 꽃을 밟으며 왔다.

落花1) 芳草路2)의

깁 치마3)를 쓰럿시니

風前4)의 니는 꽃치 玉頰5)의 부듯친다

앗갑다

쓸어 올지연정 밥든 마라 ᄒ노라.

〈금옥 *70, #0790.1〉

余留箕營6)時, 登牧丹峯,7) 賞花8)遙望,9) 蕙蘭小紅, 踏花10)而來.

---

1) 낙화(落花) : 떨어진 꽃.

2) 방초로(芳草路) : 향기로운 풀이 있는 길.

3) 깁 치마 : 비단 치마. '깁'은 누에고치에서 뽑은 명주실로 짠 비단을 일컬음.

4) 풍전(風前) : 불어오는 바람의 앞.

5) 옥협(玉頰) : 아름다운 여자의 볼.

6) 기영(箕營) : 평양 감영. 평양을 달리 '기성(箕城)'이라고 불렀음.

7) 모란봉(牧丹峯) : 평양의 대동강 주변에 있는 산 이름.

8) 상화(賞花) : 꽃놀이를 함.

9) 요망(遙望) : 먼 곳을 바라봄.

10) 답화(踏花) : 떨어진 꽃을 밟음.

❋

석파대로(石坡大老) 영풍웅략(英風雄略)

분양왕(汾陽王)과 고금(古今)이요

부대부인(府大夫人) 의범숙덕(懿範淑德) 곽부인(郭夫人)과 전후(前後)로다

때문에

백자천손(百子千孫)에 부귀영화(富貴榮華)하시더라.

  * 무인년(戊寅年 : 1878) 2월 초삼일은 부대부인(府大夫人)의 화갑일(華甲日)이다. 3수의 가곡(歌曲)을 지어, 노래를 불러 축하를 드렸다.[1]

石坡大老[2] 英風雄略[3]

汾陽王[4]과 古今[5]이요

府大夫人[6] 懿範淑德[7] 郭夫人[8]과 前後[9]] 로다

---

1) 부대부인 회갑 하축시 3수 중 제1수.

2) 석파대로(石坡大老) : 흥선대원군 이하응.

3) 영풍웅략(英風雄略) : 영웅의 풍모와 지략.

4) 분양왕(汾陽王) : 중국 당(唐)나라의 인물인 곽자의(郭子儀). 많은 공을 세워 분양왕(汾陽王)에 봉(封)해졌음.

5) 고금(古今) : 옛날과 지금. 곧 옛날의 곽자의와 지금의 흥선대원군이 비슷한 위치라고 평가한 것.

6) 부대부인(府大夫人) : 왕의 부친인 대원군의 아내에게 주던 작호. 여기서는 흥선대원군 이하응의 부인을 지칭함.

以故10)로

百子千孫11)의 富貴榮華12) ᄒ시더라.

〈금옥 *71, #2567.1〉

戊寅二月初三日, 府大夫人華甲日13)也, 作三章歌曲,14) 唱而獻賀.15)

---

7) 의범숙덕(懿範淑德) : 훌륭한 본보기이며 아름다운 미덕을 지님.

8) 곽부인(郭夫人) : 중국 당나라의 인물인 곽자의의 부인.

9) 전후(前後) : 앞과 뒤. 곧 앞에 곽부인이 있었다면, 뒤에는 부대부인이 있다는 의미.

10) 이고(以故) : 그러므로. 이 때문에.

11) 백자천손(百子千孫) : 백대와 천대를 이은 자손.

12) 부귀영화(富貴榮華) : 많은 재산과 높은 지위로 누릴 수 있는 영광스럽고 호화로운 생활.

13) 화갑일(華甲日) : 회갑일, 곧 만으로 60세의 생일.

14) 가곡(歌曲) : 5장 형식에 얹어서 부르는 시조의 가창곡.

15) 헌하(獻賀) : 축하를 드림.

일장청(一丈靑) 호삼랑(扈三娘)은

양산박(梁山泊)의 두령(頭領) 되어

축가장(祝家庄) 큰 싸움에 큰 공을 이뤘나니

지금에

네 무예(武藝) 신통(神通)한지라 어떤 공(功)을 이루었나.

 * 여러 해 전에 호남(湖南)에 가서 광주에 도착해 김치안(金穉安)을 만나 부평초처럼 떠돌다 우연히 만나는 즐거움은 말로 할 수 없었다. 김치안이 말하기를 '이 고장의 기녀 설향(雪香)이라는 사람이 활쏘기에 정통하여 백 보의 거리에서 버들잎을 맞출 수 있어, 매번 고을의 활쏘기에서 번번이 으뜸을 차지한다'라고 하였다. 그러므로 가서 만나니 용모가 특별하고 행동거지가 당당하고 편안하여 마치 대장부(大丈夫)와 같았다. 비록 호삼랑(扈三娘)과 맞서 겨루더라도 많이 양보하지 않을 듯하다.

一丈靑[1] 扈三娘[2]은

梁山泊[3]의 頭領[4] 되야

---

1) 일장청(一丈靑) : 중국 4대 기서 가운데 하나인 《수호지》의 등장인물인 호삼랑의 별명. '일장청(一丈靑)'은 한쪽 끝이 귀이개로 되어 있는 비녀를 가리킴.

2) 호삼랑(扈三娘) : 중국 4대 기서 가운데 하나인 《수호지》의 등장인물. 양산박의 여성 두령으로, 갑옷을 입고 쌍검을 지니며 회색 말을 타고 전장을 누빔.

祝家庄5) 큰 싸음의 大功6)을 일웟나니

至今의

네 武藝7) 神通8) ᄒ지라 어듸 功을 일우엿노.

〈금옥 *72, #4018.1〉

年前9)湖南10)之行, 到光州, 逢金稺安, 萍水之喜11)不可言. 而稺安爲言, '本州妓雪香者, 精於射芸,12) 能百步穿楊,13) 每於邑射, 輒居魁首14)云.' 故往見則相皃奇偉,15) 動止16)軒昂,17) 偃然18)若大丈

---

3) 양산박(梁山泊) : 중국 산동성의 지명으로, 《수호지》의 주요 무대.

4) 두령(頭領) : 여러 사람을 거느린 우두머리.

5) 축가장(祝家庄) : 《수호지》의 무대 중 하나로 축(祝)씨 가문의 저택.

6) 대공(大功) : 큰 공적.

7) 무예(武藝) : 무술에 관한 재주.

8) 신통(神通) : 신기롭게 통달함.

9) 연전(年前) : 여러 해 전.

10) 호남(湖南) : 전라도를 달리 이르는 말.

11) 평수지희(萍水之喜) : 부평초처럼 떠돌다 우연히 만나는 즐거움.

12) 사예(射藝) : 활을 쏘는 기술과 재주를 이르는 말.

13) 백보천양(百步穿楊) : 백 보 거리에서 활을 쏘아 버들잎을 맞춤. 중국 초(楚)나라 양유기(養由基)라는 인물에 관한 고사에서 연유한 말로, 활 솜씨가 뛰어남을 비유한 말.

14) 첩거괴수(輒居魁首) : 번번이 으뜸을 차지함.

15) 상모기위(相貌奇偉) : 생김새가 특별하고 훌륭함.

16) 동지(動止) : 움직임과 멈춤을 아울러 이르는 말, 곧 행동거지.

17) 헌앙(軒昂) : 풍채가 좋고 당당함.

夫.19) 雖使對頭20)於扈三娘, 似不多讓.

---

18) 언연(偃然) : 자세가 편안함.

19) 대장부(大丈夫) : 건장하고 씩씩한 사나이.

20) 대두(對頭) : 맞서 겨룸.

●

옥반(玉盤)에 흩은 구슬

임의(任意)로 구르거늘

화롱(畵籠)에 갇힌 앵무(鸚鵡) 백설구변(百舌口辨) 가졌어라

두어라

인여주(人如珠) 어여앵무(語如鸚鵡)하니 그를 사랑하노라.

* 진양 기녀 난주(蘭珠)를 찬미하다.

玉盤1)의 훗튼2) 구슬

任意3)로 굴넛거늘

畵籠4)의 집긴5) 鸚鵡6) 百舌口辨7) 가젓셔라

두어라

人如珠8) 語如鸚鵡9)ᄒ니 그을 ᄉ랑ᄒ노라.

---

1) 옥반(玉盤) : 옥으로 만든 쟁반.

2) 훗튼 : 흩어진. 곧 각각 떨어지거나 퍼진.

3) 임의(任意) : 어떤 제한이 없이 마음대로 함.

4) 화롱(畵籠) : 색칠이 된 새장.

5) 집긴 : 갇힌.

6) 앵무(鸚鵡) : 앵무새.

7) 백설구변(百舌口辨) : 말솜씨가 때까치와 같음. '백설(百舌)'은 때까치를 칭하는 한자어.

〈금옥 *73, #3470.1〉

讚晉陽蘭珠.

---

8) 인여주(人如珠) : 사람이 마치 구슬과 같이 아름다움.

9) 어여앵무(語如鸚鵡) : 말하는 것이 마치 앵무새와 같음.

●

담 안의 꽃이거늘

못가의 버들이라

꾀꼬리 노래하고 나비는 춤이로다

지금에

화홍(花紅) 유록(柳綠) 앵가(鶯歌) 접무(蝶舞)하니 취(醉)코 놀려 하노라.

　* 연호(蓮湖) 박사준(朴士俊)의 별장으로, 안산(安山) 제일의 경개(景槪)이다.

담 안의 쏫치여늘

못가의 버들이라

쇠소리 노릭ㅎ고 나뷔는 춤이로다

至今의

花紅 柳綠1) 鶯歌 蝶舞2) ㅎ니 醉코 놀녀 ㅎ노라.

〈금옥 *74, #1253.1〉

蓮湖,3) 朴士俊4)別業,5) 爲安山6)第一景槩.7)

---

1) 화홍유록(花紅柳綠) : 꽃은 붉고 버들잎은 푸름.

2) 앵가접무(鶯歌蝶舞) : 꾀꼬리는 노래하고 나비는 춤을 춤.

3) 연호(蓮湖) : 박한영(朴漢英)의 호(*32번 작품 참조).

4) 사준(士俊) : 박한영의 자.

5) 별업(別業) : 별장, 곧 원래 사는 집 외에 주로 휴양을 위해 주변 경관이 좋은 곳에 따로 마련한 집.

6) 안산(安山) : 서울 서대문구에 있는 지명.

7) 경개(景槪) : 산이나 물, 들 따위의 자연의 모습.

꽃 같은 얼굴이요
달 같은 태도로다
정신(精神)은 추수(秋水)거늘 성정(性情)은 춘풍(春風)이라
두어라
월태화용(月態花容)은 너를 본가 하노라.

* 함양(咸陽)의 기녀 연화(蓮花)는 꽃 같은 얼굴에 달 같은 자태로 그 명성이 영남(嶺南)을 움직였다. 내가 남원에 있을 때 운봉 관아에서 서로 만났는데, 운봉 현감이 먼저 착수한 것이 가증스러웠다.

솟 갓튼 얼골이요
달 갓튼 틱도로다
精神[1]은 秋水[2]여늘 性情[3]은 春風[4]이라
두어라
月態花容[5]은 너을 본가 ᄒ노라.

---

1) 정신(精神) : 영혼이나 마음.
2) 추수(秋水) : 가을철의 맑은 물. 곧 사람의 얼굴빛이 맑고 깨끗함을 비유적으로 이르는 말.
3) 성정(性情) : 사람의 성질과 마음씨.
4) 춘풍(春風) : 봄철에 부는 따뜻한 바람.
5) 월태화용(月態花容) : 달 같은 자태와 꽃 같은 얼굴.

〈금옥 *75, #0362.1〉

咸陽妓蓮花, 花容月態, 聲動6)嶺南7)矣. 余在南原, 往雲峰衙中8) 相見, 而可憎9)雲倅10)先着鞭.11)

---

6) 성동(聲動) : 소리가 울림. 곧 소문이 났음을 일컫는 표현.

7) 영남(嶺南) : 조령의 남쪽이라는 뜻으로, 경상도를 일컫는 말.

8) 아중(衙中) : 관아의 안.

9) 가증(可憎) : 괘씸하고 얄미움.

10) 운쉬(雲倅) : 운봉 현감. '쉬(倅)'는 고을의 원을 이르던 말이다.

11) 선착편(先着鞭) : 남보다 먼저 착수함.

●

백악산(白岳山) 밑 옛 자리에

봉궐(鳳闕)을 영시(營始)하여

경지영지(經之營之)하오시니 서민(庶民)이 자래(自來)로다

아무리

물극(勿亟)하라 해도 불일성지(不日成之)하더라.

* 경복궁(景福宮) 중건(重建) 하축시.

白岳山1) 下 옛 자리예

鳳闕2)을 營始3)ᄒ사

經之營之4)ᄒ오시니 庶民이 自來5)로다

아모리

勿亟6)ᄒ라사ᄃᆡ 不日成之7) ᄒ더라.

---

1) 백악산(白岳山) : 경복궁 뒤쪽의 산 이름.

2) 봉궐(鳳闕) : 궁궐(宮闕)의 문이나 궁궐을 이르는 말. 중국 한(漢)나라 때, 궁궐 문 위에 구리로 만든 봉황(鳳凰)을 장식했던 것에서 비롯.

3) 영시(營始) : 건물을 짓기 시작함.

4) 경지영지(經之營之) : 터를 닦고 건물을 지음.

5) 서민자래(庶民自來) : 많은 사람이 스스로 옴.

6) 물극(勿亟) : 서둘지 말라고 함.

7) 불일성지(不日成之) : 하루가 지나지 않아 이루어짐. 전체적으로 주(周)나라 문왕(文王)의 '영대(靈臺)'를 지을 때의 상황을 묘사한 《시경》

〈금옥 *76, #1913.1〉

景福宮8)重建9)賀祝.10)

의 구절을 차용해서 지은 작품.

8) 경복궁(景福宮) : 조선 시대의 궁궐.

9) 중건(重建) : 건물을 보수하거나 고쳐 지음.

10) 하축(賀祝) : 남의 좋은 일에 기쁘고 즐거운 마음으로 인사함.

●

황혼(黃昏)에 돋는 달이

너와 기약 두었더냐

합리(閤裡)에 자던 꽃이 향기 놓아 맞는구나

내 어찌

매월(梅月)이 벗 되는 줄 몰랐던고 하노라.

   * 운애산방(雲崖山房)의 〈매화사〉 제5수이다. [1]

黃昏의 돗는 달이

너와 긔약[2] 두엇더냐

閤裡[3]의 ᄌᆞ든 쏫치 향긔 노아 맛는고야

늬 엇지

梅月[4]이 벗 되는 쥴 몰낫던고 ᄒᆞ노라.

                                           〈금옥 *77, #5511.1〉

雲崖山房,[5] 梅花詞第五.

---

1) 〈매화사〉 8수 중 제5수.

2) 기약 : 때를 정하여 약속함.

3) 합리(閤裡) : 방 안. 혹은 집 안.

4) 매월(梅月) : 매화와 달을 아울러 일컫는 말.

5) 운애산방(雲崖山房) : 필운대에 있는 박효관의 거처. '운애(雲崖)'는 박효관의 호.

❄

옥질(玉質)이 수연(粹然)하니

해서(海西) 명희(名姬) 너 아니냐

섬가(纖歌)는 알운(遏雲)하고 무수(舞袖)는 등공(騰空)이라

하물며

옥수농현(玉手弄絃)을 더욱 사랑하노라.

* 해주 기녀 연연(娟娟)이 정축년(丁丑年:1877) 진연(進宴) 때 올라왔는데, 벽강(甓江) 김군중(金君仲)과 함께 여러 날 밤을 노래와 거문고로 즐기는 모임이 있었다.

玉質[1]이 粹然[2]ᄒ니

海西[3] 名姬[4] 네 아니냐

纖歌[5]는 遏雲[6]ᄒ고 舞袖[7]는 騰空[8]이라

---

1) 옥질(玉質) : 옥같이 아름다운 자질.

2) 수연(粹然) : 꾸밈이 없이 의젓하고 솔직함.

3) 해서(海西) : 황해도를 달리 일컫는 말.

4) 명희(名姬) : 이름난 기녀.

5) 섬가(纖歌) : 미인이 부르는 고운 노랫소리.

6) 알운(遏雲) : 구름이 멈춤. 옛날에 진청(秦靑)이란 사람이 노래를 부르니 구름이 멈추었다는 데서 나온 표현.

7) 무수(舞袖) : 춤추는 사람의 옷소매.

8) 등공(騰空) : 공중에 오름. 공중에 나부낌.

허물며
玉手弄絃9)을 더욱 사랑ᄒ노라.

〈금옥 * 78, #3488.1〉

海州妓娟娟, 於丁丑進宴10)時上來, 而與碧江11)金君仲,12) 有數夜歌琴之會.13)

---

9) 옥수농현(玉手弄絃) : 고운 손으로 현악기를 연주함.

10) 진연(進宴) : 궁중에서 여는 잔치.

11) 벽강(碧江) : 거문고 연주자인 김윤석(金允錫)의 호.

12) 군중(君仲) : 김윤석의 자.

13) 가금지회(歌琴之會) : 노래와 거문고 연주를 함께 즐기는 모임.

●

일대장강(一帶長江)이여

영남루(嶺南樓)를 둘렀도다

들보는 구름 속에 날고 주렴(珠簾)은 비 끝에 걸었도다

평사(平沙)에

졸던 백구(白鷗)는 어적성(漁笛聲)의 놀라 난다.

  * 밀양의 영남루(嶺南樓)는 진주의 촉석루(矗石樓)와 함께 자웅(雌雄)을 다툰다.

一帶長江1)이여

嶺南樓2)을 둘너거○

畵棟3)은 구름 속의 날고 珠簾4)은 비 가5)의 거더거다

平沙6)의

조든 白鷗7)는 漁笛聲8)의 놀나 난다.

---

1) 일대장강(一帶長江) : 띠처럼 하나로 이어진 긴 강. 여기서는 낙동강을 가리킴.

2) 영남루(嶺南樓) : 경상도 밀양에 있는 누각.

3) 화동(畵棟) : 아름답게 색칠한 들보.

4) 주렴(珠簾) : 구슬을 꿰어 만든 발.

5) 비 가 : 비의 가장자리. 또는 비가 온 뒤.

6) 평사(平沙) : 평평한 모래사장.

7) 백구(白鷗) : 흰 갈매기.

8) 어적성(漁笛聲) : 어부가 부는 피리 소리.

〈금옥 *79, #3990.1〉

密陽嶺南樓, 與晉州矗石樓,9) 爭雌雄.10)

---

9) 촉석루(矗石樓) : 경상도 진주에 있는 누각.

10) 쟁자웅(爭雌雄) : 자웅을 다툼. 곧 서로 경쟁하여 우열(優劣)을 가린다는 뜻.

●

일주송(一株松) 양간죽(兩竿竹)이

뜰 가운데 푸르렀네

엄(嚴)한 기운(氣運) 굳은 절(節)이 상설(霜雪)에 씩씩하다

구태여

주인(主人)을 물어 무엇하리 다만 볼 뿐이로다.

 * 내가 시은(市隱) 이건혁(李健赫) 경춘(景春)과 함께 날마다 서로 따르며 지냈다. 시은은 성품이 본래 고상하고 깨끗하여 때가 묻거나 비루하지 않았으며, 음률(音律)에 밝고 또한 소나무와 대나무를 지나치게 즐기는 버릇이 있었다.

一株松[1] 兩竿竹[2]이

쓸 가온듸 푸루엿네

嚴혼[3] 氣運 구든 節[4]이 霜雪[5]의 씩씩ᄒ다

굿타야

主人을 무러 무슴ᄒ리 다만 볼 쑌이로다.

---

1) 일주송(一株松) : 한 그루의 소나무.

2) 양간죽(兩竿竹) : 두 그루의 대나무.

3) 엄(嚴)한 : 매우 철저하고 위엄이 있는.

4) 절(節) : 신념이나 신의 따위를 굽히거나 바꾸지 않는 강직한 태도.

5) 상설(霜雪) : 서리와 눈을 아울러 이르는 말.

⟨금옥 *80, #4025.1⟩

余與市隱6)李健爀景春,7) 逐日8)相隨. 而市隱性本高潔,9) 不滔塵陋,10) 皎於音律,11) 又癖12)於松竹.

---

6) 시은(市隱) : 시끄러운 저자에 숨어 지낸다는 뜻으로, 여기서는 이건혁(李健爀)의 호(*23번 작품 참고).

7) 경춘(景春) : 이건혁의 자.

8) 축일(逐日) : 하루도 거르지 않고 날마다.

9) 고결(高潔) : 고상하고 깨끗함.

10) 진루(塵陋) : 때가 묻고 비루함.

11) 음률(音律) : 음악의 소리와 가락.

12) 벽(癖) : 지나치게 즐기는 버릇.

●

벽산(碧山) 추야월(秋夜月)에

거문고를 비껴 안고

흥(興)대로 곡조(曲調) 짚어 솔바람을 화답(和答)할 제

때마다

소리 냉랭(泠泠)함이여 추금(秋琴) 호(號)를 가졌더라.

* 강대웅(姜大雄)의 호는 추금(秋琴)이다.

碧山1) 秋夜月2)의

거문고을 비겨3) 안고

興4)디로 曲調 집허 솔바람5)을 和答6)헐 제

쩌마다

솔리 泠泠7)허미여 秋琴8)號을 가젓더라.

---

1) 벽산(碧山) : 푸른 색깔의 산.

2) 추야월(秋夜月) : 가을밤의 달.

3) 비겨 : 비껴. 비스듬한 방향으로 두어.

4) 흥(興) : 재미나 즐거움이 일어나는 감정.

5) 솔바람 : 소나무 사이를 스쳐 부는 바람.

6) 화답(和答) : 상대의 시나 노래에 응하여 대답함.

7) 냉랭(泠泠) : 차갑고 쌀쌀함.

8) 추금(秋琴) : 가을의 거문고. 여기서는 강대웅의 호를 가리킴.

〈금옥 *81, #1977.1〉

姜大雄, 號秋琹.

●

백척(百尺) 홍교(紅橋) 위로

오고 가는 사람들아

한벽당(寒碧堂) 우후경(雨後景)을 알고 저리 즐기느냐

석양에

남고종성(南固鍾聲)을 더욱 좋게 여기노라.

* 전주 한벽당(寒碧堂)에 올랐다.

百尺1) 紅橋2)上에

오고 가는 스룸드라

寒碧堂3) 雨後景4)을 알고 져리 즐기느냐

夕陽에

南固鍾聲5)을 더욱 조히 너기노라.

〈금옥 *82, #1932.1〉

登全州寒碧堂.

1) 백척(百尺) : 백 자尺의 길이. 곧 아주 높다는 의미.

2) 홍교(紅橋) : 붉은색의 다리.

3) 한벽당(寒碧堂) : 전라도 전주에 있는 누각.

4) 우후경(雨後景) : 비가 온 뒤의 경치.

5) 남고종성(南固鍾聲) : '전주팔경' 중의 하나인 남고사(南固寺)의 종소리. 남고사의 저녁 종소리를 '남고모종(南固暮鍾)'이라고 함.

◉

불음(不飮)이면 시졸(詩拙)이라

유유음자(惟有飮者) 유기명(留其名)을

시주(詩酒)는 내 일이라 주일두(酒一斗) 시백편(詩百篇)하니

달 아래

취와침공호(醉臥枕空壺)하니 호칭호재(號稱壺齋)하더라.

　* 동추(同樞) 이회영(李晦榮)의 자는 원명(元明)이요, 호는 호재(壺齋)이다.

不飮이면 詩拙1)이라
惟有飮者 留其名2)을
詩酒3)는 늬 일이라 酒一斗 詩百篇4)허져
月下5)에
醉臥枕空壺6)허니 號稱壺齋 허더라.

---

1) 불음시졸(不飮詩拙) : 술을 마시지 않으면 시가 보잘것없음.

2) 유유음자유기명(惟有飮者留其名) : 오직 술을 마시는 사람만이 시로 그 이름을 남길 수 있음.

3) 시주(詩酒) : 시와 술을 아울러 이르는 말.

4) 주일두 시백편(酒一斗詩百篇) : 술 한 말을 마시고 시 백 편을 씀.

5) 월하(月下) : 달빛이 내리비치는 아래.

6) 취와침공호(醉臥枕空壺) : 술에 취하여 빈 술병을 베고 누움.

〈금옥 *83, #2152.1〉

李同樞7)晦榮, 字元明, 號壺齋.

---

7) 동추(同樞) : 동지중추부사(同知中樞府事)를 줄여 부르던 호칭으로, 종이품의 벼슬.

도화여도화(桃花如桃花)하고

도화여도화(桃花如桃花)하니

도화(桃花)가 승도화(勝桃花)며 도화승도화(桃花勝桃花)라

두어라

인중도화(人中桃花)와 화중도화(花中桃花)가 새워 무엇 하리오.

* 해주 기녀 도화(桃花)를 제목으로 하다.

桃花如桃花[1]허고

桃花如桃花허니

桃花ㅣ 勝桃花며 桃花勝桃花[2]아

두어라

人中桃花[3]와 花中桃花[4]ㅣ 싀워[5] 무슴 허리요.

〈금옥 *84, #1365.1〉

題海州妓桃花.

---

1) 도화여도화(桃花如桃花) : 도화(桃花)가 복사꽃과 같음. 즉 기녀인 도화의 미모가 복사꽃(桃花)처럼 아름답다는 의미.

2) 도화승도화(桃花勝桃花) : 복사꽃이 도화보다 뛰어남.

3) 인중도화(人中桃花) : 사람 중에 도화라는 이름을 가진 이.

4) 화중도화(花中桃花) : 꽃 중에서 복사꽃.

5) 싀워 : 시샘하여. 시기하여.

🌑

　금강(金剛) 일만이천봉(一萬二千峰)이

　눈 아니면 옥(玉)이로다

　헐성루(歇醒樓) 올라가니 천상인(天上人) 되었도다

　아마도

　서부진(書不盡) 화부득(畵不得)은 금강(金剛)인가 하노라.

　* 임술년(壬戌年:1862) 가을에, 홍천의 임경칠(林景七)과 금강산에 들어가서, 헐성루(歇醒樓)에 올랐다.

　金剛 一万二千峰1)이

　눈 아니면 玉이로다2)

　歇醒樓3) 올나가니 天上人4) 되얏거다

　아마도

　書不盡 畵不得5)은 金剛인가 허노라.

---

1) 금강 일만이천봉(金剛一萬二千峰) : 금강산의 일만이천 봉우리.

2) 옥(玉)이로다 : 옥처럼 아름답구나.

3) 헐성루(歇醒樓) : 금강산에 있는 사찰인 정양사(正陽寺)의 누각.

4) 천상인(天上人) : 천상의 사람. 곧 신선(神仙)을 가리키는 표현.

5) 서부진 화부득(書不盡畵不得) : 글로 다 쓸 수 없으며, 그림으로 얻을 수 없음. 금강산의 풍경이 말이나 글로 표현할 수 없을 만큼 아름답다는 의미.

〈금옥 *85, #0524.1〉

壬戌秋, 与洪川林景七, 入金崗, 登歇醒樓.

●

적적(寂寂) 산창(山窓) 아래

낮 졸음이 족(足)하구나

게을리 일어나서 습송지(拾松枝) 자약연(煮苦茗)하노라니

이윽고

석양(夕陽) 비낀 길로 적(笛) 소리 두셋이더라.

* 산중의 그윽한 운취가 손에 잡힐 듯하다.

寂寂[1] 山窓[2] 下에

낮 조름[3]이 足허거다

게을니[4] 이러나서 拾松枝 煮苦茗[5] 허노라니

俄已[6]오

夕陽 비긴[7] 길노 笛 쇼릭[8] 두세시러라.

---

1) 적적(寂寂) : 고요하고 쓸쓸함.

2) 산창(山窓) : 산속에 있는 집의 창문.

3) 낮 조름 : 낮 동안의 졸음.

4) 게을니 : 게으르게. 곧 움직이거나 일하기를 싫어하는 것을 일컬음.

5) 습송지 자약연(拾松枝煮苦茗) : 소나무 가지를 주워서 맛이 쓴 차를 끓임.

6) 아이(俄已) : 잠깐 사이에. 이윽고.

7) 비긴 : 비낀. 비스듬히 한쪽으로 놓인.

8) 적(笛) 쇼릭 : 피리 소리.

〈금옥 * 86, #4281.1〉

山中幽趣9) 可掬.10)

---

9) 유취(幽趣) : 그윽한 정서를 자아내는 경치나 운치.

10) 가국(可掬) : 움켜쥘 수 있음.

목흔흔이향영(木欣欣而向榮)하고

천연연이시류(泉涓涓而始流)로다

서주(西疇)에 유사(有事)함을 농인(農人)이 고(告)하거늘

아이야

아무나 날 찾는 벗님일랑 요지목산(遙指木山)하여라.

 * 동추(同樞) 강종휘(姜宗熹)의 자는 경학(景學)이요, 호는 목산(木山)이다.

木欣欣而向榮[1]허고

泉涓涓而始流[2] ㅣ로다

西疇에 有事[3]헐믈 農人[4]이 告허거늘

兒戲야

아뮈나 날 촛는 벗님[5]이란 遙指木山[6] 허여라.

---

1) 목흔흔이향영(木欣欣而向榮) : 나무들이 즐거운 듯 무성해짐.

2) 천연연이시류(泉涓涓而始流) : 샘물은 솟아올라 흐르기 시작함. 이 두 구절은 도잠(陶潛)의 〈귀거래사(歸去來辭)〉에서 인용함.

3) 서주유사(西疇有事) : 서쪽의 밭에 할 일이 있음.

4) 농인(農人) : 농사를 짓는 사람, 곧 농부.

5) 벗님 : 마음이 서로 통하여 가깝게 사귀는 사람.

6) 요지목산(遙指木山) : 멀리 목산(木山)을 가리킴. '목산(木山)'은 강종휘(姜宗熹)의 호.

〈금옥 *87, #1659.1〉

姜同樞7)宗憙, 字景學, 號木山.

---

7) 동추(同樞) : 동지중추부사(同知中樞府事)를 줄여 부르던 호칭으로, 종이품의 벼슬.

삼삭대엽(三數大葉)

수레의 문에서 장수가 나오는 듯, 칼로 춤을 추며 도적을 베는 듯하다.

轅門出將 舞刀提賊

●

용루(龍樓)에 상운(祥雲)이요

봉각(鳳閣)에 서애(瑞靄)로다

감우(甘雨)는 태액(太液)에 들고 화풍(和風)은 어류(御柳)에 둘렀네

좋도다

상운서애(祥雲瑞靄)와 감로화풍(甘雨和風)은 성세자(聖世子)의 시절(時節)인저.

* 하축시 제6수.[1]

龍樓[2]에 祥雲[3]이요

鳳閣[4]에 瑞靄[5] ㅣ로다

---

1) 세자탄강 하축시 8수 중 제6수.

2) 용루(龍樓) : 대궐의 별칭. 본래 세자궁을 지칭하던 표현으로, 문루(門樓) 위에 구리로 만든 용이 있으므로 용루(龍樓)라고 칭했음.

3) 상운(祥雲) : 상서로운 구름.

甘雨6)는 太液7)에 듯고8) 和風9)은 御柳10)에 둘닌져
美哉라11)
祥雲瑞靄와 甘雨和風은 聖世子12)의 時節13)인져.

〈금옥 *88, #3556.1〉

賀祝14)第六.

---

4) 봉각(鳳閣) : 대궐의 별칭. 대신들이 업무를 보던 중서성(中書省)을 봉각(鳳閣)이라 했음.

5) 서애(瑞靄) : 상서로운 아지랑이.

6) 감우(甘雨) : 단비, 곧 때를 잘 맞추어 알맞게 내리는 비.

7) 태액(太液) : 중국 당나라 대명궁 안에 있던 못인 태액지(太液池).

8) 듯고 : 듣고, 곧 방울져 떨어지고.

9) 화풍(和風) : 화창한 바람.

10) 어류(御柳) : 대궐에 핀 버드나무.

11) 미재(美哉)라 : 아름다워라. 상대에 대한 긍정적인 감정을 표출하는 표현으로, 현대역에서는 글자 수를 맞추기 위해 '좋도다'라고 번역했음.

12) 성세자(聖世子) : 왕위를 이을 왕자.

13) 시절(時節) : 일정한 시기나 때.

14) 하축(賀祝) : 남의 좋은 일에 기쁘고 즐거운 마음으로 인사함.

●

붓끝에 젖은 먹을

던져 보니 화엽(花葉)이로다

경수로이장저(莖垂露而將低)하고 향종풍이습인(香從風而襲人)이라

이 무슨

조화(造化)를 부렸길래 투필성진(投筆成眞)하는고.

 * 석파대로의 〈난초사〉 제2수.[1]

붓긋테 져즌 먹을

더져 보니 花葉[2]이로다

莖垂露而將低[3]허고 香從風而襲人[4]이라

이 무슴

造化[5]를 부렷관듸 投筆成眞[6] 허인고.

---

1) 〈난초사〉 3수 중 제2수.

2) 화엽(花葉) : 꽃잎. 또는 꽃과 잎.

3) 경수로이장저(莖垂露而將低) : 줄기는 이슬을 받아서 장차 머리를 숙임.

4) 향종풍이습인(香從風而襲人) : 향기는 바람을 따라서 사람에 스며듦. 이 두 구절은 중국 당(唐)나라 양형(楊炯)의 〈유란부(幽蘭賦)〉에서 일부 글자를 바꾸어 취함.

5) 조화(造化) : 그 내막이나 이치를 알 수 없을 정도로 신통하거나 야릇함.

6) 투필성진(投筆成眞) : 붓을 휘둘러 참모습을 완성함.

〈금옥 *89, #2160.1〉

石破大老,7) 蘭草詞第二.

---

7) 석파대로(石破大老) : 흥선대원군 이하응.

●

바람이 눈을 몰아

산창(山窓)에 부딪히니

찬 기운(氣運) 새어들어 자는 매화(梅花)를 침로(侵擄)하니

아무리

얼리려 하여도 봄 뜻이야 앗을쏘냐.

  * 운애산방(雲崖山房)의 〈매화사〉 제6수.[1]

ᄇᆞ름이 눈을 모라

山窓[2]에 부딋치니

찬 氣運[3] 싀여드러 즈는 梅花를 侵勞[4]허니

아무리

어루려 허인들 봄 쯧[5]이야 아슬소냐.[6]

〈금옥 *90, #1798.1〉

雲崖山房,[7] 梅花詞第六.

---

1) 〈매화사〉 8수 중 제6수.

2) 산창(山窓) : 산속에 있는 집의 창문.

3) 기운(氣運) : 움직이는 힘.

4) 침로(侵勞) : '침노(侵擄)'의 오기인 듯. '침노(侵擄)'는 성가시게 달라붙어 손해를 끼치거나 해친다는 뜻.

5) 봄 쯧 : 봄 뜻, 곧 계절이 봄인 때.

6) 아슬소냐 : 빼앗거나 가로채 가져갈쏘냐.

7) 운애산방(雲崖山房) : 필운대에 있는 박효관의 거처. '운애(雲崖)'는 박효관의 호.

◉

삼백척(三百尺) 솔이거늘

일천년(一千年) 학(鶴)이로다

분폭(噴瀑)은 용조화(龍造化)요 촉석(矗石)은 검정신(劒精神)이라

이 중에

학의윤건(鶴衣綸巾) 백우선(白羽扇)으로 유극옹(楡屐翁)이 노시더라.

  * 유극옹(楡屐翁)은 석파대로(石坡大老)의 별호(別號)이다. 삼계동(三溪洞) 가운데 고송(古松)과 기암(奇岩)과 백학(白鶴)과 거세게 뿜어내는 폭포가 있다.

三百尺1) 솔2)이여늘

一千年 鶴이로다

噴瀑3)은 龍造化4)이요 矗石5)은 劒精神6)이라

이 中에

---

1) 삼백척(三百尺) : 삼백 자(尺)의 길이. 아주 크다는 것을 비유한 표현이다.

2) 솔 : 솔, 곧 소나무.

3) 분폭(噴瀑) : 물을 거세게 뿜어내는 폭포.

4) 용조화(龍造化) : 용이 부리는 조화.

5) 촉석(矗石) : 삐죽삐죽 높이 솟은 돌.

6) 검정신(劒精神) : 검(劒)과 같은 매서운 기세.

鶴衣綸巾7) 白羽扇8)으로 楡屐翁9)이 노시더라.

〈금옥 *91, #2403.1〉

楡屐翁, 石坡大老10)別號. 11) 三溪洞12)中, 有古松13)奇岩14)白鶴15)噴瀑.

---

7) 학의윤건(鶴衣綸巾) : 학창의와 비단으로 만든 두건. 학의(鶴衣)는 '학창의(鶴氅衣)'로, 소매가 넓고 뒤 솔기가 갈라진 가장자리를 돌아가며 검은 헝겊을 넓게 대어 만든 옷.

8) 백우선(白羽扇) : 새의 흰 깃으로 만든 부채.

9) 유극옹(楡屐翁) : 흥선대원군 이하응의 별호. '유극(楡屐)'은 느릅나무로 만든 나막신이을 일컬음.

10) 석파대로(石坡大老) : 흥선대원군 이하응.

11) 별호(別號) : 본이름 외에 따로 지어 부르는 이름.

12) 삼계동(三溪洞) : 북악산 기슭의 지명. 세 개의 시냇물이 만나는 장소라는 뜻으로 붙여진 지명이라고 함.

13) 고송(古松) : 오래 묵은 소나무.

14) 기암(奇岩) : 기이하게 생긴 바위.

15) 백학(白鶴) : 깃털이 흰 학.

●

구포동인(口圃東人)은 춤을 추고

운애옹(雲崖翁)은 노래한다

벽강(碧江)은 고금(鼓琴)하고 천흥손(千興孫)은 피리로다

정약대(鄭若大)

박용근(朴龍根) 해금(嵆琴) 적(笛) 소리에 화기융농(和氣融濃)하더라.

* 구포동인은 석파대로(石坡大老)께서 내려 주신 호이다. 내가 삼계동(三溪洞)의 집에 있을 때 동쪽 정원의 뒤에 구(口)자 모양의 채마밭이 있어서, 그 까닭에 구포동인이라고 칭하셨다. 운애옹은 필운대(弼雲臺) 박선생의 호이고, 벽강은 군중(君仲) 김윤석(金允錫)의 호이며, 천흥손과 정약대와 박용근은 모두 당시의 제일가는 연주자들이다. 우석상서(又石尚書)께서 나에게 구포동인을 머리로 삼아 삼삭대엽(三數大葉)으로 지으라고 명했기에, 그 까닭에 엮어 완성했다.

口圃東人[1]은 츔을 츄고

雲崖[2]翁은 노뤼헌다

碧江은 鼓琴[3]허고 千興孫은 필릭로다

---

1) 구포동인(口圃東人) : 안민영의 호.

2) 운애(雲崖) : 안민영의 스승인 박효관의 호.

3) 고금(鼓琴) : 거문고를 연주함.

鄭若大
朴龍根 嵇琴 笛 소리에 和氣融濃4) 허더라.

〈금옥 *92, #0426.1〉

口圃東人, 石坡大老5)所賜號6)也. 余在三溪洞7)家時, 東園8)後有 口字圃田,9) 故稱口圃東人. 雲崖翁, 弼雲坮10)朴先生號也, 碧江, 金允錫君仲11)號也, 千興孫, 鄭若大, 朴龍根, 皆當世12)第一工 人13)也. 又石尙書,14) 命我以口圃東人爲頭,15) 作三數大葉,16) 故 構成17)焉.

---

4) 화기융농(和氣融濃) : 조화로운 기운이 녹아들어 무르익음.

5) 석파대로(石坡大老) : 흥선대원군 이하응.

6) 사호(賜號) : 윗사람이 지어 내려 준 호.

7) 삼계동(三溪洞) : 북악산 기슭의 지명. 세 개의 시냇물이 만나는 장소라는 뜻으로 붙여진 지명이라고 함.

8) 동원(東園) : 동쪽의 정원.

9) 포전(圃田) : 채마밭, 곧 채소를 심고 가꾸는 밭.

10) 필운대(弼雲臺) : 서울 인왕산 자락의 명승지.

11) 군중(君仲) : 김윤석의 자. '벽강(碧江)'은 그의 호.

12) 당세(當世) : 지금 이 시대.

13) 공인(工人) : 음악에 관한 일을 맡아보던 악공(樂工).

14) 우석상서(又石尙書) : 흥선대원군의 아들인 이재면.

15) 위두(爲頭) : 첫머리로 삼음. 곧 작품의 첫 구절로 시작함.

16) 삼삭대엽(三數大葉) : 시조를 부르는 가곡창의 곡조 가운데 하나.

17) 구성(構成) : 하나의 작품으로 완성함.

●

팔십일세(八十一歲) 저 늙은이
시하술이갱소년(施何術而更少年)고
성시(城市) 산림(山林) 구름 속에 약(藥) 캐기를 일삼노라
그러면
도호(道號)를 뉘라 하나 운애 선생(雲崖先生)이로라.

　* 동추(同樞) 박효관(朴孝寬)의 자는 경화(景華)이고, 호는 ○○이다.

八十一歲 져 늘그니
施何術而更少年1)고
城市2) 山林3) 구름 속에 藥 킥기4)를 일슴노라5)
글이면
道號6)를 뉘라 허노 雲崖7)先生이로라.

---

1) 시하술이갱소년(施何術而更少年) : 어떤 기술을 베풀어 다시 나이가 젊어졌나.

2) 성시(城市) : 성으로 둘러싸인 시가, 곧 사람이 많이 모여 북적거림을 비유적으로 이르는 말.

3) 산림(山林) : 산속의 숲.

4) 약(藥) 킥기 : 약초나 약재를 따거나 캐는 것.

5) 일슴노라 : 일삼노라. (약초 캐기를) 일로 삼아 시간을 보낸다는 뜻.

6) 도호(道號) : 도가 높은 사람의 호.

〈금옥 *93, #5148.1〉

朴同樞[8]孝寬, 字景華, 號○○.

---

7) 운애(雲崖) : 박효관의 호.

8) 동추(同樞) : 동지중추부사(同知中樞府事)를 줄여 부르던 호칭으로, 종이품의 벼슬.

유월(六月) 양구(羊裘) 저 어옹(漁翁)아

낡은 고기 술 바꾸세

취적(取適)이요 비취어(非取魚)라 곧은 낚시 드리우고

서산(西山)에

해 저물어지거든 벽강월(碧江月)을 싣고 놀려 하노라.

* 동추(同樞) 김윤석(金允錫)의 자는 군중(君仲)이고, 호는 벽강(碧江)이다.

六月 羊裘1) 져 漁翁2)아

낙근 고기 換酒3) ᄒ세

取適이요 非取魚4) ㅣ 라 고든 낙시5) 듸리우고

西山6)에

히 져물러지거든 碧江月7)를 싯고 놀녀 ᄒ노라.

---

1) 양구(羊裘) : 양의 가죽으로 만든 옷.

2) 어옹(漁翁) : 고기잡이하는 늙은이.

3) 환주(換酒) : 술과 바꿈.

4) 취적비취어(取適非取魚) : 낚시를 하는 참뜻이 고기를 잡는 데에 있지 않고 세상 생각을 잊고자 하는 데에 있다는 뜻으로, 어떤 행동에 대한 목적이 거기에 있지 않고 다른 데에 있음을 이르는 말.

5) 고든 낙시 : 곧은 낚시. 굽지 않고 곧은 낚싯바늘이라는 뜻으로, 고기를 잡는 것에 낚시의 목적이 있지 않다는 뜻.

6) 서산(西山) : 서쪽에 있는 산.

7) 벽강월(碧江月) : 푸른 강에 비친 달. '벽강(碧江)'은 김윤석의 호이

〈금옥 *94, #3692.1〉

金同樞[8]允錫, 字君仲, 號碧江.

니, 벽강이 배를 타고 달구경을 한다는 의미.

8) 동추(同樞) : 동지중추부사(同知中樞府事)를 줄여 부르던 호칭으로, 종이품의 벼슬.

소용(搔聳)

폭풍이 비를 몰아오는 듯, 제비가 어지럽게 나는 듯하다.
暴風驟雨 飛燕橫行

세자저하(世子邸下) 보령(寶岭) 팔세(八歲)에

구십이세(九十二歲)를 더할진대

일백세(一百歲) 멀고 높은 수(壽)는 천정(天定)이라 하려니와

그 뒤에

또 이십세(二十歲)를 더하시니 제요수(帝堯壽)와 같으신저.

* 하축시 제7수.[1]

世子[2]邸下[3] 寶岭[4] 八歲에
九十二歲를 더를진디

---

1) 세자탄강 하축시 8수 중 제7수.
2) 세자(世子) : 왕위를 이을 왕자.
3) 저하(邸下) : 조선 시대의 왕세자와 왕세자빈에게 사용하는 경칭.
4) 보령(寶岭) : 임금이나 세자의 나이를 높여 이르는 말.

一百歲 멀고 놉푼 壽5)는 天定6)이라 ᄒᆞ려니와
그 뒤에
쏘 二十歲를 더으시니 帝堯壽7)와 가트신져.
〈금옥 *95, #2691.1〉

賀祝8)第七.

---

5) 수(壽) : 나이. 일반적으로 장수(長壽)의 의미로 사용함.

6) 천정(天定) : 하늘의 뜻으로 결정됨.

7) 제요수(帝堯壽) : 중국 고대의 천자인 요(堯)임금의 나이.

8) 하축(賀祝) : 남의 좋은 일에 기쁘고 즐거운 마음으로 인사함.

낙성(洛城) 서북(西北) 삼계동천(三溪洞天)에

수징청이산수려(水澄淸而山秀麗)한대

익연(翼然) 유정(有亭)에 이수재의(伊誰在矣)오 국태공(國太公)의 언식(偃息)이시라

비나니

남극노인(南極老人) 북두성군(北斗星君)으로 향수만년(享壽萬年) 하오소서.

* 석파대로(石坡大老)께서 봄과 여름이 바뀔 때 이곳에서 편안하게 쉬셨다.

洛城1) 西北2) 三溪洞天3)에

水澄淸而山秀麗4) 호듸

翼然5) 有亭에 伊誰在矣6)오 國太公之偃息7)이시라

---

1) 낙성(洛城) : 서울의 별칭. 원래는 중국의 낙양(洛陽)을 가리킴.

2) 서북(西北) : 서쪽과 북쪽 사이의 방향.

3) 삼계동천(三溪洞天) : 삼계동의 경치 좋은 곳. 삼계동은 북악산 기슭의 지명으로, 세 개의 시냇물이 만나는 장소라는 뜻으로 붙여졌다고 함. '동천(洞天)'은 산과 내로 둘러싸인, 경치가 빼어나게 아름답고 좋은 곳이란 의미.

4) 수징청이산수려(水澄淸而山秀麗) : 물은 맑고 산은 빼어나게 아름다움.

5) 익연(翼然) : 새가 양쪽 날개를 활짝 편 모양.

비느니

南極老人8) 北斗星君9)으로 享壽萬年10) ᄒ오소셔.

〈금옥 *96, #0764.1〉

石坡大老,11) 於春夏之交, 偃息於此.

---

6) 이수재의(伊誰在矣) : 그곳에 누가 있는가.

7) 국태공지언식(國太公之偃息) : 국태공께서 편안하게 쉬심. '국태공(國太公)'은 나라의 어른이라는 뜻으로 흥선대원군 이하응을 가리키며, '언식(偃息)'은 편안하게 쉰다는 의미.

8) 남극노인(南極老人) : 밤하늘의 남쪽에 있다는 장수를 상징하는 큰 별로, 노인성이라고 함. 《사기》에 '노인성이 나타나면 다스림이 안정되고 나타나지 않으면 전쟁이 발생한다'라는 표현이 있음.

9) 북두성군(北斗星君) : 북두칠성을 가리킴.

10) 향수만년(享壽萬年) : 만년의 장수를 누림.

11) 석파대로(石坡大老) : 흥선대원군 이하응.

◉

저 건너 나부산(羅浮山) 눈 속에

검어 우뚝 울퉁불퉁 광대등걸아

너 무슨 힘으로 가지(柯枝) 돋아 꽃조차 저리 피었는가

아무리

썩은 배 반(半)만 남았을망정 봄 뜻을 어이 하리오.

　* 운애산방(雲崖山房)의 〈매화사〉 제7수이다.[1]

져 건너 羅浮山[2] 눈 속에

검어 웃쑥 울통불통 광딕등걸[3]아

네 무슴 힘으로 柯枝 돗쳐 곳조ᄎ 저리 퓌엿는다

아모리

석은 빅[4] 半만 남아슬망졍 봄 쯧[5]즐 어이ᄒ리오.

〈금옥 *97, #4232.1〉

雲崖山房,[6] 梅花詞第七.

---

1) 〈매화사〉 8수 중 제7수.

2) 나부산(羅浮山) : 중국에 있는 명산. 매화가 많이 핀다고 알려짐.

3) 광대등걸 : 줄기를 베어 내고 남은 험상궂게 생긴 나무 밑동.

4) 석은 빅 : 썩은 배. 나뭇가지 중간의 한쪽이 썩은 모양을 형용함.

5) 봄 쯧 : 계절이 봄인 때.

6) 운애산방(雲崖山房) : 필운대에 있는 박효관의 거처. '운애(雲崖)'는 박효관의 호.

바람은 안아 닥친 듯이 불고

굳은비는 담아 붓듯이 오는 날 밤에

님 찾아 나선 모습 웃을 이도 있거니와

비바람 아니라

천지번복(天地飜覆)하여도 이 길이야 아니 가고 어찌하리오.

 * 남원 기녀 명옥(明玉)은 음률(音律)에 밝고 자못 얼굴이 아름다웠다. 내가 남원에 있을 때 날마다 서로 만났는데, 어느 날 밤에 비바람이 크게 일어나 발걸음을 내딛기가 어려웠다. 그러나 이미 약속이 있었기에 반드시 가야만 했을 따름이다.

바름은 안아 닥친 드시1) 불고

구진비2)는 담아 붓드시 오는 날 밤에

님 차져 나선 양를 우슬 이도 잇건이와

비바름 안여3)

天地飜覆4) 흐야든 이 길리야 아니 허고 엇지하리오.

〈금옥 *98, #1792.1〉

南原妓明玉, 皎於音律,5) 頗有姿色.6) 余在南原時, 逐日相會, 而一

---

1) 안아 닥친 듯이 : 가슴에 안을 수 있을 정도로 가까이 오는 듯이.

2) 구진비 : 궂은비, 곧 날이 흐리고 침침하게 오랫동안 내리는 비.

3) 안여 : 아니라도.

4) 천지번복(天地飜覆) : 천지가 뒤집힘.

日夜, 則風雨大作, 難以出脚.7) 然旣有約, 則必行乃已.

---

5) 음률(音律) : 음악의 소리와 가락.

6) 자색(姿色) : 아름다운 모습과 얼굴빛.

7) 출각(出脚) : 발걸음을 내디딤.

회계삭대엽(回界 數大葉)
— 속칭 율당삭(俗稱 栗饘數)

남산(南山) 송백(松栢) 울울창창(鬱鬱蒼蒼)

한강(漢江) 유수(流水) 호호양양(浩浩洋洋)

성세자(聖世子)가 만년수(萬年壽) 가지셔 태평(太平)으로 누리실 제

우리는

강구(康衢)의 일민(逸民) 되어 격양가(擊壤歌)로 즐기리.

* 하축시 제8수이다.[1]

南山[2) 松栢[3) 鬱鬱蒼蒼[4)

漢江[5) 流水[6) 浩浩洋洋[7)

聖世子[8) ㅣ 萬年壽[9) 가지ㅅ 太平[10)으로 누리실 제

우리넌

---

1) 세자탄강 하축시 8수 중 제8수.

2) 남산(南山) : 서울에 있는 산 이름.

3) 송백(松栢) : 소나무와 잣나무를 아울러 이르는 말.

4) 울울창창(鬱鬱蒼蒼) : 빽빽하게 우거져 푸르고 무성함.

5) 한강(漢江) : 서울을 흐르는 강 이름.

6) 유수(流水) : 흐르는 물.

7) 호호양양(浩浩洋洋) : 넓고 커서 끝이 없음.

8) 성세자(聖世子) : 왕위를 이을 왕자.

9) 만년수(萬年壽) : 오래도록 장수함.

康衢11)의 逸民12) 되야 擊壤歌13)로 질길져.

〈금옥 *99, #0830.1〉

賀祝14)第八.

---

10) 태평(太平) : 세상이 안정되어 걱정없고 평안한 상태.

11) 강구(康衢) : 여러 곳으로 두루 통하는 큰 길거리.

12) 일민(逸民) : 세상에 드러내지 않고 사는 사람.

13) 격양가(擊壤歌) : 풍년이 들어 태평한 세월을 즐기는 노래.

14) 하축(賀祝) : 남의 좋은 일에 기쁘고 즐거운 마음으로 인사함.

●

삼월(三月) 화류(花柳) 공덕리(孔德里)요

구월(九月) 풍국(楓菊) 삼계동(三溪洞)을

아소당(我笑堂) 봄바람과 미월방(米月舫) 가을 달을

어즈버

육화(六花)가 분분(紛紛)할 때 자주영매(賚酒詠梅) 하시더라.

* 봄과 여름에는 공덕리(孔德理)요, 가을과 겨울에는 삼계동(三溪洞)이다.

三月 花柳[1] 孔德里[2]오

九月 楓菊[3] 三溪洞[4]를

我笑堂[5] 봄바룸과 米月舫[6] 가룰 달를

어집버

六花[7] | 紛紛[8]時에 賚酒詠梅[9] ᄒ시더라.

---

1) 화류(花柳) : 꽃과 버들을 아울러 이르는 말.

2) 공덕리(孔德里) : 흥선대원군 이하응의 별장이 있던 곳. 지금의 마포구에 해당.

3) 풍국(楓菊) : 단풍과 국화를 아울러 이르는 말.

4) 삼계동(三溪洞) : 북악산 기슭의 지명으로, 흥선대원군 이하응의 별장이 있던 곳.

5) 아소당(我笑堂) : 흥선대원군 이하응의 공덕리 별장에 있던 건물.

6) 미월방(米月舫) : 흥선대원군 이하응의 삼계동 별장에 있던 건물.

〈금옥 *100, #2419.1〉

春夏孔德理, 秋冬三溪洞.

---

7) 육화(六花) : 눈의 결정이 여섯 모로 된 꽃과 같이 생겼다는 뜻으로, '눈'을 달리 이르는 말.

8) 분분(紛紛) : 흩날리는 모양.

9) 자주영매(煮酒詠梅) : 술을 덥혀 마시고 매화에 대한 시를 읊음.

●

동각(東閣)에 숨은 꽃이

철쭉인가 진달래인가

세상이 눈이거늘 제 어찌 감히 피리

알겠다

백설양춘(白雪陽春)은 매화(梅花) 밖에 뉘 있으리.

* 운애산방(雲崖山房)의 〈매화사〉 제8수이다.[1]

東閣[2]에 숨운 꼿치

躑躅[3]인가 杜鵑花[4] ㄴ가

乾坤[5]이 눈이여늘 제 엇지 감히 퓌리

알괘라

白雪陽春[6]은 梅花 밧게 뉘 이시리.

〈금옥 *101, #1378.1〉

雲崖山房,[7] 梅花詞第八.

---

1) 〈매화사〉 8수 중 제8수.

2) 동각(東閣) : 동쪽에 있는 건물.

3) 척촉(躑躅) : '철쭉'의 한자어 표기.

4) 두견화(杜鵑花) : '진달래꽃'을 달리 이르는 말.

5) 건곤(乾坤) : 온 세상. 하늘과 땅을 아울러 이르는 말.

6) 백설양춘(白雪陽春) : 흰 눈이 쌓인 상태에서 내리쬐는 따뜻한 봄볕. 또는 양춘백설곡(陽春白雪曲)으로, '양춘곡(陽春曲)'과 '백설곡(白雪曲)'을 아울러 일컫는 표현.

7) 운애산방(雲崖山房) : 필운대에 있는 박효관의 거처. '운애(雲崖)'는 박효관의 호.

●

필운대(弼雲臺) 호림원(好林園)에

시주가금(詩酒歌琴) 팔십년(八十年)을

희로(喜怒)를 불형(不形)하니 군자지풍(君子之風)이로다

지금에

학가란참(鶴駕鸞驂)으로 승피백운(乘彼白雲) 하셨네.

　* 선생을 좇아 섬긴 지 60년으로, 사제(師弟)의 정과 붕우(朋友)의 도리를 겸하여 밤낮으로 서로 따르며 차마 잠시도 떨어지지 않았다. 그런데 지금 어언 선생께서 세상을 떠났으며, 나 또한 어느 때인가 떠날 것이다.

弼雲坮1) 好林園2)에

詩酒 歌琴3) 八十年을

喜怒를 不形4)ᄒ니 君子之風5)이로다

至今에

鶴駕鸞驂6)을오 乘彼白雲7) ᄒ인져.

---

1) 필운대(弼雲臺) : 서울 인왕산 자락의 명승지.

2) 호림원(好林園) : 필운대에 있던 박효관의 정원을 일컫는 듯.

3) 시주가금(詩酒歌琴) : 시와 술, 노래와 거문고를 아울러 일컫는 표현.

4) 희로불형(喜怒不形) : 기쁨과 노여움을 겉으로 드러내지 않음.

5) 군자지풍(君子之風) : 군자의 풍모. '군자(君子)'는 학식이 높고 행실이 어진 사람을 일컬음.

⟨금옥 *102, #5224.1⟩

從事8)先生9)六十年, 以師弟10)之情兼朋友之誼11), 晝夜相隨, 不忍暫離. 而今焉先生謝世,12) 我亦何時可去.

---

6) 학가란참(鶴駕鸞驂) : 학이 끄는 수레와 난새가 곁에서 모시는 수레. 학과 난새는 모두 신선이 타고 다니는 새로, 여기서는 죽음을 비유적으로 이르는 표현.

7) 승피백운(乘彼白雲) : 저 흰 구름을 타고 올라감. 곧 신선이 되어 하늘로 오르는 것을 일컬음.

8) 종사(從事) : 어떤 사람을 좇아서 섬김.

9) 선생(先生) : 남을 존대하여 이르는 말. 여기서는 박효관을 지칭.

10) 사제(師弟) : 스승과 제자.

11) 붕우지의(朋友之誼) : 벗으로 사귀어 친해진 정.

12) 사세(謝世) : 세상을 하직함. 곧 죽음을 일컫는 표현.

계면조(界面調)

초삭대엽(初數大葉)

●

우산(牛山)에 지는 해를
제경공(齊景公)이 울었더니
공덕리(孔德里) 가을 달을 국태공(國太公)이 느끼셨다
아마도
금고영걸(今古英傑)의 강개심회(慷慨心懷)는 한가진가
하노라.

  * 석파대로(石坡大老)께서 임신년(壬申年:1872) 봄에 공덕리에서 편안히 쉬고 있었는데, 하루는 석양(夕陽)에 문인(門人)과 기녀와 연주자들을 이끌고 우소처(尤笑處)에 오르셔 풍악(風樂)을 크게 베풀어 즐거움을 권하는 사이에 해가 지고 달이 떴다. 이에 한숨을 쉬며 탄식하여 말하기를 '내 나이 이제 오십인데, 남은 해가 몇이나 될까. 우리가 또한 다음 생애에 한곳에서 만날 수 있다면, 지금 세상에서 다하지 못한 인연을 잇는 것이 또한 옳지 않겠는가'라고 하시니, 많은 이들이 모두 얼굴을 가리고 눈물을 머금었다.

牛山1)에 지는 히를

---

1) 우산(牛山) : 중국의 산동성에 있는 산 이름.

齊景公2)이 우럿더니
孔德里3) 가을 다를 國太公4)이 늣기샷다
아마도
今古英傑5)의 慷慨心懷6)는 한가진가 ᄒ노라.

〈금옥 *103, #3582.1〉

石坡大老,7) 於壬申春, 偃息8)於孔德里, 一日夕陽, 率門人9)及妓
工,10) 登臨尤笑處,11) 大張風樂12)勸娛之13)際, 日落月上矣. 乃喟

---

2) 제경공(齊景公) : 중국 춘추 시대 제(齊)나라의 제후. 제경공이 우산에 올라가 북쪽의 도성을 바라보고 '아름답구나, 내 나라여! 그 얼마나 많은 사람이 이곳을 떠나 죽어 갔는가'라 하며, 눈물을 흘려 옷깃을 적셨다는 고사가 전함.

3) 공덕리(孔德里) : 흥선대원군 이하응의 별장이 있던 곳. 지금의 서울의 마포구에 해당하는 지역.

4) 국태공(國太公) : 나라의 큰 어른이라는 뜻으로, 흥선대원군 이하응을 지칭함.

5) 금고영걸(今古英傑) : 지금과 옛날의 영웅호걸. 곧 흥선대원군을 제경공에 비겨 표현한 말.

6) 강개심회(慷慨心懷) : 의기가 복받쳐 원통하고 슬픈 마음을 가슴에 품음.

7) 석파대로(石坡大老) : 흥선대원군 이하응.

8) 언식(偃息) : 편안하게 기대어 쉼.

9) 문인(門人) : 문하인. 권세가 있는 집에 드나드는 지체가 낮은 사람.

10) 기공(妓工) : 기녀와 악기 연주자.

11) 우소처(尤笑處) : 크게 웃을 만한 곳. 흥선대원군의 공덕리 별장에 있던 곳을 가리키는 듯.

然歎14)曰, '吾年今五十餘矣, 餘年15)幾何, 吾儕16)亦於來生,17) 會合一處, 以續今世18)未盡之緣,19) 不亦可乎.' 衆皆掩面含淚.20)

---

12) 대장풍악(大張風樂) : 악기 반주에 맞추어 즐기는 놀이를 크게 마련함.

13) 권오(勸娛) : 즐거움을 권함.

14) 위연탄(喟然歎) : 한숨을 크게 쉬며 탄식함.

15) 여년(餘年) : 여생(餘生). 죽을 때까지 남은 생애.

16) 오제(吾儕) : 우리들. '제(儕)'를 붙여 '나(吾)'의 복수형으로 사용함.

17) 내생(來生) : 죽은 후에 다시 맞이한다는 미래의 삶.

18) 금세(今世) : 지금 살고 있는 세상.

19) 미진지연(未盡之緣) : 미진했던 인연. 아직 끝내지 못하고 남아 있는 인연.

20) 엄면함루(掩面含淚) : 얼굴을 가리고 눈물을 머금음.

●

충신(忠臣)의 옛 자취를
돌머리에 끼쳤으니
상설(霜雪)이 엄(嚴)할수록 붉은 피 어제인 듯
아마도
긍만고정충대절(亘萬古貞忠大節)은 포은공(圃隱公)을 뵈었노라.

* 정축년(丁丑年 : 1877)에 서경(西京)에 가면서 선죽교(善竹橋)에 도착하니, 돌 위에 피의 흔적이 흥건한 것을 보고 느낌이 있어 지었다.

忠臣1)의 옛 자취를
돌머리2)에 깃터슨져3)
霜雪4)이 嚴할수록5) 불근 피 어졔론 듯
아마도
亘萬古貞忠大節6)은 圃隱公7)을 뵈왓노라.

---

1) 충신(忠臣) : 나라를 위하여 충성을 다하는 신하.

2) 돌머리 : 땅이나 물에 있는 돌 가운데에서 물에 잠기지 않거나 흙에 묻히지 않은 돌의 윗부분.

3) 깃터슨져 : 끼쳤으니. 곧 공적을 후세에 남겼으니.

4) 상설(霜雪) : 서리와 눈을 아울러 이르는 말.

5) 엄(嚴)할수록 : 매우 딱딱하고 냉정할수록.

6) 긍만고정충대절(亘萬古貞忠大節) : 오랜 세월 정절과 충성과 큰 절

〈금옥 *104, #5033.1〉

丁丑, 西京8)之行, 到善竹橋,9) 見石上血痕10)淋漓,11) 有感而作.

개가 두루 걸침.

7) 포은공(圃隱公) : 고려 시대의 충신인 정몽주(鄭夢周)를 지칭함. 포은(圃隱)은 정몽주의 호.

8) 서경(西京) : 평양의 별칭.

9) 선죽교(善竹橋) : 당시의 경기도 개성에 있는 돌다리. 반대 세력에 의해 정몽주가 죽임을 당한 곳.

10) 혈흔(血痕) : 피가 묻은 자국이나 자취.

11) 임리(淋漓) : 액체가 흘러 흥건한 모양.

⁕

내 죽고 그대 살아

사군지아차시비(使君知我此時悲)하세

다른 날 황천(黃泉)길에 그 정녕(丁寧) 만나려니

내 어찌

그대의 무한(無限)한 폭백을 견딜 줄이 있으리.

* 내가 남원 출신의 아내와 함께 따른 지 40년으로, 금슬(琴瑟)처럼 벗하여 함께 돌아갈 뜻을 가졌다. 신이 돕지 않아 경진년(庚辰年:1880) 7월 23일에 오랜 병으로 갑자기 떠났으니, 이때의 슬픔과 애도가 과연 어떠했겠는가.

늬 죽고 그듸 살라

使君知我此時悲1)허셰

달은 날 黃泉2)길에 그 丁寧3) 맛날연니

늬 엇지

그듸의 無限4)헌 폭빅5)을 견딜 쥴리 잇쓰리.

---

1) 사군지아차시비(使君知我此時悲) : 그대로 하여금 내가 이때 슬퍼했다는 것을 알게 함.

2) 황천(黃泉)길 : 죽어서 저승으로 가는 길. '황천(黃泉)'은 사람이 죽은 다음 그 혼이 가서 산다는 세상을 일컬음.

3) 정녕(丁寧) : 거짓이 없이 진실하게.

4) 무한(無限) : 제한이나 한계가 없음.

5) 폭빅 : 폭백(暴白), 곧 억울하고 분한 사정을 성을 내며 말함.

〈금옥 *105, #0979.1〉

余與南原室人,6) 相隨四十年, 琴瑟友之,7) 意欲同歸8)矣. 神不佑之, 庚辰七月二十三日, 以宿病9) 奄忽,10) 此時悲悼,11) 果何如哉.

---

6) 실인(室人) : 자기의 아내를 이르는 말.

7) 금슬우지(琴瑟友之) : 부부간에 화목하고 사이좋게 살아감.

8) 동귀(同歸) : 함께 돌아감. 곧 동시에 죽는 것을 일컬음.

9) 숙병(宿病) : 오랫동안 앓은 병.

10) 엄홀(奄忽) : 생각할 사이도 없이 매우 급작스러움.

11) 비도(悲悼) : 슬퍼하고 무척 안타까이 여김.

※

무관(武關)의 새벽달과

청령포(淸泠浦) 지는 해는

고금(古今)이 다르지만 일월(日月)은 한가지라

지금에

한(恨) 겨운 열사(烈士)의 눈물이야 금(禁)할 줄이 있으리.

  * 무관(武關)의 초회왕(楚懷王)과 영월(寧越)의 단종대왕(端宗大王)은 비록 옛날과 지금의 구별은 있으나, 끝없는 한과 절실한 원통함은 마찬가지로 회포의 실마리이다.

武關1)의 시벽달과

淸泠浦2) 지는 히는

古今이 달을선경 日月3)은 한가지라

至今예

恨4) 게운5) 烈士6)에 눈물이야 禁헐 쥴이 잇쓰리.

---

1) 무관(武關) : 중국 초(楚)나라의 회왕(懷王)이 억류되었던 곳.

2) 청령포(淸泠浦) : 조선의 단종(端宗)이 유배되었던 곳.

3) 일월(日月) : 해와 달을 아울러 이르는 말.

4) 한(恨) : 억울하고 원통한 일을 당하여 원망이 응어리진 마음.

5) 게운 : 겨운. 곧 정도나 양이 지나쳐 배겨 내기 어려운.

6) 열사(烈士) : 절의(節義)를 굳게 지키며, 충성을 다하여 싸운 사람.

〈금옥 *106, #1675.1〉

武關楚懷王,7) 寧越端宗8)大王, 雖有古今之別, 窮恨切寃,9) 一般10)懷緒11)也.

---

7) 초회왕(楚懷王) : 전국 시대 초(楚)나라의 제후로, 진(陳)나라의 계략과 조(曹)나라의 배신에 휩쓸려 제후의 자리에서 폐위되었음.

8) 단종(端宗) : 후에 세조가 되는 수양대군에게 왕위를 뺏기고 유배되었던 조선 6대 임금.

9) 궁한절원(窮恨切寃) : 끝없는 한과 애절한 원통함.

10) 일반(一般) : 서로 다를 바가 없는 마찬가지의 상태.

11) 회서(懷緒) : 회포의 실마리.

●

천리(千里)를 닫는 말이

고삐 잡혀 채 맞으니

차라리 치인(癡人) 되어 그으리라 뱃머리를

지금에

치인(痴人)이 되었으면 무슨 근심 있으리.

 * 방옹(放翁)의 시에 이르기를 '태어나서 빠른 말로 채찍 그림자를 따르며 증오하나니, 차라리 어리석은 사람이 되어 칼의 흔적을 기록하겠다'라고 하였다.

千里를 닷는1) 말리

곱비2) 지펴 치3) 마즈니

찰라리 癡人4) 되야 그으리라 빗머리5)를

至今에

痴人곳 되얏스면 무슴 근심 잇스리.

―――

1) 닷는 : 닫는, 곧 빨리 움직여 가는.

2) 곱비 : 고삐. 말의 재갈에 매어, 몰거나 부릴 때 손에 잡고 끄는 줄.

3) 치 : 채찍. 가느다란 막대기의 끝에 가죽 따위를 매어, 말을 때려서 모는 데 쓰는 물건.

4) 치인(癡人) : 어리석고 미련한 사람.

5) 빗머리 : 뱃머리. 배의 앞쪽 끝부분. 배를 타고 가다가 강물에 칼을 떨어뜨린 사람이 다시 찾겠다고 처음 떨어뜨린 뱃머리에 표시를 했다는 '각주구검(刻舟求劍)'의 고사를 일컫는 듯.

〈금옥 *107, #4595.1〉

放翁6)詩曰, '生憎快馬7)隨鞭影, 寧作痴人記釖痕.'8)

---

6) 방옹(放翁) : 중국 송(宋)나라 시인인 육유(陸游)의 호.

7) 쾌마(快馬) : 빠르고 시원스럽게 달리는 말.

8) 일흔(釖痕) : 칼의 흔적을 의미하는 도흔(刀痕)'의 오기인 듯. 인용한 한시 구절의 출전은 《촌거(村居)》.

●
아불효친(我不孝親)하니

자언효아(子焉孝我)하랴마는

인정(人情)이 제 글러서 자불효아(子不孝我)를 설워하네

이 후(後)는

자불효아(子不孝我)를 설워 말고 아불효친(我不孝親) 뉘우치리.

　* 후회한들 어찌 미치겠는가.

我不孝親[1]ᄒᆞ니

子焉孝我[2]ᄒᆞ랴마ᄂᆞᆫ

人情[3]이 제 글너셔[4] 子不孝我[5]를 셔러ᄒᆞ네[6]

이 後ᄂᆞᆫ

子不孝我를 셔러 말고 我不孝親 뉘우칠져.[7]

---

1) 아불효친(我不孝親) : 내가 부모님께 효도하지 못함.

2) 자언효아(子焉孝我) : 자식이 어찌 나에게 효도할까.

3) 인정(人情) : 사람이 본디 가지고 있는 감정이나 심정.

4) 글너셔 : 글러서. 잘못되어 제대로 될 가능성이나 희망이 없어서.

5) 자불효아(子不孝我) : 자식이 나에게 효도하지 않음.

6) 셔러ᄒᆞ네 : 서러워하네. 원통하고 슬프게 여기네.

7) 뉘우칠져 : 뉘우치리. 스스로 깨달아 반성하는 마음을 가지리.

〈금옥 *108, #3006.1〉

悔之何及.

이삭대엽(二數大葉)

●

꾀꼬리 고운 노래
나비춤을 시기(猜忌) 마라
나비춤 아니런들 앵가(鶯歌) 너뿐이거니와
네 곁에
다정(多情)하다 할 것은 접무(蝶舞)런가 하노라.

* 명리(名利)를 좇는 사람은 서로 돕는 것이 귀한 줄을 알지 못하니, 모든 일을 시기하고 도리어 그 몸을 함정에 빠뜨리니, 애석함을 견딜까.

쐿고리 고흔 노릭
나븨츔을 猜忌1) 마라
나븨츔 아니런들 鶯歌2) 너쑨이연니와
네 겻테
多情튼 이를 거슨 蝶舞3) ㅣ 런가 허노라.

---

1) 시기(猜忌) : 샘을 내고 미워함.
2) 앵가(鶯歌) : 꾀꼬리의 노래.
3) 접무(蝶舞) : 나비춤. 나비가 날아다니는 모양을 흉내낸 춤.

〈금옥 *109, #0676.1〉

名利4)之人, 不知相扶5)之爲貴, 全事猜忌, 反陷其身, 可勝惜6)哉.

---

4) 명리(名利) : 세상에서 얻은 명성과 이득.

5) 상부(相扶) : 서로 도움.

6) 승석(勝惜) : 애석함을 견딤.

●

청문(靑門)에 오이 팔던

소평(邵平)이라 들었더니

운하(雲下)에 그림 파는 국태공(國太公)을 뵈었노라

금고(今古)에

영걸지강개심회(英傑之慷慨心懷)는 한가진가 하노라.

* 석파대로(石坡大老)께서 을해년(乙亥年:1875) 5월에 노안당(老安堂) 동쪽 누각 위에 문방(文房)을 차리시고, '매화루(賣畵樓)' 세 글자를 써서 벽 위에 높이 걸고서 난(蘭)을 쳐 남북(南北)으로 보냈더니 여러 재상이 값을 받들고 왔다. 그 후로 사고자 하는 사람들의 수를 헤아릴 수 없었는데, '한가로움을 취하고 물고기를 취하지 않는다'는 뜻이 바로 이것을 일컫는다. 한 달 후에 이내 그만두었다.

靑門1)에 외2)를 파든

邵平3)이라 드러더니

雲下4)에 그림 파는 國太公5)을 뵈왓소라

---

1) 청문(靑門) : 중국 한(漢)나라 장안성(長安城)의 동남문.

2) 외 : 오이.

3) 소평(邵平) : 중국 진(秦)나라 동릉후(東陵侯)로, 진나라가 망한 뒤에 장안성 동쪽의 오이 밭을 일구며 살았던 인물.

4) 운하(雲下) : 구름 아래라는 뜻으로, 여기서는 흥선대원군의 저택인 운현궁을 가리킴.

5) 국태공(國太公) : 나라의 큰 어른이란 뜻으로, 흥선대원군 이하응의

今古6)에

英傑之慷慨心懷7)는 한가진가 ᄒ노라.

〈금옥 *110, #4749.1〉

石坡大老,8) 於乙亥榴夏,9) 設文房10)於老安堂11)東樓上, 書賣畵樓12)三字, 高掛壁上, 寫蘭13)播送14)於南北, 諸宰15)捧価以來,16) 其後願賣者,17) 不計其數矣, 取適非取魚18)之意, 政謂此也,19) 一

칭호.

6) 금고(今古) : 지금과 옛날.

7) 영걸강개심회(英傑之慷慨心懷) : 영웅호걸의 강개한 심회. '영걸(英傑)'은 영웅과 호걸을 아울러 이르는 말이며, '강개심회(慷慨心懷)'는 의기가 복받쳐 원통하고 슬픈 마음을 가슴에 품는다는 의미.

8) 석파대로(石坡大老) : 흥선대원군 이하응.

9) 유하(榴夏) : 음력 5월. 석류꽃이 피는 여름이라는 뜻.

10) 문방(文房) : 책을 갖추어 두고 글을 읽거나 쓰는 방.

11) 노안당(老安堂) : 운현궁에 있는 건물의 이름.

12) 매화루(賣畵樓) : 그림을 파는 누각.

13) 사란(寫蘭) : 난을 그림.

14) 파송(播送) : 널리 전하여 보냄.

15) 제재(諸宰) : 여러 재상.

16) 봉가이래(捧價以來) : 돈을 가지고 옴.

17) 원매자(願賣者) : 팔고자 하는 사람. 아마도 사고자 하는 사람이란 뜻의 '원매자(願買者)'의 오기인 듯함.

18) 취적비취어(取適非取魚) : 낚시를 하는 참뜻이 고기를 잡는 데에 있지 않고 세상 생각을 잊고자 하는 데에 있다는 뜻으로, 어떤 행동에 대한 목적이 거기에 있지 않고 다른 데에 있음을 이르는 말.

月後乃止.

---

19) 정위차야(政謂此也) : '정위차야(正謂此也)'의 오기인 듯. '정위차야'는 '바로 이것을 일컫는다'는 뜻.

●

새벽에 일어나서

북두(北斗)에 비는 말이

제 속 내 간장(肝腸)을 한 열흘만 바꾼다면

그제야

저 날 속이던 마음 알뜰히 받게 하리라.

　* 병자년(丙子年:1876) 겨울 밀양 기생 월중선(月中仙)이 내려간 후에, 스스로 생각하고 추억함이 없지 않았다.

淸晨1)에 몸을 일어

北斗2)에 비난 말이

제 속 닉 肝腸3)을 한 열흘만 밧괴시면

그제야

제 날 속이던 안4)을 알쓰리 밧게 하리라.

〈금옥 *111, #4786.1〉

丙子冬, 密陽妓月中仙下去5)後, 自不無思憶.6)

---

1) 청신(淸晨) : 맑은 첫 새벽.

2) 북두(北斗) : 북두칠성.

3) 간장(肝腸) : '애'나 '마음'을 비유적으로 이르는 말.

4) 안 : 마음.

5) 하거(下去) : 지방으로 내려감.

6) 사억(思憶) : 생각하고 추억함.

관산(關山) 천리(千里) 멀다 마라
구름 아래 그곳이라
마음은 가건마는 몸은 어이 못 가는고
지금에
심거신불치(心去身不致)하니 그를 설워 하노라.

* 내가 평양 감영에 있을 때, 소홍(小紅)과 함께 7개월을 서로 따르는 정이 있어, 돌아온 후에도 가끔 생각이 났다.

關山1) 千里 머다 마라
구름 아릭 그곳이라
마음은 가건마는 몸은 어이 못 가난고
至今에
心去身不致2)하니 그를 설워하노라.

〈금옥 *112, #0374.1〉

余在箕營3)時, 與小紅有七箇月相隨之情,4) 而歸後, 往往5)思想.

---

1) 관산(關山) : 변방의 국경에 있는 산.
2) 심거신불치(心去身不致) : 마음은 가지만 몸은 도달하지 못함.
3) 기영(箕營) : 평양 감영. 평양을 달리 '기성(箕城)'이라 일컬었음.
4) 상수지정(相隨之情) : 언제나 함께 지내던 정.
5) 왕왕(往往) : 시간적으로 사이를 두고 가끔.

●

수심(愁心) 겨운 임(任)의 얼굴

누가 전(前)만 못하다던가

흩어진 운환(雲鬟)이며 화기(華氣) 걷은 살빛이라

느끼며

실같이 하는 말씀 애끊는 듯하여라.

* 해주 기녀 옥소선(玉簫仙)이 이전 해 진연(進宴) 때 올라왔는데, 재능과 기예가 뛰어나고 아리따운 자태가 비범하여 당시의 뛰어난 기녀로 많은 사람에게 받들어 칭찬받았으며, 석파대로(石坡大老)께서 더욱 총애하고 사랑하였다. 그 이름을 불러 '옥수수(玉秀秀)'라고 하였는데, '옥수수'는 속칭 '강냉이'이기에 사람들이 모두 옥수수라고 불렀다. 내가 화산(華山) 손오여(孫五汝), 벽강(碧江) 김군중(金君仲)과 함께 매일매일 행동을 같이하였는데 옥수수와 더불어 낮부터 밤까지 이어졌다. 이즈음 정의(情誼)가 두터워져 서로 버릴 수가 없었는데, 일을 치르고 내려갔다. 그 후 계유년(癸酉年:1873) 봄에 석파대로께서 명하여 불러 내의녀(內醫女)의 자리에 입역(入役)하여, 삼행수(三行首)에 이르렀다. 그해 가을이 되어 역에서 벗어나 내려보냈는데, 그 후로 서신이 끊어지지 않았고 또한 여러 차례 운현궁에 올라왔던 일이 있었다. 병자년(丙子年:1876) 겨울에 또 일이 있어서 '삼증(三憎)'과 함께 올라왔는데, 용모(容貌)가 조금 상하고 노랫소리는 실처럼 가늘어서 마치 중병(重病)에 걸린 사람 같아 한 번 보고 놀랄 만큼 의아했다. 그러나 나는 기뻐하고 사랑하는 마음이 오랫동안 막혔던지라, 오히려 옛날의 화려한 화장을 하고 고운 노래를 하던 때보다 나았다고 할 따름이다.

愁心1) 겨운 任의 얼골

뉘라 前만 못 하다던고

훗터진 雲鬟2)이며 華氣3) 것든4) 살빗5)치라

늣기며

실갓치 하난 말삼 이끈는6) 듯하여라.

〈금옥 *113, #2793.1〉

海州玉簫仙, 於向年7)進宴8)時上來, 才藝9)出類,10) 色態11)非凡,12) 以當世13)名姬14)爲衆所推許,15) 而石坡大老,16) 益寵愛17)之. 呼其名曰, '玉秀秀', 玉秀秀者, 俗稱江娘18)也, 人皆呼之玉秀秀. 余與華

---

1) 수심(愁心) : 걱정거리가 있어서 애가 탐.

2) 운환(雲鬟) : 탐스럽게 쪽찐 머리.

3) 화기(華氣) : 화사한 기운.

4) 것든 : 걷은. 흩어져 사라진.

5) 살빗 : 살빛. 살갗의 빛깔.

6) 이끈는 : 애끊는. 매우 슬퍼서 창자가 끊어질 듯한.

7) 향년(向年) : 이전 해. 옛날.

8) 진연(進宴) : 궁중에서 여는 잔치.

9) 재예(才藝) : 재능과 기예.

10) 출류(出類) : 같은 무리 중에서 특별히 뛰어남.

11) 색태(色態) : 곱고 아리따운 자태.

12) 비범(非凡) : 평범한 수준보다 훨씬 뛰어남.

13) 당세(當世) : 당시의 세상.

14) 명희(名姬) : 이름난 기녀.

山孫五汝, 碧江金君仲,19) 逐日20)連袂,21) 與玉秀秀, 晝以繼夜. 於
斯之際, 情膠誼漆,22) 不能相捨, 而過事23)下去. 其後癸酉春, 石坡
大老, 命招24)入役25)干內醫女26)座, 至三行首. 27) 當年秋, 頉役28)
下送, 而其後書信不絶, 亦有數次上來29)於雲宮30)者矣. 丙子冬,
又有事, 與其三憎上來, 而容皃稍損,31) 聲音如縷,32) 有若重病33)

---

15) 추허(推許) : 받들어 칭찬함.

16) 석파대로(石坡大老) : 흥선대원군 이하응.

17) 총애(寵愛) : 유난히 귀여워하고 사랑함.

18) 강낭(江娘) : '강냉이'를 음차한 표현.

19) 군중(君仲) : 김윤석(金允錫)의 자. '벽강(碧江)'은 그의 호.

20) 축일(逐日) : 매일매일. 날마다.

21) 연몌(連袂) : 행동을 같이함.

22) 정교의칠(情膠誼漆) : 정의(情誼)가 아교와 풀처럼 진해짐. '정의(情誼)'는 서로 사귀어 친해진 정을 일컬음.

23) 과사(過事) : 일을 치름. 일을 마침.

24) 명초(命招) : 명령으로 신하를 부름.

25) 입역(入役) : 의무가 있는 사람이 그 역을 담당함.

26) 내의녀(內醫女) : 내의원에 속한 의녀로서의 관기.

27) 삼행수(三行首) : 기생들의 우두머리 중에서 세 번째.

28) 탈역(頉役) : 역에서 빠짐.

29) 상래(上來) : 서울로 올라옴.

30) 운궁(雲宮) : 흥선대원군의 저택인 운현궁.

31) 초손(稍損) : 조금 줄어듦.

32) 성음여루(聲音如縷) : 노랫소리가 실처럼 가늘게 이어짐.

中人矣, 一見驚訝.34) 然以吾久阻35)欣愛36)之心, 猶勝於昔日37)雄粧華容38)艷歌39)之時云爾.

---

33) 중병(重病) : 목숨이 위험할 만큼 상태가 아주 심한 병.

34) 경아(驚訝) : 놀랄 만큼 이상하고 의아하게 여김.

35) 구조(久阻) : 오랫동안 서로 소식이 끊김.

36) 흔애(欣愛) : 기쁘고 사랑함.

37) 석일(昔日) : 옛날.

38) 웅장화용(雄粧華容) : 빼어나고 화려하게 화장한 얼굴.

39) 염가(艷歌) : 고운 노래.

●

심중(心中)에 무한(無限) 사설(辭說)

청조(靑鳥) 네게 부치노니

약수(弱水) 삼천리(三千里)를 네 능(能)히 건너갈까

가기야

가고자 하거니와 날개 작아 근심일세.

 * 전주 기녀 양대운(陽臺雲)이 상경하여 숨어 지낼 때, 편지 한 통을 써서 사람을 사이에 넣어 보내 주었다.

心中1)예 無限2) 辭說3)

靑鳥4) 네게 부치너니5)

弱水6) 三千里를 네 能히 건너갈다

가기사

가고저 허건이와 나릐7) 자가 근심일셰.

〈금옥 *114, #2961.1〉

全州陽臺雲, 上京隱居8)時, 修一封書,9) 間人10)傳送.11)

---

1) 심중(心中) : 마음에 품고 있는 것.

2) 무한(無限) : 제한이나 한계가 없음.

3) 사설(辭說) : 길게 늘어놓는 잔소리나 푸념.

4) 청조(靑鳥) : 파랑새로, 흔히 소식을 전하는 매개체를 비유한 표현.

5) 부치너니 : 부치노니. 운송 수단을 통하여 보내노니.

6) 약수(弱水) : 부력이 매우 약하여 기러기의 털도 가라앉는다는 강.

7) 나릐 : 날개.

―――――
8) 은거(隱居) : 세상의 일에 관여하지 않고 숨어 삶.
9) 일봉서(一封書) : 봉투에 넣어서 봉한 한 통의 편지.
10) 간인(間人) : 사람을 사이에 넣음. 다른 사람에게 맡겨 시킨다는 뜻.
11) 전송(傳送) : 전하여 보냄.

아아 군중(君仲)이 떠나가니

금운가성(琴韻歌聲)이 멀어졌다

아장(我葬)을 여장(汝葬)할 때 여장(汝葬)을 아장(我葬)하니

너 만일

알음이 있을진댄 느껴 갈까 하노라.

* 내가 벽강(碧江) 김윤석(金允錫) 군중(君仲)과 30년 동안 서로 따라 정의(情誼)가 아교와 칠과 같았는데, 일찍이 하루도 잠시라도 떨어지지 않았다. 계미년(癸未年:1883) 봄에 수동(壽洞)에서 군중과 더불어 만나 술을 마셨는데, 다음 날 아침에 부음(訃音)을 들었으니, 진짜인가 꿈인가.

嗟爾1) 君仲2)이 길이3) 가니

琹韻 歌聲4)이 머러거다

我葬를 汝葬5) 홀딕 汝葬를 我葬6) ᄒ니

네 마닐

---

1) 차이(嗟爾) : 아아. 슬프거나 아쉬울 때 내는 탄식이다.

2) 군중(君仲) : 김윤석(金允錫)의 자.

3) 길이 : 영원히. 오랜 세월이 지나도록 내내.

4) 금운가성(琴韻歌聲) : 거문고 연주에 맞추어 부르는 노랫소리.

5) 아장(我葬)을 여장(汝葬) : 내 장례를 네가 치름.

6) 여장(汝葬)을 아장(我葬) : 너의 장례를 내가 치름.

알오미 잇슬진된 늣겨⁷⁾ 갈가 ᄒ노라.

〈금옥 *115, #4515.1〉

余與碧江金允錫君仲, 相隨⁸⁾三十年, 誼漆情膠,⁹⁾ 未常一日暫離.
癸未春, 與君仲會飮¹⁰⁾於壽洞,¹¹⁾ 而翌朝聞訃,¹²⁾ 眞耶夢耶.

---

7) 늣겨 : 흐느껴. 몹시 서러워 목이 메게 울며.

8) 상수(相隨) : 서로 붙어 다님.

9) 의칠정교(誼漆情膠) : 정의(情誼)가 아교와 풀처럼 굳어짐. '정의(情誼)'는 서로 사귀어 친해진 정.

10) 회음(會飮) : 만나서 술을 마심.

11) 수동(壽洞) : 서울의 지명. 지금의 종로1가에 해당.

12) 익조문부(翌朝聞訃) : 다음 날 아침에 부음을 들음. '부음(訃音)'은 사람이 죽었음을 알리는 기별.

아아 능운(凌雲)이 떠나가니
추성(秋城) 월색(月色)이 임자(任者) 없네
아침 구름 저녁 비에 생각(生覺) 겨워 어이할까
묻나니
청가묘무(淸歌妙舞)를 뉘게 전(傳)코 갔는가.

 * 담양 기녀 능운(凌雲)이 이미 세상을 떠났으니, 호남(湖南)의 풍류(風流)는 이로부터 끊어졌다.

嗟嗟1) 凌雲2)이 기리3) 가니
秋城4) 月色5)이 任者6) 업닉
앗츰 구름 져녁 비에 生覺7) 겨워 어이헐고
問나니
淸歌 妙舞8)를 뉘계 傳코 갓느니.

---

1) 차차(嗟嗟) : 아아. 슬프거나 아쉬울 때 내는 탄식.

2) 능운(凌雲) : 전라도 담양의 기녀 이름.

3) 기리 : 영원히. 오랜 세월이 지나도록 내내.

4) 추성(秋城) : 전라도 담양의 옛 지명.

5) 월색(月色) : 달에서 비쳐 오는 빛.

6) 임자(任者) : 어떤 것을 자기 것으로 가지고 있는 사람.

7) 생각(生覺) : 헤아리고 판단하고 인식하는 것 따위의 정신 작용.

8) 청가묘무(淸歌妙舞) : 맑은 목청의 노래와 묘하게 잘 추는 춤.

〈금옥 *116, 4516.1〉

潭陽凌雲已逝,9) 湖南10)風流,11) 從此絶矣.

---

9) 이서(已逝) : 이미 죽었음.

10) 호남(湖南) : 전라도를 달리 이르는 말.

11) 풍류(風流) : 풍치가 있고 멋스럽게 노는 일.

◉

동장(東墻)에 까치 울음
싱겁게 들었더니
뜻 아닌 천금(千金) 서찰(書札) 임(任)의 얼굴 띠어 왔네
아서라
간장(肝腸) 스는 것을 보아 무엇 하리오.

 * 진양 기녀 송옥(松玉)은 곧 내가 처음 진양에 도착했을 때 가까이하던 사람이다. 내가 병들어 누워 있을 때 그도 또한 병들어, 부득이 와 볼 수가 없어 서신으로 문병하였다.

東墻1)에 갓치 우름2)
셥거이3) 드럿더니
뜻 안닌 千金 書札4) 任의 얼골 씌여5) 왓너
아셔라
肝膓6) 스는7) 거슬 보와 무삼 허리요.

---

1) 동장(東墻) : 동쪽의 담장.

2) 갓치 우름 : 까치 울음. 까치가 울면 좋은 소식이 온다는 의미.

3) 셥거이 : 싱겁게. 제격에 어울리지 않고 좀 멋쩍게.

4) 천금 서찰(千金書札) : 천금의 값어치가 있는 편지.

5) 씌여 : 띠어. 지녀서 드러내어.

6) 간장(肝腸) : '애'나 '마음'을 비유적으로 이르는 말.

7) 스는 : 차차 사라지는.

〈금옥 *117, 1414.1〉

晋陽松玉, 卽吾初到晋陽時, 所親者也. 吾於病臥8)時, 彼亦有病, 不得來見, 以書問病.9)

---

8) 병와(病臥) : 병으로 자리에 누움.

9) 문병(問病) : 병을 앓는 사람을 찾아가 위로함.

🌑

유유(悠悠)히 가는 구름

반갑고 부러워라

만강수회(滿腔愁懷)를 가져다가 부치나니

다 가서

그치는 곳이거든 임(任)을 보고 전(傳)하시소.

* 무인년(戊寅年:1878) 봄에 벽강(碧江) 김윤석(金允錫) 군중(君仲)이 일이 있어 해주 감영으로 내려가니, 날마다 서로 따르던 나머지 막힌 회포가 마치 산과 같았다. 하루는 멀리 서쪽 하늘에 한가로운 구름이 가다가 멈춘 것을 보고, 애오라지 이것을 지었다.

悠悠1)이 가는 구름

반갑고 불러웨라

滿腔愁懷2)를 가져 드려 붓치너니3)

다 가서

긋치는4) 곳이여든 任을 보고 傳허시쇼.

〈금옥 *118, #3694.1〉

戊寅春, 碧江金允錫君仲, 有事下去5)海營,6) 而逐日7)相隨之餘,

---

1) 유유(悠悠) : 움직임이 느릿느릿함.
2) 만강수회(滿腔愁懷) : 마음속에 가득한 근심과 회포.
3) 붓치너니 : 부치나니. 운송 수단을 통하여 보내나니.
4) 긋치는 : 그치는. 멈추는.

阻懷8)如山. 一日逢望一片閑雲9)去留10)於西天矣, 聊11)以作之.

---

5) 하거(下去) : 서울에서 지방으로 내려감.

6) 해영(海營) : 해주에 있는 황해도 감영.

7) 축일(逐日) : 하루도 거르지 않고 날마다.

8) 조회(阻懷) : 마음속에 품은 생각이나 정이 가로막힘.

9) 한운(閑雲) : 한가히 떠도는 구름.

10) 거류(去留) : 가다가 멈춤.

11) 료(聊) : 애오라지. 마음에 부족하나마 그대로.

◉

임(任)과 이별(離別)할 적에

저는 나귀 한탄 마소

가노라 돌아설 제 저는 걸음 아니런들

꽃 아래

눈물 적신 얼굴을 어찌 자세히 보리오.

* 평양 기녀 혜란(蕙蘭)은 단지 아리따운 자태만 뛰어난 것이 아니라, 난을 잘 치고 노래와 거문고에 능통하여 명성이 한 성을 기울일 정도였다. 내가 연호(蓮湖) 박사준(朴士俊)의 막사에서 머물렀을 때, 일이 있어 내려가서 혜란과 더불어 7개월을 서로 따르며 정의(情誼)로 사귐이 긴밀했다. 작별(作別)할 때에 이르러 혜란이 장림(長林)의 북쪽까지 나를 전송했는데, 가고 머무는 한탄이 과연 스스로 억누르기 힘들었을 따름이었다.

任 離別 하올 져긔
져는1) 나귀 한치2) 마소
가노라 돌쳐3) 셜 제 저난4) 거름 안이런덜
쏫 아릭
눈물 젹신 얼골을 엇지 仔細이5) 보리요.

---

1) 져는 : 저는. 절뚝거리며 걷는.
2) 한치 : 원망스럽게 생각하지.
3) 돌쳐 : 되돌아서.
4) 저난 : 저는. 절뚝거리며 걷는.

⟨금옥 *119, #4091.1⟩

平壤蕙蘭, 非從色態6)之絶奇,7) 善寫蘭, 通歌琴, 聲傾一城8)矣. 余於蓮湖朴士俊居幕9)時, 有事下去10)矣, 與蕙蘭相隨七箇月, 情誼11)交密. 而及其作別12)之時, 蕙蘭送我于長林13)之北, 去留14)之悵, 果難自抑耳.

---

5) 자세(仔細)이 : 자세히. 사소한 부분까지 구체적이고 분명하게.

6) 색태(色態) : 아리따운 자태.

7) 절기(絶奇) : 더할 수 없이 교묘함.

8) 경일성(傾一城) : 한 성을 기울임. 한 성이 위기에 빠져도 모를 정도의 미색이라는 뜻으로, 뛰어나게 아름다운 여자를 이르는 말.

9) 거막(居幕) : 막사에 거주함.

10) 하거(下去) : 서울에서 지방으로 내려감.

11) 정의(情誼) : 서로 사귀어 친해진 정.

12) 작별(作別) : 서로 인사를 나누고 헤어짐.

13) 장림(長林) : 길게 뻗쳐 있는 숲.

14) 거류(去留) : 떠나감과 머물러 있음.

●

십이(十二)에 학금(學琴)하니

금운(琴韻)이 냉랭(泠泠)이라

칠십년(七十年) 수연(繡筵) 위에 몇 사람을 열락(悅樂)했나

지금에

수류운공(水流雲空)하니 못내 느껴 하노라.

* 내가 첨사(僉使) 안경지(安敬之)와 함께 같은 집안의 정으로만 특별했던 것이 아니라, 화류장(花柳場)에서 서로 따른 지 50여 년이 되었다. 을유년(乙酉年:1885) 봄에 사소한 병으로 세상을 떠나니, 진실로 눈물이 가슴에 가득함을 느낄 따름이다.

十二에 學琹1)ᄒ니
琴韻2)이 泠泠3)이라
七十年 繡筵4) 우에 멋 스람을 悅樂5)헌고
至今에
水流雲空6)ᄒ니 못닉 늣겨 ᄒ노라.

---

1) 학금(學琴) : 거문고를 배움.
2) 금운(琴韻) : 거문고의 소리.
3) 냉랭(泠泠) : 차갑고 쌀쌀함.
4) 수연(繡筵) : 성대한 잔치. 화려한 술자리.
5) 열락(悅樂) : 기뻐하고 즐거워함.
6) 수류운공(水流雲空) : 물이 흘러가고 구름이 하늘에 떠서 흩어진다

⟨금옥 *120, #2970.1⟩

余與安斂使敬之, 非但宗誼7)自別,8) 相隨於花柳場,9) 爲五十餘年. 而乙酉春에, 以微恙10)化去,11) 良覺淚盈襟12)耳.

는 뜻으로, 지난 일이 흔적 없이 사라진 데 대한 허무함을 이르는 말.

7) 종의(宗誼) : 일가친척 사이의 두텁고 친한 정.

8) 자별(自別) : 가까이 사귄 정도가 남보다 특별함.

9) 화류장(花柳場) : 화류계를 달리 이르는 말. 기녀들과 어울려 노는 장소를 일컬음.

10) 미양(微恙) : 그리 대단하지 않은 병.

11) 화거(化去) : 다른 것으로 변해 간다는 뜻으로, 사람이 죽음을 이르는 말.

12) 루영금(淚盈襟) : 눈물이 소매를 가득 적심.

중거삭대엽(中擧 數大葉)

●

동리(東離)의 물이 밀고

서별(西別)의 불이 있다

수화상침(水火相侵) 두 즈음에 나의 간장(肝腸) 다 슬거늘

더구나

남로송인(南路送人)하고 북정(北程) 찾아 가노라.

* 정축년(丁丑年 : 1877) 겨울에 동(東)으로 밀양의 월중선(月中仙)과 이별하고 서(西)로는 해주의 옥소선(玉簫仙)과 헤어지고, 남으로는 노래 부르는 신학준(申學俊)을 전송했으니 이것이 열흘 사이의 일이었다. 내 마음이 돌이 아니니, 어찌 떠남을 견딜 수 있겠는가. 신병(身病)이라는 사유를 아뢰고, 곧 북쪽의 창의문(彰義門) 밖으로 나가 구포(口圃)가 있는 초가에 가서 누웠다.

東離1)의 물이 밀고2)

西別3)의 불이 잇다

---

1) 동리(東離) : 동쪽에서 헤어짐.
2) 밀고 : 밀리고. 일시에 한데 몰리고.

水火相侵4) 두 지음5)의 나의 肝腸6) 다 슬거늘7)
더구나
南路送人8)하고 北程9) 차자 가노라.

〈금옥 *121, #1388.1〉

丁丑冬, 東離密陽月中仙, 西別海州玉簫仙, 南送唱兒10)申學俊, 此是一旬11)間事也. 我心非石, 何能堪遣. 以身病12)告由,13) 卽出14)北彰義門15)外, 口圃16)茅廬17)而臥.

---

3) 서별(西別) : 서쪽에서의 이별.

4) 수화상침(水火相侵) : 물과 불이 한꺼번에 서로 닥침. 여기서는 눈물과 가슴속의 화가 함께 치밀어 오른다는 의미.

5) 지음 : 즈음. 일이 어찌 될 무렵.

6) 간장(肝腸) : '애'나 '마음'을 비유적으로 이르는 말.

7) 슬거늘 : 차차 사라지거늘.

8) 남로송인(南路送人) : 남쪽 길에서 사람을 전송함.

9) 북정(北程) : 북쪽으로의 여정.

10) 창아(唱兒) : 노래하는 사람.

11) 일순(一旬) : 열흘. 10일.

12) 신병(身病) : 몸에 생긴 병.

13) 고유(告由) : 사유를 알림.

14) 즉출(卽出) : 곧바로 나감.

15) 창의문(彰義門) : 서울 도성의 4소문 가운데 하나로, 자하문(紫霞門) 또는 북소문(北小門)이라고도 함.

16) 구포(口圃) : '구(口)'자 모양의 채마밭으로, 안민영의 집을 일컬음.

17) 모려(茅廬) : 초가집. 지붕을 띠풀로 엮은 집으로, 자기 집의 낮춤

말로 사용됨.

새해 정월(正月) 일일(一日) 새벽에
분향암축(焚香暗祝) 내생(來生) 원(願) 왈(曰)
집은 강남(江南)에 있고 인여목지(人如牧之)하오소서
그 밤에
백발(白髮) 조화옹(造化翁)이 불러 예고 가더라.

* 규재(圭齋) 남상서(南相書)의 시에 '향 사르고 남몰래 내세의 소원을 축원하니, 집은 강남에 두고 사람은 두목(杜牧) 같이 되기를'이라고 하였다.

新年1) 正月2) 一日 淸晨3)의
焚香暗祝4) 來生5) 願曰
집은 江南6)의 잇고 人如牧之7) 하이소샤
그 밤의
白髮8) 造化翁9)이 불너 예고10) 가더라.

---

1) 신년(新年) : 새해.

2) 정월(正月) : 음력 1월.

3) 청신(淸晨) : 맑은 첫 새벽.

4) 분향암축(焚香暗祝) : 향을 피우고 남몰래 축원함.

5) 내생(來生) : 다음 생애.

6) 강남(江南) : 중국 양자강(揚子江)의 남쪽 지방. 흔히 '살기 좋은 곳'이라는 뜻으로 쓰임.

7) 목지(牧之) : 중국 당(唐)나라의 시인인 두목(杜牧)의 자.

〈금옥 *122, #2932.1〉

圭齋南相書11)詩曰, '焚香暗祝來生願, 家在江南人牧之.'

---

8) 백발(白髮) : 하얗게 센 머리털.

9) 조화옹(造化翁) : 조물주를 달리 이르는 말.

10) 예고 : 가고. '예다'는 '가다'를 예스럽게 이르는 말.

11) 남상서(南相書) : 조선 후기의 문인인 남병철(南秉哲). '규재(圭齋)'는 그의 호.

●

이 어떤 급한 병(病)고

심여마(心如麻) 누여우(淚如雨)라

지는 달 새는 밤에 울어 예는 기러기를

아무나

멈출 이 있을진대 이 병(病) 소식(消息) 부치리라.

* 한번 옥소선(玉簫仙)을 송별(送別)한 후로부터 자연히 평안하지 못했다.

이 어인 급한 病고

心如麻[1] 淚如雨[2] ㅣ 라

지는 달 시는 밤의 울어 예넌[3] 기러기를

아무나

멈츄 리 이슬진딕 이 病 消息[4] 부치리라.

〈금옥 *123, #3873.1〉

一自玉簫仙送別[5]之後, 自然不平.[6]

---

1) 심여마(心如麻) : 마음은 삼실 같음. 실처럼 얽혀 복잡하다는 뜻이다.

2) 누여우(淚如雨) : 눈물이 비처럼 흐름.

3) 예는 : 가는. '예다'는 '가다'를 예스럽게 이르는 말이다.

4) 소식(消息) : 사람의 안부나 일의 형세 따위를 알리는 말이나 글.

5) 송별(送別) : 떠나는 사람을 이별하여 보냄.

6) 불평(不平) : 평안하지 못함.

꽃은 곱다마는

향기(香氣) 어찌 없었는고

위화이불향(爲花而不香)하니 오던 나비 다 가거라

그 꽃을

이름 부르되 불향화(不香花)라 하노라.

　* 내가 전주에 가면서 부(府)의 기녀 설중선(雪中仙)에 대해 듣기를 남방(南方)의 제일이라 하였는데, 가서 보니 과연 소문과 같았다. 나이는 열여덟 정도이고 눈처럼 하얀 피부와 아름다운 얼굴로 지극히 사랑할 만했다. 그러나 노래와 춤에는 전혀 어두웠고 잡기(雜技)에 능했으며, 성격이 본래 사나워 오로지 얼굴과 미모만을 믿고 사람을 대하는 예의가 없었다. 다만 서로 따르는 자들은 창부(唱夫)들일 따름이다.

솟츤 곱다마는
香氣[1] 어이 업섯는고
爲花而不香[2]하니 오든 나뷔 다 가거라
그 솟츨
이름 하이되 不香花[3]라 하노라.

---

1) 향기(香氣) : 꽃이나 향 따위에서 나는 좋은 냄새.

2) 위화이불향(爲花而不香) : 꽃이 피었으나 향은 나지 않음.

3) 불향화(不香花) : 향기 없는 꽃.

〈금옥 *124, #0652.1〉

余於全州之行, 聞府妓⁴⁾雪中仙, 爲南方⁵⁾第一, 往見之則果如所聞. 年可二九,⁶⁾ 雪膚花容,⁷⁾ 極可愛. 然全昧⁸⁾歌舞, 能於雜技,⁹⁾ 性本悍毒,¹⁰⁾ 專恃¹¹⁾容色,¹²⁾ 無待人之禮.¹³⁾ 但相隨者唱夫¹⁴⁾云爾.

---

4) 부기(府妓) : '부(府)'에 속한 기녀로 이 작품에서는 전주부에 속한 기녀를 가리킴.

5) 남방(南方) : 남쪽 지역이라는 뜻으로, 여기서는 전주 일대를 지칭함.

6) 연가이구(年可二九) : 나이가 18살 정도임.

7) 설부화용(雪膚花容) : 눈처럼 흰 살갗과 꽃처럼 고운 얼굴이라는 뜻으로, 아름다운 여자의 모습을 이르는 말.

8) 전매(全昧) : 아주 어두움. 전혀 모름.

9) 잡기(雜技) : 여러 가지 잡다한 기술이나 재주.

10) 한독(悍毒) : 사납고 독함.

11) 전시(專恃) : 오로지 믿음.

12) 용색(容色) : 용모와 안색을 아울러 이르는 말.

13) 대인지례(待人之禮) : 사람을 대하는 예절.

14) 창부(唱夫) : 악기 반주에 맞추어 노래 부르는 남자.

풍석력(風浙瀝) 설비비(雪霏霏)한데

처처행색(悽悽行色) 한유유(恨悠悠)라

만광루(滿眶淚)가 하마 하면 떨어짐직 한다마는

가슴에

독(毒)한 불꽃 치솟는 물을 금(禁)하더라.

 * 병자년(丙子年:1876) 11월에 옥소선(玉簫仙)이 운현궁으로부터 내려갔는데, 가고 머무는 회포를 말로 표현할 수 있겠는가.

風浙瀝1) 雪霏霏2) 흔듸

悽悽行色3) 恨悠悠4) ㅣ라

滿眶淚5) ㅣ 하마6) 하면 써려점즉 하다마는

가슴에

毒한 불꽂 치솟넌 물7)를 禁하더라.

---

1) 풍절력(風浙瀝) : '풍석력(風浙瀝)'의 오기인 듯. '풍석력(風浙瀝)'은 바람이 나무를 스치어 울리는 쓸쓸한 소리라는 뜻.

2) 설비비(雪霏霏) : 눈이 부슬부슬하여 촘촘하고 가늘게 내림.

3) 처처행색(悽悽行色) : 행색이 매우 구슬픔. '행색(行色)'은 겉에 드러나는 차림새나 겉모습이라는 의미.

4) 한유유(恨悠悠) : 한이 멀고 아득함.

5) 만광루(滿眶淚) : 눈에 가득한 눈물.

6) 하마 : 벌써.

〈금옥 *125, #5211.1〉

丙子十一月, 玉簫仙, 自雲宮8)下去, 而去留之懷,9) 可勝言哉.

---

7) 치솟넌 물 : 치솟는 눈물.

8) 운궁(雲宮) : 흥선대원군의 저택인 운현궁.

9) 거류지회(去留之懷) : 떠나고 머무는 회포.

나위(羅幃) 적막(寂寞)한데

힘없이 일어나서

산호필(珊瑚筆) 빼어 들고 두어 자 그리다가

아서라

이를 써 무엇하리 도로 누워 조는 듯.

* 내가 평양에서 돌아오는 길에 해주 감영에 도착하여 수양산(首陽山)에 올라 한번 돌아본 후, 감영 근처로 되돌아오니 곧 사방을 돌아봐도 아는 사람이 없었다. 포정사(布政司) 앞에 한 술집을 물어 곧바로 들어가 술을 시켰다. 술집 노파의 나이는 50여 살 정도이고, 용모는 여유로운 태도가 있었으며 행동거지 또한 볼만하여 결코 둔한 인물이 아니었다. 그 내력(來歷)을 물으니 과연 전임 감사(監司) 낙동(駱洞) 박태(朴台)가 사랑하던 기녀인 삼증(三憎)이었다. 딸이 어디에 있는가를 물었더니, 대답하기를 '근래 감기가 들어 피곤하여 침상의 이불에 누워 있습니다. 그러나 손님께서 한번 보고자 하면 나와 함께 들어가도 좋습니다'라고 하였다. 즉시 나를 이끌고 방에 들어가니 한 아름다운 여인이 이불을 뒤집어쓰고 앉아 붓을 쥐고 글을 쓰고 있었다. 내가 방에 들어오는 것을 보고 몹시 놀라 붓을 던지며 벽을 향해 누웠는데, 앓는 소리가 입에서 끊이지 않았다. 삼증이 억지로 일어나기를 권하여 겨우 몇 마디 말을 했는데, 나 또한 병으로 인한 고통이 염려되어 몸을 일으켜 나왔으니 그 이름이나 자(字)와 나이는 오래되어 기억나지 않는다.

羅幃1) 寂寞2) 혼디

힘업시 니러나셔

珊瑚筆3) 쎄여 들고 두어 자 그리다가

아셔라

이를 써 무엇하리 도로 누어 조는 듯.

〈금옥 *126, #0751.1〉

余自平壤歸路4) 到海營,5) 登首陽山6)一覽7)後, 還到營下, 則四顧無人知者,8) 布政司9)前, 問一酒家,10) 卽入呼酒. 酒婆11)年可五十餘, 容皃12)尙有餘態, 擧止13)亦有可觀, 決非等閒14)人物. 問其來歷,15) 則果是前等監司16)駱洞朴台, 所愛妓17)三憎也. 問女安在,

---

1) 나위(羅幃) : 얇은 비단으로 만든 장막.

2) 적막(寂寞) : 고요하고 쓸쓸함.

3) 산호필(珊瑚筆) : 붓대의 재료를 산호로 만든 붓.

4) 귀로(歸路) : 돌아오는 길.

5) 해영(海營) : 해주 감영.

6) 수양산(首陽山) : 해주 인근에 있는 산.

7) 일람(一覽) : 한번 돌아봄.

8) 사고무인지자(四顧無人知者) : 사방을 돌아봐도 아는 사람이 없음.

9) 포정사(布政司) : 감사가 집무하던 관청.

10) 주가(酒家) : 술을 파는 집.

11) 주파(酒婆) : 술집의 주인 여자.

12) 용모(容貌) : 사람의 얼굴과 신체의 모습 및 차림새.

13) 거지(擧止) : 몸을 움직여 하는 모든 동작이나 행동, 몸가짐 따위를 이르는 말, 곧 행동거지.

14) 등한(等閒) : 무관심하거나 소홀하게 여김.

答云, '近有寒疾,[18] 委頓床褥[19]矣, 然而客欲一見, 則與我同入爲好.' 卽引我入房, 有一美娥[20]擁衾[21]而坐, 把筆裁書[22]矣. 見我入房, 喫驚[23]投筆, 向壁而臥, 呻吟[24]之聲, 不絶於口. 三憎强勸[25]還起, 纔數語,[26] 而余亦慮其病苦,[27] 起身[28]出來, 而其名字年[29]久未記.

---

15) 내력(來歷) : 사람이 살아온 경로.

16) 감사(監司) : 각 도의 으뜸 벼슬.

17) 애기(愛妓) : 특별히 아끼고 사랑하는 기생.

18) 한질(寒疾) : 추위로 인해 생긴 질환, 곧 감기.

19) 위돈상욕(委頓床褥) : 피곤하여 침상에 이불을 깔고 있음.

20) 미아(美娥) : 아름다운 여인.

21) 옹금(擁衾) : 이불로 몸을 휩싸서 덮음.

22) 파필재서(把筆裁書) : 붓을 쥐고 글씨를 씀.

23) 끽경(喫驚) : 몹시 놀람.

24) 신음(呻吟) : 병이나 고통으로 앓는 소리를 냄.

25) 강권(强勸) : 억지로 권함.

26) 재수어(纔數語) : 겨우 두어 마디의 말을 함.

27) 병고(病苦) : 병 때문에 겪는 괴로움.

28) 기신(起身) : 몸을 움직여 일어남.

29) 명자년(名字年) : 이름과 자(字)와 나이.

평거삭대엽(平擧 數大葉)

●

청춘(靑春) 호화일(豪華日)에
이별(離別) 꽃이 생긴 듯
어느덧 내 머리의 서리를 뉘 이치리
오늘에
반(半)나마 검은 털이 마저 세려 하노라.

* 내가 진주에 있을 때 물과 풍토가 맞지 않아 풍증(風症)이 기회를 타서 생겨, 몸의 일부가 마비되었다. 널리 의사를 찾아서 여러 가지 약을 지었으나 조금도 효과를 보지 못해 죽을 지경에 이르렀다. 한 의원이 와서 말하기를 '이 병은 매우 중하여 동래(東萊) 온천에서 21일 동안 목욕을 하지 않는다면, 곧 나아서 회복할 수 없을 것이다'라고 하였다. 그러므로 곧바로 동래로 향하여 창원(昌原)의 마산포(馬山浦)에 이르러 머물러 숙박하였는데, 비록 병중이지만 일찍이 마산포에 거주하며 가야금 연주를 잘하는 편시조(編時調) 명창(名唱) 최치학(崔致學)과 창원 기녀 경패(瓊貝)가 노래와 춤을 잘하여 창부(唱夫)의 신여음(神餘音)을 잘 풀어내기로 명성이 높다고 들었다. 다른 사람을 시켜 최치학을 초대하여 서로 만난 후에 가야금 신방곡(神方曲)을 청하여 듣고 다음으로 편시조를 청하여 들었는데, 과연 아주 절묘하여 이름난 가야금 연주자이자 명창이었다. 대저(大

抵) 영남(嶺南)에 편시조의 3명창이 있는데, 하나는 마산포 최치학이며, 하나는 양산(梁山)의 이광희(李光希)이고, 하나는 밀양(密陽)의 이희문(李希文)이다. 경패가 지금 어느 곳에 있는지를 묻자, 대답하기를 '지금 부중(府中)에 있다'라고 하였다. 이튿날 아침 최치학과 더불어 부중으로 함께 들어가 경패의 집으로 갔는데, 과연 집에 있다가 나와서 맞았다. 비록 사람을 놀라게 할 만한 아리따운 자태는 없지만, 은연중에 스스로 무한한 취미(趣味)가 있어 말과 행동거지가 온통 천연(天然)하고 순수한 자태였다. 내가 비록 병중이나 한번 이 사람을 만나 이미 마음을 움직일 수 없었다. 그러나 반신불수의 한 병자가 무슨 마음을 먹겠는가. 다만 온천 목욕 후 돌아오는 길에 서로 만나기를 약속해서, 최치학과 함께 김해부(金海府)에 도착해서 역사(力士) 문달주(文達周)를 방문하고 머물러 숙박하였다. 이튿날 아침 함께 동래 온천에 도착하여 거듭 머물며 21일 동안 목욕하니, 병이 차도가 있어 먹고 마실 수 있는 정도였고, 행동거지가 전날의 혈기가 왕성했을 때의 나와 한가지였으니 그 기쁨을 어찌 헤아리랴. 온천으로부터 거듭 유람의 길을 나서 명산대천(名山大川)을 밟아 보지 않은 곳이 없었다. 돌아와 창원 경패의 집에 도착하여 여러 날을 늘려 머물며 전날의 미진했던 정을 풀었으며, 함께 칠원(漆原) 30리의 송흥록(宋興祿)의 집에 도착하니 맹렬(孟烈) 또한 집에 있었다. 나를 보고 기뻐하면서 4~5일을 정도가 지나치게 즐기고 헤어졌으니, 이때 과연 헤어짐이 어렵다는 것을 알 수 있었다.

青春1) 豪華日2)에

---

1) 청춘(靑春) : 한창 젊고 건강한 나이 또는 그런 시절을 봄철에 비유

離別 곳이 니럿 듯
어느덧 늬 머리의 셔리3)를 뉘 리치리4)
오날에
半나마 검운 털이 마춧5) 셰여6) 허노라.

〈금옥 *127, #4833.2〉

余在晉州時, 以水土不服,7) 風症8)闖肆,9) 半身不收.10) 廣詢11)醫家, 百般12)拖藥,13) 而不得寸效,14) 至於死境15)矣. 有一醫來言, '此

―――――

하여 이르는 말.

2) 호화일(豪華日) : 화려한 시절.

3) 셔리 : 서리, 곧 흰머리를 비유적으로 일컫는 말.

4) 리치리 : 이치리. '이치다'는 자연의 힘에 의해 손해나 손실이 생긴다는 뜻.

5) 마춧 : 마저. 남김없이 모두.

6) 셰여 : 세어. 하얗게 되어.

7) 수토불복(水土不服) : 물이나 풍토가 몸에 맞지 않아 위장이 상함.

8) 풍증(風症) : 뇌졸중을 달리 이르는 말. 몸의 한쪽이나 양쪽이 마비되며, 말을 하거나 음식을 먹는 것이 힘들어지는 등 몸을 마음대로 움직이지 못하게 됨.

9) 틈사(闖肆) : 기회를 타서 마음대로 함.

10) 반신불수(半身不收) : 몸의 일부가 마비됨.

11) 광순(廣詢) : 여러 사람의 의견을 두루 물음.

12) 백반(百般) : 여러 가지.

13) 타약(拖藥) : 약을 지어 준다는 뜻인 '시약(施藥)'의 오기인 듯.

14) 촌효(寸效) : 아주 작은 효험.

病極重,16) 若非東萊溫井17)三七浴,18) 則無可差復云.' 故卽向東萊, 到昌原馬山浦止宿,19) 而雖病中, 曾聞馬山浦居善伽倻琴編時調名唱20)崔致學, 及昌原妓瓊貝之善歌舞解唱夫21)神餘音22)之高名23)矣. 使人請崔相見後, 請伽倻琴神方曲24)聽之, 次請編時調聽之, 果是透妙25)名琴名唱也. 大抵26)嶺南27)有編時調三名唱, 一是馬山浦崔致學也, 一是梁山李光希也, 一是密陽李希文也. 問瓊貝今在何處, 答云, '今在府中28)矣.' 翌朝29)與崔同入府中, 往瓊貝家, 則果在家出迎.30) 而雖無驚人31)之色態,32) 然隱然中33)自有無限

---

15) 사경(死境): 죽음에 이른 지경.

16) 극중(極重): 몹시 중하거나 무거움.

17) 온정(溫井): 온천, 곧 더운물이 솟는 우물.

18) 삼칠욕(三七浴): 21일 동안 목욕함.

19) 지숙(止宿): 어떤 곳에 머물러 잠.

20) 명창(名唱): 노래를 뛰어나게 잘 부르는 사람.

21) 창부(唱夫): 창을 하는 남자. 여기서는 판소리 창자를 일컫는 듯.

22) 신여음(神餘音): 판소리를 일컫는 듯.

23) 고명(高名): 명성이 높음.

24) 신방곡(神方曲): 무속(巫俗)의 음악 중 하나인 시나위.

25) 투묘(透妙): 아주 절묘함.

26) 대저(大抵): 대체로 보아서.

27) 영남(嶺南): 조령의 남쪽이라는 뜻으로, '경상도'를 이르는 말.

28) 부중(府中): '부'의 이름이 붙었던 행정 구역의 안. 여기서는 창원을 가리킴.

29) 익조(翌朝): 이튿날 아침.

30) 출영(出迎): 나와서 맞이함.

趣味,34) 言語動止,35) 都是天然36)純態37)矣. 我雖病中, 一見此人, 旣不動心. 然半身不收一病漢,38) 其何能生意39)乎. 但以溫井沐浴後, 歸路相見爲期, 與崔同到金海府, 訪力士40)文達周, 止宿. 翌朝, 同到東萊溫井, 仍留沐浴二十一日, 病至差可食飮之節, 行動居止, 一如前日强壯41)我矣, 其喜何量. 自溫井, 仍作遊覽42)之行, 而名山大川43)無不遍踏.44) 還到昌原瓊貝家, 多日留延,45) 以叙前日未盡46)之情. 而同到蓁原三十里宋興祿家, 則孟烈亦在家. 見我欣

---

31) 경인(驚人) : 사람을 놀라게 함.

32) 색태(色態) : 아리따운 자태.

33) 은연중(隱然中) : 남이 모르는 가운데.

34) 취미(趣味) : 감흥을 느끼어 마음에 일어나는 멋.

35) 동지(動止) : 몸을 움직여 어떤 일을 하는 동작이나 자세. 곧 행동거지(行動擧止)를 일컬음.

36) 천연(天然) : 생긴 그대로 조금도 꾸밈이 없이 자연스러움.

37) 순태(純態) : 순수한 자태.

38) 병한(病漢) : 병든 남자.

39) 생의(生意) : 무슨 일을 하려고 마음을 먹음.

40) 역사(力士) : 뛰어나게 힘이 센 사람.

41) 강장(强壯) : 힘이 세고 혈기가 왕성함.

42) 유람(遊覽) : 아름다운 경치나 이름난 장소를 돌아다니며 구경함.

43) 명산대천(名山大川) : 이름난 산과 큰 내. 흔히 수려한 자연을 묘사하는 데 쓰는 표현.

44) 편답(遍踏) : 널리 돌아다님.

45) 유연(留延) : 연장하여 머묾.

46) 미진(未盡) : 아직 목표한 바에 이르지 못해 부족함.

然,47) 四五日迭宕48)而別, 此時果知別離之難也.

---

47) 흔연(欣然) : 기쁘거나 반가워 기분이 좋음.

48) 질탕(迭宕) : 정도가 지나치게 흥에 겨워 넒.

●

그려 걸고 보니

정령(丁寧)한 저이지만

불러 대답(對答) 없고 손 쳐 오지 아니하니

야속(野俗)타

조물(造物)의 시기(猜忌)함이여 혼(魂)을 아니 부칠 줄이.

* 강릉(江陵) 기녀 홍련(紅蓮)은 여주(呂州)의 양갓집 딸이다. 임인년(壬寅年:1842)에 다른 사람의 꾀임에 이끌려 서울에 왔는데, 아리따운 자태가 무리 중에서 뛰어나 기적(妓籍)에 잘못 들었다. 이는 다른 사람에게 속은 것이요, 실로 그의 본뜻이 아니었다. 출역(出役) 후에 나와 더불어 가까이 지냈는데, 반드시 역에서 벗어나면 죽을 때까지 함께 하기로 쇠나 돌처럼 변하지 않기로 굳게 약속하여 잠시도 떨어지지 않으려고 했으나 조물주가 시기를 많이 하여 결국 뜻대로 되지 않았다. 그러나 피차(彼此) 이러한 골수(骨髓)의 정이 들었으니 어느 날에 잠시라도 잊겠는가. 그 모습을 그림으로 그려서 벽에 걸어 두고 보다가, 얼마 지나지 않아 불태웠다.

그려 걸고 보니
丁寧1)헌 지다만은
불너 對答 업고 손 쳐2) 오지 아니ᄒ니

---

1) 정령(丁寧) : 거짓이 없이 진실함.
2) 손 쳐 : 손뼉을 쳐서.

野俗[3]다
造物[4]의 猜忌[5]허미여 魂을 아니 붓칠[6] 줄이.

〈금옥 *128, #0480.1〉

江陵紅蓮, 卽呂州良家女[7]也. 壬寅年間, 爲人誘引[8]上洛,[9] 而以色態[10]之超羣出類,[11] 誤此是見欺於人, 實非渠[12]之本意[13]也. 出役[14]後, 與我相近, 必以頉役[15]終老[16]之意, 金石牢約,[17] 而不能暫時相捨矣, 造物多猜, 竟不得如意.[18] 然彼此[19]骨髓[20]之情, 何

---

3) 야속(野俗) : 언짢고 섭섭함.

4) 조물(造物) : 조물주. 우주의 만물을 만들고 다스리는 신.

5) 시기(猜忌) : 샘을 내고 미워함.

6) 붓칠 : 부칠. 통하여 보낼.

7) 양가녀(良家女) : 양갓집 딸. 양민 집안의 딸.

8) 유인(誘引) : 꾀어 이끎.

9) 상락(上洛) : 서울로 올라옴. 중국의 옛 수도였던 '낙양(洛陽)'을 서울의 대명사로 사용한 표현.

10) 색태(色態) : 아리따운 자태.

11) 초군출류(超群出類) : 무리 중에서 뛰어남.

12) 거(渠) : 그 사람.

13) 본의(本意) : 본래의 의도나 생각.

14) 출역(出役) : 역에 동원되어 나감.

15) 탈역(頉役) : 역에서 빠짐.

16) 종로(終老) : 늙어 죽음.

17) 금석뇌약(金石牢約) : 쇠나 돌처럼 굳고 변함없는 약속.

18) 여의(如意) : 마음먹은 대로 됨.

日暫忘. 畵其像貌,21) 掛壁而見之矣, 未幾22)而燒.

---

19) 피차(彼此) : 이쪽과 저쪽의 양쪽.

20) 골수(骨髓) : 마음속이나 마음속의 깊은 곳.

21) 상모(像貌) : 사람의 얼굴과 신체의 모습 및 차림새.

22) 미기(未幾) : 오래지 않은 동안.

차다 저 달이여
설후풍(雪後風) 오경종(五更鍾)을
서령(西嶺)에 걸려 있어 어느 곳을 비추는가
저 만일
나같이 잠 없으면 애끊길 듯하여라.

* 정축년(丁丑年:1877) 음력 11월 보름날에, 연호(蓮湖) 박사준(朴士俊)과 함께 혜정교(惠政橋)에서 밤에 만났다. 파루(罷漏)를 친 후 종로에 걸어 나가니, 이날 밤에 눈이 온 후의 차가운 바람이 뼈에 스며들고 새벽달은 서쪽 산마루에 걸려 있었다. 갑자기 옥소선(玉蕭仙)을 추억하며 한 수를 지었다.

차다 져 달이여
雪後風1) 五更2)鍾을
西嶺3)에 거져 잇셔 어늬 곳즐 빗치이노
져 만일
날갓치 잠 업스면 익씃칠 듯4)하여라.

---

1) 설후풍(雪後風) : 눈이 온 후의 바람.

2) 오경(五更) : 하룻밤을 다섯 시기로 나누었을 때의 다섯째 부분으로, 새벽 3시에서 5시까지의 시간.

3) 서령(西嶺) : 서쪽 산마루.

4) 익씃칠 듯 : 애끊길 듯. 매우 슬퍼서 창자가 끊어질 듯.

⟨금옥 *129, #4512.1⟩

丁丑至月5)之望, 與蓮湖朴士俊, 夜會惠橋6)矣. 漏罷7)後, 出步鍾街, 是夜, 雪後寒風8)透骨,9) 曉月10)掛於西嶺. 忽憶玉蕭仙, 作一闋.11)

---

5) 지월(至月) : 음력 11월.

6) 혜교(惠橋) : 청계천 다리 가운데 하나인 혜정교(惠政橋).

7) 루파(漏罷) : 통행금지를 해제하는 파루(罷漏)가 끝남. 보통 새벽 3시부터 5시까지의 시간인 오경(五更)에 파루를 알림.

8) 한풍(寒風) : 차가운 바람.

9) 투골(透骨) : 뼛속까지 스며듦.

10) 효월(曉月) : 새벽 달. 음력 하순쯤 새벽에 보이는 달.

11) 일결(一闋) : 작품 한 수. 한 곡의 음악.

●

영제교(永濟橋) 천조류(千條柳)에

낭(郎)의 말이 몇 번 매며

대동강(大同江) 만절파(萬折波)에 첩(妾)의 눈물 몇 말인고

석양(夕陽)에

독상연광정(獨上練光亭)하여 의란장탄(依欄長歎)하더라.

 * 연호(蓮湖) 박사준(朴士俊)이 평양의 병영에 거주할 때, 나 또한 일이 있어 평양 감영으로 내려갔다. 때는 2월 보름쯤이었는데, 영제교(永濟橋)를 건너 대동강(大同江) 가에 이르러 멀리 연광정(練光亭) 위쪽을 바라보니 한 젊은 여인이 있어 난간에 기대어 홀로 서 있었다. 알 수 있었으니, 잠시 후에 긴 수풀 속에서 나귀를 타고 가던 청년이 이 여인과 함께 가고 머무는 사람일 따름인 것을.

永濟橋[1] 千條柳[2]예

郞[3]의 말이 몟 변 민며[4]

---

1) 영제교(永濟橋) : 평양의 대동강 북쪽 영제동으로 넘어가는 다리.

2) 천조류(千條柳) : 천 개의 가지가 늘어진 버드나무라는 뜻으로, 가지가 풍성한 버드나무.

3) 낭(郞) : 낭군. 남의 아들을 높여 이르는 말.

4) 민며 : 매었으며. 곧 사람들이 헤어질 때마다 말의 고삐를 매었다는 것을 의미함.

大同江5) 萬折波6)의 妾7)의 눈물 멋 말인고
夕陽의
獨上練光亭8) ᄒᆞ야 依欄長歎9) ᄒᆞ더라.

〈금옥 *130, #3354.1〉

蓮湖朴士俊, 居箕幕10)時, 余亦有事, 下往箕營.11) 時仲春12)望間13)也. 過永濟橋, 到大同江邊, 遙望14)練光亭上, 有一靑娥,15) 倚欄獨立. 可知, 俄者16)長林17)中騎驢18)靑春郞,19) 與此娥去留20)者耳.

---

5) 대동강(大同江) : 평양을 가로질러 흐르는 강 이름.

6) 만절파(萬折波) : 만 번 꺾이는 파도라는 뜻으로, 물결이 세찬 것을 의미함.

7) 첩(妾) : 여자가 자기를 낮추어 이르던 말.

8) 연광정(練光亭) : 평양의 대동강 가에 있는 누각.

9) 의란장탄(依欄長歎) : 난간에 기대어 길게 탄식함.

10) 기막(箕幕) : 평양의 병영. 기성(箕城)의 막부(幕府)를 줄인 표현.

11) 기영(箕營) : 평양 감영.

12) 중춘(仲春) : 봄이 한창인 때. 음력 2월을 달리 이르는 말.

13) 망간(望間) : 음력 보름쯤.

14) 요망(遙望) : 먼 곳을 바라봄.

15) 청아(靑娥) : 젊은 여인.

16) 아자(俄者) : 잠시 후.

17) 장림(長林) : 길게 뻗쳐 있는 숲.

18) 기려(騎驢) : 나귀를 타고 있음.

19) 청춘랑(靑春郞) : 젊은 남자.

20) 거류(去留) : 떠나감과 머물러 있음.

●

몰라 병 되더니

알아 또한 병(病)이로다

몰라 병 알아 병 되면 병에 어리어 못 살리로다

아무리

명의를 만난들 이 병(病)이야 고칠 줄이.

* 남원 기녀 송절(松節)이 자못 미모가 뛰어남이 있었으나, 노래와 춤에는 어두워 너무도 애석했다. 내가 남원에 있을 때 아주 친하여 서로 따르면서 잠시라도 잊을 수 없었다.

몰나 병 되더니

아라 쏘흔 病이로다

몰나 병 아라 병 되면 병에 얼의여1) 못살니로다

아무리

華扁2)를 만닛들 이 病이야 곳칠 듈이.

〈금옥 *131, #1660.1〉

南原妓松節, 有傾國之色,3) 然而昧於歌舞, 可勝惜哉. 余在南原時, 親狎4)相隨, 不能暫忘.

---

1) 얼의여 : 어리어. 기운이 서리어.

2) 화편(華扁) : 중국의 명의 화타(華佗)와 편작(扁鵲)을 아울러 일컫는 말.

3) 경국지색(傾國之色) : 나라가 위기에 빠져도 모를 정도의 미색이라는 뜻으로, 뛰어나게 아름다운 여자를 이르는 말.

4) 친압(親狎) : 지나치게 친함.

두거삭대엽(頭擧 數大葉)

●

국화(菊花)야 너는 어찌
삼월(三月) 동풍(東風) 싫어하나
성긴 울 찬비 뒤에 차라리 얼지언정
반드시
군화(群花)로 더불어 한 봄 말려 하노라.

* 약현(藥峴) 김상국(金相國) 시에 '성긴 울타리 비 온 후에 차라리 추워 죽더라도, 많은 꽃과 한철 봄을 함께 하지는 않으리'라고 하였다.

菊花야 너는 어이
三月 東風1) 슬여헌다
셩긔 울2) 찬빋3) 뒤에 찰아리 얼지연정
반드시
羣花4)로 더부려 한 봄 말녀 허노라.

---

1) 동풍(東風) : 봄철에 동쪽에서 부는 따뜻한 바람.
2) 셩긔 울 : 성긴 울타리.
3) 찬빋 : 찬비의. '찬비'는 몸에 느껴지는 온도가 낮은 비.
4) 군화(群花) : 많은 꽃.

〈금옥 *132, #0434.1〉

藥峴5)金相國6)詩曰 '踈籬雨後寧寒死 不如7)羣花共一春.'

---

5) 약현(藥峴) : 만리동에서 서울역으로 넘어오는 곳의 고개 이름. 옛날에는 이곳에 약초를 재배하는 밭이 많았으므로 '약전현(藥田峴)'이라 하였고, 이를 줄여 '약현'이라 불렸음.

6) 김상국(金相國) : 조선 후기의 문인 김익(金熤).

7) 불여(不如) : 시조 종장의 '더불어'라는 구절로 보아, '불여(不與)'의 오기인 듯.

🌑

붉은 이마 아니런들

학(鶴)을 어이 분별(分別)하리

온몸이 검었으니 쉽게 보는 까마귀라

아마도

설리(雪裏)에 난분학(難分鶴)이요 이견아(易見鴉)인가 하노라.

* 내가 무인년(戊寅年:1878) 겨울에 연호(蓮湖) 박사준(朴士俊)과 더불어 혜정교(惠政橋)에서 술을 함께 마셨는데, 해진 도포에 찢어진 갓을 쓴 사람이 갑자기 들어와 술을 청했다. 연거푸 석 잔을 권하자, 그 사람이 시 한 수를 낭랑하게 읊고 몸을 일으켜 문밖으로 나갔다. 그 시에 '만일 붉은 이마 아니라면 학을 분별하기 어렵고, 온전하게 검은 몸이라서 까마귀를 쉽게 볼 수 있다네'라고 하였다.

불근 니마 아니런들

鶴을 어이 分別[1]하리

왼몸이 검엇슨져 슈이 볼슨 가마귀라

아마도

雪裏[2]예 難分鶴[3]이요 易見鴉[4]ㄴ가 하노라.

---

1) 분별(分別) : 서로 다른 일이나 사물을 구별하여 가름.

2) 설리(雪裏) : 쌓인 눈의 속.

3) 난분학(難分鶴) : 학을 구분하기 어려움.

〈금옥 *133, #2159.1〉

余於戊寅冬, 與蓮湖朴士俊, 對酌5)於惠橋,6) 有一獘袍破冠7)者, 突入8)請酒. 連勸三盃. 其人朗吟9)一首詩, 起身10)出門. 其詩曰, '若非丹頂11)難分鶴, 全是玄身12)易見鴉.'

---

4) 이견아(易見鴉) : 까마귀를 쉽게 볼 수 있음.

5) 대작(對酌) : 서로 마주하여 술을 주고받으며 마심.

6) 혜교(惠橋) : 서울의 청계천에 있던 다리인 혜정교(惠政橋).

7) 폐포파관(獘袍破冠) : 해진 옷과 부서진 갓, 곧 허름한 차림새.

8) 돌입(突入) : 세찬 기세로 갑자기 뛰어듦.

9) 랑음(朗吟) : 낭랑하게 읊조림.

10) 기신(起身) : 몸을 움직여 일어남.

11) 단정(丹頂) : 붉은 이마란 뜻으로, '학(두루미)'을 달리 이르는 말.

12) 현신(玄身) : 검은 몸.

◉

혈루(血淚)가 방방(滂滂)하니

옥협(玉頰)이 꽃이로다

단봉(丹鳳)을 하직(下直)할 제 무신(武臣)이 간데없네

한도(漢道)야

약(弱)하랴마는 박명첩(薄命妾)을 보내는가.

　*　동방규(東方虬)의 시에 '한나라의 세력이 바야흐로 전성하고, 조정에는 무신도 넉넉했다네. 하필이면 사나운 팔자의 여인이, 매우 고통스럽게 화친을 일삼도록 하는가'라고 하였다.

血淚ㅣ 滂滂1)하니

玉頰2)이 곳치로다

丹鳳3)을 下直4)헐 제 武臣5)이 간데엄네

漢道6)야

弱하랴마는 薄命7)妾8)을 보니는고.

---

1) 혈루방방(血淚滂滂) : 피눈물이 비처럼 쏟아짐.

2) 옥협(玉頰) : 아름다운 여자의 볼.

3) 단봉(丹鳳) : '궁궐(宮闕)'을 빗대어 이르는 말.

4) 하직(下直) : 먼 길을 떠날 때 작별을 아룀.

5) 무신(武臣) : 군사 일을 맡아보는 신하.

6) 한도(漢道) : 중국 한(漢)나라의 세력.

7) 박명(薄命) : 팔자나 운명이 복이 없고 사나움.

8) 첩(妾) : 여자가 자기를 낮추어 이르던 말.

⟨금옥 *134, #5402.1⟩

東方虬9)詩曰, '漢道方全盛,10) 朝廷11)足武臣, 何須薄命妾, 辛苦12)事和親.'13)

---

9) 동방규(東方虬) : 중국 당(唐)나라의 시인. 일부 표현은 다르지만 인용한 한시는 〈소군원(昭君怨)〉 3수 중의 하나로, 흉노(匈奴)에게 강제로 시집을 가야만 했던 왕소군(王昭君)의 원망을 주제로 하고 있음.

10) 전성(全盛) : 세력이나 힘 따위가 가장 왕성함.

11) 조정(朝廷) : 나라의 정치를 의논하고 집행하는 곳.

12) 신고(辛苦) : 곤란한 일을 겪어 몹시 고생함.

13) 화친(和親) : 다툼이 없이 서로 가까이 지냄.

출자동문(出自東門)하니

녹양(綠楊)이 천사(千絲)라

사사결심곡(絲絲結心曲)은 꾀꼬리 말 속이라

뻐꾹새

깊은 울음에 애끊는 듯하여라.

* 내가 을해년(乙亥年 : 1875) 봄에 틈을 내어 고향으로 돌아가면서, 전곶교(箭串橋)의 술집에 도착해서 잠시 쉬었다. 먼저 와서 휘장을 두른 가마 안에 한 미인이 있었는데, 발을 걷고 나와 눈물을 감추며 말하기를 '나는 지금 고향으로 돌아갑니다. 그대는 지금 어찌 이곳에 있나요'라고 하였다. 다른 사람이 아니라, 곧 진양의 기녀 경패(瓊貝)였다. 그 사람이 약방(藥房)의 일행수(一行首)로 운현궁에 출입할 때 나와 더불어 친숙하게 지냈는데, 지금 이곳에서 서로 만나니 기뻤다. 그러나 이별의 회포를 억누를 수 있겠는가.

出自東門1)하니

綠楊이 千絲2)ㅣ라

絲絲結心曲3)은 쏫고리 말 속이라

벅국시

깁푼 우름에 이슷난 듯4)하여라.

---

1) 출자동문(出自東門) : 동쪽의 문으로부터 나옴.

2) 녹양천사(綠楊千絲) : 푸른 버들의 수많은 가지.

3) 사사결심곡(絲絲結心曲) : 가지 하나하나가 마음을 묶는 듯한 노래.

⟨금옥 * 135, #5022.1⟩

余於乙亥春, 圖隙還鄕,5) 到箭串橋6)酒店暫歇.7) 自先來帳轎8)中, 有一美人, 捲簾9)而出, 掩淚10)言曰, '我今還鄕矣, 君今安之此.' 非別人也, 乃是晉陽妓瓊貝也. 渠11)以藥房12)一行首,13) 出入14)於雲宮15)時, 與吾親熟, 而今於此地相見可喜. 然別離16)之懷, 可勝抑哉.

---

4) 익슷난 듯 : 애끊는 듯. 매우 슬퍼서 창자가 끊어지는 듯.

5) 도극환향(圖隙還鄕) : 틈을 도모하여 고향으로 돌아감.

6) 전곶교(箭串橋) : 살곶이다리. 서울 중랑천 하류에 있는 다리.

7) 잠헐(暫歇) : 잠시 쉼.

8) 장교(帳轎) : 휘장을 두른 가마.

9) 권렴(捲簾) : 드리운 발을 말아 올림.

10) 엄루(掩淚) : 눈물을 감춤.

11) 거(渠) : 그 사람.

12) 약방(藥房) : 궁중의 의약에 관한 일을 맡아보던 관아.

13) 일행수(一行首) : 행수(行首) 중의 첫 번째의 지위. '행수'는 한 무리의 우두머리로, 관청에서 다른 사람을 지휘하는 사람을 일컬음.

14) 출입(出入) : 어떤 곳을 드나듦.

15) 운궁(雲宮) : 흥선대원군의 저택인 운현궁.

16) 별리(別離) : 서로 갈리어 떨어지거나 헤어짐.

🔸

개구리 저 개구리

득득쟁약(得得爭躍) 하는 곁에

해오리 저 해오리 수수불비(垂垂不飛)하는구나

추풍(秋風)에

해오리 펄쩍 나니 개구리 간 곳 없어 하노라.

* 다산(茶山) 정승지(丁承旨)의 시에 '흥겨워 개구리는 다투어 뛰고, 늘어진 백로는 날지 않네'라고 하였다.

기고리 져 기고리

得得爭躍1) 하난 겻테

희오리2) 져 희오리 垂垂不飛3) 하난고나

秋風4)에

희오리 펼적 나니 기고리 간 곳 업셔 하노라.

〈금옥 *136, #0188.1〉

茶山丁承旨5)詩曰, '得得蛙爭躍, 垂垂鷺不飛.'

---

1) 득득쟁약(得得爭躍) : 흥겨워 다투어 뜀.

2) 희오리 : 백로과에 속하는 철새인 해오리.

3) 수수불비(垂垂不飛) : 늘어져 날지 않음.

4) 추풍(秋風) : 가을철에 부는 바람.

5) 정승지(丁承旨) : 조선 후기의 문인 정약용(丁若鏞). '다산(茶山)'은 그의 호. 여기에 수록된 시는 정약용의 〈고우 시미원(苦雨示美元)〉의 일부 구절. '오랫동안 내리는 비(苦雨)'에 개구리는 흥겹게 뛰고, 해오리는 날지 않는 상황을 형상화했음.

삼삭대엽(三數大葉)

●

기러기 높이 뜬 뒤에
서리 달이 만리(萬里)로다
너 네 짝 찾으려고 이 밤에 날았느냐
저 건너
노화총리(蘆花叢裏)에 홀로 앉아 울더라.

* 통영 기녀 해월(海月)은 자못 미모가 아름다웠으나 노래와 춤은 대강 알았다. 내가 진양에 있을 때 통영으로 들어가서 해월과 서로 만나 여러 날을 서로 따랐다. 하루는 밤에 달이 밝고 바람이 맑으며, 바다의 경치가 지게문에 비쳤다. 갑자기 중천(中天)에서 한 마리 외기러기가 멀리서 울며 가는 소리를 들었다.

기럭이 놉피 쓴 뒤예
서리 달1)이 萬里2)로다
네 녯 싹 차즈랴구 이 밤의 나랏는야

---

1) 서리 달 : 서리 내리는 밤의 달.
2) 만리(萬里) : 아주 먼 거리를 이르는 말.

져 건너

蘆花叢裏3)예 홀노 안져 우더라.

〈금옥 *137, #0556.1〉

統營海月, 頗有姿色,4) 粗通5)歌舞. 而余在晋陽時, 入去統營, 與海月相逢,6) 數日相隨.7) 一日夜, 月朗風淸,8) 海色在戶.9) 忽聞中天10)一隻11)孤雁,12) 叫叫13)而去.

---

3) 노화총리(蘆花叢裏) : 갈대꽃이 우거진 속.

4) 자색(姿色) : 아름다운 모습과 얼굴빛.

5) 조통(粗通) : 대강 앎. 대략 통함.

6) 상봉(相逢) : 헤어졌던 사람들이 서로 만남.

7) 상수(相隨) : 서로 붙어 다님.

8) 월랑풍청(月朗風淸) : 달이 밝고 바람이 맑음.

9) 해색재호(海色在戶) : 바다의 경치가 지게문에 비침. 곧 방 안에서 문을 통해 바다 경치를 본다는 의미.

10) 중천(中天) : 하늘의 한복판.

11) 일척(一隻) : 한 쌍을 이룬 것의 한쪽. 새 한 마리.

12) 고안(孤雁) : 외기러기, 곧 짝이 없이 홀로 있는 기러기.

13) 규규(叫叫) : 멀리 들리는 소리.

●

촉석루(矗石樓) 난간(欄干) 밖에

남강수벽(南江水碧) 백구비(白鷗飛)라

슬프다 일편석(一片石)은 정충고혼(貞忠孤魂)을 실었구나

서풍(西風)에

잔(盞) 들어 위로할 제 눈물겨워 하노라.

* 진주 촉석루(矗石樓) 밖 남강(南江) 가운데 큰 바위 하나가 있는데, 위로는 백 명이 앉을 수 있다. 임진왜란(壬辰倭亂:1592) 때 왜장(倭將)이 부(府)의 기녀 논개(論介)와 함께 이 바위에 올라 술을 마시며 즐겼다. 술이 반쯤 취하여 왜장과 짝을 맞춰 춤추기를 청하자, 왜장이 흔쾌히 일어나 춤을 추었다. 논개가 왜장의 허리를 감싸 강물에 빠져 죽었는데, 이런 까닭에 사당을 세워 충렬(忠烈)을 드러내었다.

矗石樓[1] 欄干[2] 밧긔

南江水碧 白鷗飛[3]라

슬푸다 一片石[4]은 貞忠孤魂[5]을 실엇고나

---

1) 촉석루(矗石樓) : 진주성에 있는 누각.

2) 난간(欄干) : 가장자리에 나무나 쇠로 만든 기둥을 이용해 일정한 간격으로 막아 세운 구조물.

3) 남강수벽백구비(南江水碧白鷗飛) : 남강의 물은 푸르고 갈매기는 날아감.

4) 일편석(一片石) : 한 조각 바위. 여기서는 진주 남강의 '의암(義巖)'을

西風에

盞 들러 위로할 제 눈물게워 하노라.

〈금옥 *138, #4926.1〉

晋州矗石樓外南江6)中, 有一大巖,7) 上可以坐百人. 壬辰之倭亂,8) 倭將9)與府妓10)論介,11) 登此巖, 飮酒而樂. 酒至半酣,12) 請倭將對舞,13) 倭將欣然14)而起舞. 論介抱倭腰, 投江而死,15) 以此故立廟16)以表忠烈.17)

가리킴.

5) 정충고혼(貞忠孤魂) : 곧은 충성을 지닌 외로운 혼령. 곧 논개의 혼을 의미.

6) 남강(南江) : 진주를 가로질러 흐르는 강.

7) 대암(大巖) : 큰 바위. 여기서는 '의암(義巖)'을 가리킨다.

8) 임진지왜란(壬辰之倭亂) : 1592년 일본의 침략으로 약 7년 동안 일어난 전쟁.

9) 왜장(倭將) : 일본 장수를 낮잡아 이르는 말.

10) 부기(府妓) : '부(府)'에 속한 기녀로 이 작품에서는 진주부에 속한 기녀를 가리킴.

11) 논개(論介) : 임진왜란 때의 의기.

12) 반감(半酣) : 술에 반쯤 취함.

13) 대무(對舞) : 마주 서서 춤을 춤.

14) 흔연(欣然) : 기쁘거나 반가워 기분이 좋음.

15) 투강이사(投江而死) : 강에 빠져 죽음.

16) 입묘(立廟) : 사당을 세워 신주를 모심.

17) 충렬(忠烈) : 충성심과 절의.

월로(月老)의 붉은 실을

한 바람만 얻어 내어

난교(鸞膠) 굳센 풀로 시운(時運)지게 붙였으면

아무리

억만년(億萬年) 풍우(風雨)인들 떨어질 줄 있으랴.

* 내가 강릉 기녀 홍련(紅蓮)과 부부가 되기로 한 약속이 있었다. 이 작품을 지어 두 배로 하려고 하였으나, 마침내 약속처럼 되지 못했으니 한을 이길 수 있겠는가.

月老1)의 불근 실를

한 발암2)만 어더 닉여

鸞膠3) 굿센 풀노 時運4)지게 부쳣스면

아무리

億萬年5) 風雨6)ㄴ들 쩌러질 줄 이시랴.

---

1) 월로(月老) : 월하노인(月下老人)의 준말로, 붉은 실을 묶어 두 사람에게 부부의 인연을 맺어 준다는 전설상의 노인.

2) 발암 : 바람, 곧 한 발쯤 되는 길이. '한 발'은 두 팔을 펴서 벌린 길이.

3) 난교(鸞膠) : 난새의 힘줄에서 뽑아낸 아교.

4) 시운(時運) : 시대의 운수.

5) 억만년(億萬年) : 한없이 긴 세월.

6) 풍우(風雨) : 바람과 함께 내리는 비라는 뜻으로, 시련과 역경을 비유적으로 이르는 말.

〈금옥 *139, #3644.1〉

余與江陵紅蓮, 有百年之約,7) 作此爲倍, 竟未得如約, 可勝恨哉.

―――――
7) 백년지약(百年之約) : 부부가 되어 평생 함께할 것을 다짐하는 언약.

직파빙초(織罷氷綃) 독상루(獨上樓)하니
수정렴외(水晶簾外) 계화추(桂花秋)라
우랑(牛郞)이 한 번 가고 돌아오지 아니하니
밤마다
오작교(烏鵲橋) 가에 근심 겨워 하노라.

 * 남원 광한루(廣寒樓)의 가장 높은 들보에 무명(無名)의 옛 기녀 시에 '얼음처럼 흰 비단 짜기를 마치고 홀로 누각에 오르니, 수정렴(水晶簾) 밖에는 계수나무꽃이 핀 가을이라. 견우가 한번 떠나고 소식이 없으니, 오작교 곁에는 밤마다 수심이라네'라고 하였다. 당시 사람들은 이것을 일러 '춘향(春香)의 시'라고 하였다.

織罷氷綃獨上樓1)하니
水晶簾外桂花秋2) ㅣ라
牛郞3)이 한 번 가고 도라오지 아니하니
밤마다

---

1) 직파빙초독상루(織罷氷綃獨上樓) : 얼음처럼 흰 비단 짜기를 마치고 홀로 누각에 오름. '빙초'는 얼음처럼 깨끗하고 얇은 비단을 일컬음.

2) 수정렴외계화추(水晶簾外桂花秋) : 수정을 엮어 만든 발의 밖에는 계수나무 꽃이 핀 가을임.

3) 우랑(牛郞) : 견우(牽牛)를 달리 이르는 말. 견우는 은하수를 경계로 직녀와 헤어져 있다가 일 년에 한 번씩 음력 칠석날(7월 7일)에 까마귀와 까치들이 만든 오작교(烏鵲橋)를 통해서만 서로 만날 수 있다고 함.

烏鵲橋4)邊의 근심계워 하노라.

〈금옥 *140, #4483.1〉

南原廣寒樓5)最高樑,6) 無名古妓7)詩曰, '織罷氷綃獨上樓, 水晶簾外桂花秋, 牛郎一去無消息, 烏鵲橋邊夜夜愁.' 時人8)以此謂之春香9)詩.

---

4) 오작교(烏鵲橋) : 견우와 직녀를 서로 만날 수 있도록, 까마귀와 까치가 은하수에 모여서 자기들의 몸을 잇대어 만든다는 다리. 여기서는 광한루 앞의 작은 다리를 가리킴.

5) 광한루(廣寒樓) : 남원에 있는 누각. 〈춘향전〉의 주요 배경이다.

6) 최고량(最高樑) : 가장 높은 곳에 있는 들보. 대들보.

7) 무명고기(無名古妓) : 이름이 알려지지 않은 옛 기녀. 인용된 작품은 '계화(桂花)'라는 작가가 지은 〈광한루(廣寒樓)〉라는 제목의 한시.

8) 시인(時人) : 당시의 사람들.

9) 춘향(春香) : 〈춘향전〉의 여주인공.

●

기러기 훨훨 벌써 날아갔으려니

고기는 어이 이제껏 아니 오나

산(山) 높고 물 길다더니 아마 물이 산보다 더 길어 못 오나 보다

지금에

어안(魚鴈)도 빠르지 못하니 그를 설워 하노라.

　* 내가 임인년(壬寅年 : 1842) 가을에 우진원(禹鎭元)과 더불어 호남(湖南)의 순창으로 내려가서, 주덕기(朱德基)를 이끌고 운봉의 송흥록(宋興祿)을 방문했다. 그때 신만엽(申萬燁), 김계철(金啓哲), 송계학(宋啓學)과 한 무리의 명창(名唱)들이 마침 그 집에 있다가 나를 보고 기쁘게 맞이하였다. 서로 더불어 차마 떠나지 못했으며 정도가 지나치게 수십 일을 즐기다가 방향을 바꾸어 남원으로 향했는데, 곧 전주 기녀 명월(明月), 자는 농선(弄仙)이 관찰사에게 죄를 짓고 남원에 정배(定配)되어 있었다. 그 자태가 뛰어나게 아름다웠고 음률은 대략 이해했으며, 행동과 숱한 말에는 갖추지 않은 바가 없었다. 이에 더불어 서로 따르다 사귄 정이 더욱 밀접해져 시일이 지나감을 깨닫지 못하다가, 헤어짐이 다가오자 슬프고 아쉬운 마음을 말로 나타내기 어려웠다. 서울로 올라온 후 그가 해배(解配)되어 고향으로 돌아갔다는 소식을 듣고, 곧 편지 한 통을 부쳤으나 그 답을 듣지 못했으니 반드시 중간에 사라지는 상황에 이르렀기 때문이리라.

길럭이 펄펄1) 발셔 나라가스러니

고기난 어이 이젹지2) 아니 오노

山 놉고 물 기닷터니 아마 물이 山도곤 더 기러 못 오나 보다

至今예

魚鴈3)도 싸르지 못하니 그를 슬어하노라.

〈금옥 *141, #0572.1〉

余於壬寅秋, 與禹鎭元, 下往湖南4)淳昌, 携朱德基, 訪雲峰宋興祿. 伊時5)申萬燁, 金啓哲, 宋啓學, 一隊6)名唱,7) 適在其家, 見我欣迎8)矣. 相與留連,9) 迭宕10)數十日後, 轉向11)南原, 則全州妓明月, 字弄仙, 得罪12)於道伯,13) 定配14)於南原矣. 見其姿色15)絶美,16) 粗解17)音律,18) 行動凡百19)言語, 無所不備. 仍與相隨, 情

---

1) 펄펄 : 훨훨. 날짐승이 공중에 높이 떠서 느릿느릿 크게 날개를 치며 아주 시원스럽게 나는 모양을 나타내는 말.

2) 이젹지 : 이제껏. 지금에 이르기까지.

3) 어안(魚鴈) : 물고기와 기러기가 편지를 대신 전한다는 의미.

4) 호남(湖南) : 전라도를 달리 지칭하는 표현.

5) 이시(伊時) : 그때. 특정한 시기나 순간.

6) 일대(一隊) : 많은 사람의 한 무리.

7) 명창(名唱) : 노래를 뛰어나게 잘 부르는 사람. 여기서는 판소리 창자를 가리킴.

8) 흔영(欣迎) : 기쁘게 맞이함.

9) 유련(留連) : 차마 떠나지 못함.

10) 질탕(迭宕) : 정도가 지나치게 흥에 겨워 놂.

11) 전향(轉向) : 방향을 다른 데로 돌림.

12) 득죄(得罪) : 큰 잘못을 저질러 죄가 됨.

誼[20]轉密, 不覺時日之遷延,[21] 及其臨別, 悵惜[22]之懷, 難以形言.[23] 上洛[24]後, 聞其解配[25]還鄕, 卽付一片書, 未見其荅, 必致浮沉[26]而然耳.

---

13) 도백(道伯) : 관찰사. 각 도의 으뜸 벼슬.

14) 정배(定配) : 지방이나 섬으로 보내 일정 기간 감시받으며 생활하게 하는 형벌을 이르던 말.

15) 자색(姿色) : 아름다운 모습과 얼굴빛.

16) 절미(絶美) : 더없이 뛰어나게 아름다움.

17) 조해(粗解) : 대강 이해함.

18) 음률(音律) : 음악의 소리와 가락.

19) 범백(凡百) : 갖가지의 모든 것.

20) 정의(情誼) : 서로 사귀어 친해진 정.

21) 천연(遷延) : 일이나 날짜 등을 오래 끌어 미루어 감.

22) 창석(悵惜) : 슬프고 아쉬움.

23) 형언(形言) : 말로 나타냄.

24) 상락(上洛) : 서울로 올라옴.

25) 해배(解配) : 귀양의 형벌에서 풀어 줌.

26) 부침(浮沈) : 편지가 도달하지 못하고 도중에 사라짐.

◉

석양(夕陽) 고려국(高麗國)에

닫는 말 멈췄으니

슬프다 오백년(五百年)이 물소리 가운데라

내 어찌

술을 깨고서야 만월대(滿月臺)를 지나리오.

* 서경(西京)을 회고(懷古)하는 시에 '해 질 무렵 고려국에 말을 세우니, 흐르는 물소리 중에 오백년이 있다네'라고 하였다.

夕陽 高麗國1)에

닷는2) 말 멈쳣스니

슬푸다 五百年3)이 물 소리 가운데라

닉 엇지

술을 씨고서야 滿月臺4)를 지나리요.

〈금옥 *142, #2543.1〉

西京5)懷古6)詩曰, '夕陽立馬高麗國, 流水聲中五百年.'

---

1) 고려국(高麗國) : 고려의 수도인 개성.

2) 닷는 : 닫는. 빨리 뛰어서 가는.

3) 오백년(五百年) : 고려가 나라로 존속하던 대략의 기간.

4) 만월대(滿月臺) : 개성에 있던 고려 시대의 궁궐.

5) 서경(西京) : 평양을 달리 이르는 말.

6) 회고(懷古) : 옛일을 돌이켜 생각함. 인용된 시는 이병연(李秉淵)의 한시 〈송도(松都)〉의 일부 구절을 바꾸어 인용함.

●

설진심중(說盡心中) 무한사(無限事)하여

기러기 발에 굳게 맬 제

장탄타루(長歎墮淚)하며 애긍(哀矜)히 하는 말이

너 만일(萬一)

더디 돌아오면 나는 그만이리라.

 * 해주 감영의 옥소선(玉簫仙)이 병자년(丙子年:1876) 겨울에 내려간 후 잊을 수가 없어, 계면조 8수를 지어 파발꾼 편에 부쳤다.

說盡心中無限事1) 호야

길럭이 발의 굿게2) 밀 제

長歎墮淚3)하며 哀矜4)이 니른 말이

네 萬一5)

더듸6) 도라오면 나는 그만이로라.

---

1) 설진심중무한사(說盡心中無限事) : 마음속의 끝없는 일을 다 말함. 중국 당(唐)나라의 문인 백거이(白居易)의 장시 〈비파행(琵琶行)〉의 한 구절.

2) 굿게 : 굳게. 튼튼하고 단단하게.

3) 장탄타루(長歎墮淚) : 길게 탄식하며 눈물을 흘림.

4) 애긍(哀矜) : 애처롭고 가엾게 여김.

5) 만일(萬一) : 있을지도 모르는 뜻밖의 경우.

6) 더듸 : 더디게. 걸리는 시간이 길게.

⟨금옥 *143, #2598.1⟩

海營7)玉簫仙, 丙子冬下去8)後, 不能忘, 作界面調八絶,9) 付之撥便.10)

---

7) 해영(海營) : 해주 감영.

8) 하거(下去) : 서울에서 지방으로 내려감.

9) 팔절(八絶) : 8수의 작품. 여기서는 계면조 한바탕으로 이뤄진 작품을 의미하는 것으로 이해되나,《금옥총부》에는 8수 전편이 확인되지 않음.

10) 발편(撥便) : 파발꾼의 인편. '발군(撥軍)'은 각 역참에 속하여 중요한 공문서를 교대로 변방에 급히 전하던 군졸을 가리킴.

언롱(言弄)

건천궁(乾天宮) 버들 빛은
춘삼월(春三月)에 고왔거늘
　경무대(慶武臺) 방초안(芳草岸)은 하사월(夏四月)에 푸르렀다 향원정(香遠亭) 만타부용(萬朶芙蓉) 추칠월(秋七月) 향기(香氣)거늘 벽화실(碧花室) 고사매(古査梅)는 동시월(冬十月) 설리춘광(雪裡春光)
　아마도
　사시(四時) 절후(節候)를 못내 믿어 하노라.
　* 건천궁(乾天宮)의 사시(四時) 풍경이다.

乾天宮1) 버들 빗츤
春三月2)에 고아거늘
　慶武臺3) 芳草岸4)은 夏四月5)에 풀우엿다 香遠亭6)萬朶

---

1) 건천궁(乾天宮) : 경복궁에 있는 전각의 하나인 건청궁(乾淸宮)의 다른 이름. 처음에는 건물의 이름을 건천궁으로 했다가, 후에 건청궁으로 바꾼 듯함.

2) 춘삼월(春三月) : 봄의 경치가 가장 좋은 철인 음력 3월.

3) 경무대(慶武臺) : 경복궁 뒤편의 넓은 터로, 무예 수련이나 왕이 농사를 짓던 친경지(親耕地) 등으로 사용되었음. 현재 청와대(靑瓦臺)의 위치.

4) 방초안(芳草岸) : 향기로운 풀이 핀 언덕.

5) 하사월(夏四月) : 여름이 시작되는 음력 4월.

芙蓉7) 秋七月8) 香氣여늘 碧花室9) 古査梅10)는 冬十月11) 雪裡春光12)
　　아마도
　　四時13)節候14)을 못닉15) 미더 ᄒ노라.
〈금옥 *144, #0228.1〉

乾天宮四時景.

---

6) 향원정(香遠亭) : 경복궁 근정전 북쪽의 연못 안에 있는 정자.

7) 만타부용(萬朶芙蓉) : 매우 많은 연꽃 송이. '부용(芙蓉)'은 연꽃의 한 자어 표현.

8) 추칠월(秋七月) : 가을이 시작되는 음력 7월.

9) 벽화실(碧花室) : 경복궁의 경무대 근처에 있었던 건물.

10) 고사매(古査梅) : 오래된 나무의 그루터기에서 피는 매화.

11) 동시월(冬十月) : 겨울이 시작되는 음력 10월.

12) 설리춘광(雪裡春光) : 눈이 내리는 중에 느끼는 봄빛.

13) 사시(四時) : 봄, 여름, 가을, 겨울의 사계절을 아울러 이르는 말.

14) 절후(節候) : 한 해를 스물넷으로 나눈 기후의 표준점.

15) 못닉 : 못내. 어떤 감정을 참지 못할 정도로 매우.

●

육십일세(六十一歲) 화갑연(花甲宴)에

삼기수(三紀壽)를 더 빌어서

내 손수 술을 부어 우석공(又石公)께 올린 후(後)에

다시금

백자천손(百子千孫)하옵시고 부귀강령(富貴康寧)하오소서.

* 우석상서(又石尙書)께서 나를 위해 공덕리(孔德里) 아소당(我笑堂)에서 회갑연을 베풀어 주신 날, 잔을 올리며 하축시를 지었다.

六十一歲 花甲宴1)에

三紀壽2)를 더 비러셔

닉 손조3) 슐을 부어 又石公4)게 올닌 後의

다시금

百子千孫5) 하오시고 富貴康寧6) 하오소셔.

---

1) 화갑연(花甲宴) : 만 60세가 되는 해의 생일을 축하하는 잔치.

2) 삼기수(三紀壽) : 36년. '일기(一紀)'는 목성이 태양 주위를 일주하는 시간으로, 12년을 뜻함.

3) 손조 : 손수. 직접 자기 손으로.

4) 우석공(又石公) : 흥선대원군 이하응의 아들인 이재면.

5) 백자천손(百子千孫) : '백 명의 아들, 천 명의 손자'라는 뜻으로, 매우 많은 자손을 비유적으로 이르는 말.

〈금옥 *145, #3710.1〉

又石尙書 爲我設甲宴7)於孔德里8)我笑堂9)之日, 獻酌10)賀祝.11)

---

6) 부귀강령(富貴康寧) : 부유하고 지위가 높으며 몸이 건강하고 마음이 평안함.

7) 갑연(甲宴) : 회갑연. 만 60세가 되는 해의 생일을 축하하는 잔치.

8) 공덕리(孔德里) : 흥선대원군 이하응의 별장이 있던 곳의 지명.

9) 아소당(我笑堂) : 흥선대원군의 공덕리 별장에 있던 건물의 이름.

10) 헌작(獻酌) : 술잔을 올림.

11) 하축(賀祝) : 남의 좋은 일에 기쁘고 즐거운 마음으로 인사함.

농(弄)

●

엊그제 이별(離別)하고
말없이 앉았으니
알뜰히 못 견딜 일 한두 가지 아니로다
입으로
잊자 하면서 간장(肝腸) 슬어 하노라.
* 내가 강릉 기녀 홍련(紅蓮)과 서로 헤어진 후이다.

엇그제 離別ᄒ고
말업시 안젓스니
알쓰리1) 못 견딀 일 한두 가지 아니로다
입으로
닛자 허면서 肝腸2) 슬어3) 허노라.

〈금옥 *146, #3298.1〉

余與江陵紅蓮相別之後.

---

1) 알쓰리 : 알뜰히. 일이나 살림을 헤프지 않고 실속이 있게.
2) 간장(肝腸) : '애'나 '마음'을 비유적으로 이르는 말.
3) 슬어 : 차차 사라져.

◉

그려 살지 말고

차라리 스러져서

염왕(閻王)께 발괄하야 임(任)을 마저 데려다가

사후(死後)나

혼백(魂魄)이 쌍(雙)을 지어 그리던 한(恨)을 풀리라.

* 밀양 기녀 월중선(月中仙)이 여러 해 전에 서울에서 이름을 드날렸던 사람이다. 갑술년(甲戌年:1874) 봄에 또 상경(上京)하였다가, 병자년(丙子年:1876) 겨울에 내려갔다. 이때 서로 헤어지는 정이 더욱 어려웠다.

글려1) 사지 말고

찰아리 싀어져셔2)

閻王3)쎄 발괄4)하야 任을 마자 다려다가

死後5) ㅣ나

魂魄6)이 雙을 지여 그리던 恨7)을 풀니라.

---

1) 글려 : 그리워하여. 간절히 생각하여.

2) 싀여져서 : 스러져서. 희미해지면서 사라져 없어져서.

3) 염왕(閻王) : 염라대왕. 죽은 사람을 그 생전의 행동에 따라 심판하고 다스린다는 저승의 임금.

4) 발괄 : 억울한 사정을 관아에 말이나 글로 하소연하는 일.

5) 사후(死後) : 죽고 난 이후.

6) 혼백(魂魄) : 죽은 후의 정신과 신체를 아울러 일컫는 말.

⟨금옥 *147, #0484.1⟩

密陽月中仙, 昔年8)洛陽9)揚名10)者也. 甲戌春, 又爲上京,11) 丙子冬下去.12) 此時相別離13)之情, 尤難.

---

7) 한(恨) : 억울하고 원통한 일을 당하여 원망이 응어리진 마음.

8) 석년(昔年) : 여러 해 전.

9) 낙양(洛陽) : 원래 중국의 수도였던 도시로, 서울을 일반적으로 지칭하는 표현.

10) 양명(揚名) : 이름을 드날림.

11) 상경(上京) : 서울로 올라감.

12) 하거(下去) : 지방으로 내려감.

13) 별리(別離) : 서로 갈리어 떨어지거나 헤어짐.

두견(杜鵑)의 목을 빌고

꾀꼬리 사설(辭說) 꾸어

공산월(空山月) 만수음(萬樹陰)에 지저귀며 울었으면

가슴에

돌같이 맺힌 피를 풀어 볼까 하노라.

　* 담양 기녀 능운(凌雲)의 자는 경학(卿鶴)인데, 순창 기녀 금화(錦花), 칠원 기녀 경패(瓊貝), 강릉 기녀 영월(影月), 진주 기녀 화향(花香)과 이름을 나란히 했지만, 유독 노래와 춤에 있어서는 능운이 가장 뛰어났다. 내가 이 사람과 더불어 사귄 정이 더욱 깊어져 여러 해를 서로 따랐다. 고향으로 돌아간 후에 스스로 서로 추억하는 마음이 없을 수가 없었다.

杜鵑[1])의 목을 빌고

쇠소리 辭說[2]) 수어

空山月[3]) 萬樹陰[4])의 지져귀며[5]) 우럿쇠면

가슴에

돌갓치 믹친 피를 푸러 볼가 하노라.

---

1) 두견(杜鵑) : 두견새.

2) 사설(辭說) : 길게 늘어놓는 잔소리나 푸념.

3) 공산월(空山月) : 사람이 없는 산에 떠오른 달.

4) 만수음(萬樹陰) : 수많은 나무의 그늘.

5) 지져귀며 : 지저귀며. 자꾸 소리를 내어 우짖으며.

〈금옥 * 148, #1448.1〉

潭陽凌雲, 字卿鶴, 與淳昌錦花, 楸原瓊貝, 江陵影月, 晋州花香, 齊名,6) 而獨凌雲甲7)於歌舞8)矣. 余與此人, 交契9)深密, 多年相隨矣. 還鄕之後, 自不無相憶之懷.

---

6) 제명(齊名) : 이름을 나란히 함. 비슷하게 평가한다는 뜻이다.

7) 갑(甲) : 차례나 등급을 매길 때 첫째를 이르는 말.

8) 가무(歌舞) : 노래와 춤.

9) 교계(交契) : 사람 사이의 사귄 정분.

벽상(壁上)에 봉(鳳) 그리고
머뭇거려 돌아설 제
앞길을 헤아리니 말 머리에 구름이라
이때에
가없는 나의 회(懷)포는 알 이 없어 하노라.

* 내가 호남(湖南)으로 갈 때 순천으로부터 길을 나서 광주를 경유하여 담양에 도착하여 능운(凌雲)을 방문했는데, 능운은 장성 김참봉(金參奉)의 청으로 인해 어제 이미 가 버렸고 능운의 어미가 집에 있었다. 능운의 어미가 '지금 장성에 사람을 보낸다면 내일 아침이면 집으로 돌아올 수 있습니다. 서로 만난 후에 길을 나서도 좋겠습니다'라고 하였다. 그러나 내가 돌아가기로 약속한 때가 매우 급하고 바빠서 잠시라도 머물 수 없었다. 몸을 돌려 곧바로 길을 나서니 서운하고 울적한 마음을 말로 나타낼 수 없었으니, 가곡(歌曲) 한 수를 써서 능운의 어미에게 주고 돌아왔다.

壁上1)에 鳳2) 그리고
머뭇거려 도라설 제
압길을 헤아리니 말 머리에 구름이라
잇쩌에
가업슨3) 나의 懷포4)는 알 니 업셔 허노라.

---

1) 벽상(壁上) : 벽면의 위쪽 부분.
2) 봉(鳳) : 상서로운 동물로, 상상의 새.

⟨금옥 *149, #1981.1⟩

余於湖南5)之行, 自順天路, 由光州, 到潭陽, 訪凌雲, 則凌雲因長城金參奉6)之請, 昨日7)已去, 而凌母在家矣. 凌母曰, '今欲專人8)於長城, 而明朝9)則還家矣, 相見後發程10)爲可云.' 然吾之歸期11)甚急忙,12) 不可暫留. 旋卽啓程,13) 悵鬱14)之懷, 難以形言,15) 書一絶歌曲,16) 與凌母而歸.

---

3) 가업슨 : 가없는. 끝이나 한도가 없는.

4) 회포(懷抱) : 마음속에 품은 생각이나 정.

5) 호남(湖南) : 전라도를 달리 이르는 표현.

6) 참봉(參奉) : 최말단직의 종구품 벼슬.

7) 작일(昨日) : 어제.

8) 전인(專人) : 소식이나 물건을 전하기 위하여 특별히 사람을 보냄.

9) 명조(明朝) : 내일 아침.

10) 발정(發程) : 길을 떠남

11) 귀기(歸期) : 돌아가거나 돌아오기로 약속한 때.

12) 급망(急忙) : 바쁨. 분주함.

13) 계정(啓程) : 길을 떠남.

14) 창울(悵鬱) : 매우 서운하고 울적함.

15) 형언(形言) : 무엇을 말로 나타냄.

16) 가곡(歌曲) : 5장 형식에 얹어서 부르는 시조의 가창곡.

●

알뜰히 그리다가

만나 보니 우습구나

그림같이 마주 앉아 맥맥(脉脉)히 볼 뿐이라

지금에

상간무어(相看無語)를 정(情)일런가 하노라.

* 정축년(丁丑年:1877) 봄에 내가 운현궁에 있을 때 어떤 사람이 찾아왔다. 그러므로 나가서 그 사람을 보았는데, 곧 그 사람이 소매에서 무늬 있는 편지 한 통을 꺼내었다. 뜯어서 보니 곧 전주 기녀 양대운(梁臺雲)이 서울에 있다는 서신이었다. 곧바로 가서 손을 맞잡았으니 그 기쁨이 어찌 헤아릴 수 있겠는가. 참으로, 그 기쁨이 지극하여 말할 수가 없었다.

알쓰리1) 그리다가

만나 보니 우습거다

그림 것치 마주 안져 脉脉2)이 볼 쑨이라

至今예

相看無語3)를 情일런가 ᄒ노라.

〈금옥 *150, #3072.1〉

丁丑春, 余在雲宮4)矣, 有人來訪. 故出往視之, 則其人自袖中, 出

---

1) 알쓰리 : 알뜰히. 헤프지 않고 실속이 있게.

2) 맥맥(脉脉) : 대처할 방법이 잘 생각나지 않아 답답함.

3) 상간무어(相看無語) : 서로 바라보고 말이 없음.

一封花箋,5) 坼而見之,6) 則乃是全州梁臺7)在京書也. 卽往相握,8) 其喜何量. 信乎, 其喜極無語也.

---

4) 운궁(雲宮) : 흥선대원군의 저택인 운현궁.

5) 화전(花箋) : 무늬 있는 편지지.

6) 탁이견지(坼而見之) : 뜯어서 그것을 봄.

7) 양대(梁臺) : 전주 기녀 양대운(梁臺雲).

8) 상악(相握) : 손을 맞잡음.

◉

옥협(玉頰)의 구른 눈물

나건(羅巾)으로 씻어 낼 제

가는 내 마음을 너 어찌 모르는가

너 정령

웃고 보내어도 간장(肝腸) 슬데 하물며.

* 내가 평양 기녀 혜란(蕙蘭)과 함께 서로 따른 지 7개월이 되어, 사귄 정이 아교와 옻처럼 떨어질 수 없었다. 과연 서로 버릴 뜻이 없었으나, 헤어짐에 이르러 사람의 정이 참으로 그러했다.

玉頰1)의 구는2) 눈물

羅巾3)을 시처 닐 제

가난 닉 음을 네 어이 모로넌다

네 졍녕

웃고 보닉여도 肝腸4) 슬데5) 하물며.

〈금옥 *151, #3493.1〉

余與平陽蕙蘭, 相隨6)七箇月, 情誼7)膠漆.8) 果無相捨之意, 而及

---

1) 옥협(玉頰) : 아름다운 여자의 볼.

2) 구는 : 구르는. 뺨을 타고 흘러내리는.

3) 나건(羅巾) : 비단으로 짠 수건.

4) 간장(肝腸) : '애'나 '마음'을 비유적으로 이르는 말.

5) 슬데 : 슬더라. 차차 사라지더라.

其別也, 人情9)固然.

---

6) 상수(相隨) : 서로 붙어 다님.

7) 정의(情誼) : 서로 사귀어 친해진 정.

8) 교칠(膠漆) : 아교와 옻. 곧 서로 떨어질 수 없을 정도로 사이가 아주 친밀함을 비유적으로 이르는 말.

9) 인정(人情) : 사람이 본디 가지고 있는 감정이나 심정.

지모(智謀)는 한상(漢相) 제갈무후(諸葛武侯)요
담략(膽略)은 오후(吳侯) 손백부(孫伯符)라
구방유신(舊邦維新)은 주문왕지공업(周文王之功業)이요 척사위정(斥邪衛正)은 맹부자지성학(孟夫子之聖學)이로다
아마도
오백년(五百年) 간기영걸(幹氣英傑)은 국태공(國太公)이신가 하노라.

 * 병인년(丙寅年:1866) 서양 오랑캐의 난은 국태공(國太公)의 슬기로움과 담대함이 아니었다면, 우리나라는 거의 오랑캐의 풍습에 빠질 뻔했다.

智謀1)는 漢相 諸葛武侯2)요
膽略3)은 吳侯 孫伯符4)ㅣ라
舊邦維新5)은 周文王之功業6)이요 斥邪衛正7)은 孟夫子

---

1) 지모(智謀) : 슬기로운 꾀.

2) 한상(漢相) 제갈무후(諸葛武侯) : 중국 한(漢)나라의 재상인 제갈량(諸葛亮). '무후(武侯)'는 제갈량의 시호.

3) 담략(膽略) : 담력과 꾀.

4) 오후(吳侯) 손백부(孫伯符) : 중국 오(吳)나라의 제후인 손책(孫策). 오나라 제후였던 손권(孫權)의 형으로, '백부(伯符)'는 그의 자.

5) 구방유신(舊邦維新) : 옛 나라의 낡은 제도를 고쳐 새롭게 힘.

之聖學8)이로다

아마도

五百年9) 幹氣英傑10)은 國太公11)이신가 ᄒ노라.

〈금옥 *152, #4467.1〉

丙寅洋醜之亂,12) 若非國太公智謀膽略, 我國, 幾乎左袵.13)

---

6) 주문왕지공업(周文王之功業) : 중국 주(周)나라 문왕의 업적. 백성들의 삶을 넉넉하게 해 주는 정책을 시행하여, 그의 아들인 무왕(武王)이 천자(天子)가 될 수 있는 기틀을 닦았음.

7) 척사위정(斥邪衛正) : 사악한 것을 물리치고 바른 것을 지킴.

8) 맹부자지성학(孟夫子之聖學) : 맹자의 위대한 학문. 맹자는 공자(孔子)의 유학을 계승 발전시켜 공자 다음의 아성(亞聖)으로 칭해졌음.

9) 오백년(五百年) : 조선 건국 이래의 대략적인 기간.

10) 간기영걸(幹氣英傑) : 믿음직한 기상의 영웅호걸.

11) 국태공(國太公) : '나라의 큰 어른'이란 의미로, 흥선대원군 이하응을 칭하는 표현.

12) 병인양추지란(丙寅洋醜之亂) : 병인년 서양 오랑캐의 난이라는 의미로, '병인양요(丙寅洋擾:1866)'를 가리킴.

13) 좌임(左袵) : 옷을 왼쪽으로 여미는 오랑캐의 옷 입는 방식으로, 미개한 오랑캐의 풍습을 비유적으로 이르던 말.

계락(界樂)

원조(寃鳥) 되어 제궁(帝宮)에 나니

고신척영(孤身隻影)이 벽산중(碧山中)이라

가면야야면무가(暇眠夜夜眠無暇)요 궁한년년한무궁(窮恨年年恨無窮)을 성단효잠잔월백(聲斷曉岑殘月白)이요 혈루춘곡낙화홍(血淚春谷落花紅)이로다

지금에

천롱상미문애소(天聾尙未聞哀訴)하고 하내수인이독청(何乃愁人耳獨聽)고 하노라.

* 단종대왕(端宗大王)께서 영월의 청령포(淸泠浦)에서 직접 지으셨다.

寃鳥1) 되야 帝宮2)의 나니
孤身隻影이 碧山中3)이라
暇眠夜夜眠無暇4)요 窮恨年年恨無窮5)을 聲斷曉岑殘月

---

1) 원조(寃鳥) : 원망을 품고 죽어서 환생한 새.

2) 제궁(帝宮) : 황제(皇帝)의 궁궐.

3) 고신척영벽산중(孤身隻影碧山中) : 외로운 몸으로 짝이 없는 그림자가 푸른 산속을 헤매네.

4) 가면야야면무가(暇眠夜夜眠無暇) : 잠잘 겨를에 거듭 밤이 와도 잠을 이룰 겨를이 없고.

5) 궁한년년한무궁(窮恨年年恨無窮) : 한이 끝이 없어 해가 거듭 지나도 한은 다함이 없구나.

白6)요. 血淚春谷落花紅7)이로다

至今예

天聾尙未聞哀訴8)하고 何乃愁人耳獨聽9)고 하노라.

〈금옥 *153, #3636.1〉

端宗大王,10) 寧越淸泠浦11)御制.12)

---

6) 성단요잠잔월백(聲斷曉岑殘月白) : 소리가 끊겨 새벽 봉우리에 지는 달빛만 희고.

7) 혈루춘곡낙화홍(血淚春谷落花紅) : 피눈물이 봄 골짜기의 지는 꽃에 붉어졌네.

8) 천롱상미문애소(天聾尙未聞哀訴) : 하늘은 귀먹었나 도리어 슬픈 호소를 듣지 못하니.

9) 하내수인이독청(何乃愁人耳獨聽) : 어찌 이에 근심 있는 사람의 귀에만 홀로 들리는가. 이 작품은 일부 구절의 변개가 발견되지만, 단종(端宗)의 한시 〈자규시(子規詩)〉를 기반으로 지었음.

10) 단종대왕(端宗大王) : 조선 제6대 왕. 삼촌인 세조(世祖)에 의해 왕위에서 쫓겨나 영월의 청령포로 귀양을 갔다가 죽었다.

11) 청령포(淸泠浦) : 왕위에서 쫓겨난 단종의 유배지.

12) 어제(御制) : 임금이 몸소 지은 글.

●

담 안에 붉은 꽃은
버들 빛을 시샘 마라
버들이 아니런들 홍화(花紅) 너뿐이거니와
네 곁에
다정(多情)타 이를 것은 유록(柳綠)인가 하노라.

* 강릉 기녀 월출(月出)과 진주 기녀 초옥(楚玉)은 서울 일대에서 이름을 드날렸지만, 서로 시기하여 싫어함이 있었다.

담 안에 불근 쏫츤
버들 빗츨 싀워1) 마라
버들곳 아니런덜 花紅2) 너샏이어니와
네 겻테
多情타 이를 거슨 柳綠3)인가 하노라.

〈금옥 *154, #1251.1〉

江陵妓月出, 晉州妓楚玉, 揚名4)於洛下,5) 而有相猜之嫌.6)

---

1) 싀워 : 시새워. 공연히 미워하고 싫어하여.

2) 홍화(花紅) : 붉은 꽃.

3) 유록(柳綠) : 봄철의 버들잎 같은, 푸른빛과 누른빛의 중간 빛깔.

4) 양명(揚名) : 이름을 드날림.

5) 낙하(洛下) : 서울 일대를 의미함.

6) 상시지혐(相猜之嫌) : 서로 시기하여 싫어함.

우락(羽樂)

고송(古松) 기석(奇石) 둘 사이에
어여쁘다 저 두견(杜鵑)아
봄꽃이 붉은 것도 오히려 다사(多事)커든
어찌해
가을 잎이 또 붉어서 송석(松石) 웃음 받나니.

* 단애(丹崖) 김치대(金致大) 생원(生員)의 후원(後園)에 오래된 소나무와 기이한 돌 사이에 진달래 한 그루가 있었다. 매번 봄과 여름이 교차할 무렵에 가지에 가득한 붉은 꽃이 사람의 이목을 끌고 산을 비추는 듯했는데, 머리에 가득 꽂으려고 꺾지 않는 사람들이 없었다. 가을철에는 붉은 잎이 또한 감상할 만했다. 그러나 소나무와 돌 사이에서 절로 예쁘고 아름답다는 혐의가 있을 따름이다.

古松1) 奇石2) 두 사이예
어엿불슨 져 杜鵑3)아
봄곳치 불근 것도 오히려 多事4)커든
엇지타
가을 닙히 쏘 불거셔 松石5) 우음 밧느니.

---

1) 고송(古松) : 오래 묵은 소나무.
2) 기석(奇石) : 모양이 기묘하게 생긴 돌.
3) 두견(杜鵑) : 두견화(杜鵑花). 진달래꽃을 달리 일컫는 표현.
4) 다사(多事) : 일이 많음.

⟨금옥 *155, #0278.1⟩

丹崖金生員6)致大, 後園7)古松奇石之間, 有一株8)杜鵑. 每當春夏之交,9) 滿枝紅花, 照人10)暎山, 人莫不折挿11)滿頭. 而秋節12)丹葉, 亦可賞. 然松石之間, 自有嬋姸13)之嫌耳.

---

5) 송석(松石) : 소나무와 돌.

6) 생원(生員) : 소과(小科)인 생원과에 합격한 사람.

7) 후원(後園) : 집 뒤에 있는 작은 동산이나 정원.

8) 일주(一株) : 나무 따위의 한 그루.

9) 춘하지교(春夏之交) : 봄과 여름이 바뀌는 때.

10) 조인(照人) : 사람의 이목을 끎.

11) 절삽(折挿) : 꺾어서 꽂음.

12) 추절(秋節) : 가을철.

13) 선연(嬋姸) : 날씬하고 아름다움.

내 집은 도화원리(桃花源裏)거늘
자네 몸은 행수단변(杏樹壇邊)이라
궐어(鱖魚)가 살졌거니 그물은 자네 밑네
아이야
덜 괴인 박박주(薄薄酒)일망정 병(瓶)을 채워 넣어라.

* 병인년(丙寅年:1866) 서양 오랑캐의 난에 나 또한 가족들을 이끌고 홍천 영금리(靈金里)로 피란을 갔는데, 산이 높고 계곡이 깊어 사람의 발길이 닿지 않았던 곳이었다. 사람들은 모두 도원(桃源)이라고 하였으나, 또한 호랑이로 인한 화가 두려웠다.

늬 집은 桃花源1)裏여늘
자네 몸은 杏樹壇2)邊이라
鱖魚3)ㅣ 살졋거니4) 그물은 자네 밋네
兒孫야
덜 괴인5) 薄薄酒6) 글만정 瓶을 치와 너흐라.

---

1) 도화원(桃花源) : 무릉도원(武陵桃源). 도잠(陶潛)의 〈도화원기(桃花源記)〉에 나오는 가상의 이상향으로 복숭아꽃이 만발해 붙여진 이름.

2) 행수단(杏樹壇) : 행단(杏壇). 곧 학문을 배워 익히는 곳. 공자(孔子)가 살구나무 아래의 단에서 제자들을 가르쳤다는 고사에서 유래.

3) 궐어(鱖魚) : 쏘가리. 맑은 물에서만 산다는 민물고기로, 무늬가 얼룩덜룩해서 금린어(錦鱗魚)라고도 함.

4) 살졋거니 : 몸에 살이 많거니.

⟨금옥 *156, #0982.1⟩

丙寅洋醜之亂,7) 余亦率家8)避乱9)于洪川灵金里, 而山高谷深, 人跡10)不到處也. 人皆謂桃源,11) 然虎患12)可畏.

---

5) 괴인 : 괸. 발효하여 거품이 이는.

6) 박박주(薄薄酒) : 아주 텁텁하고 맛이 좋지 아니한 술.

7) 병인양추지란(丙寅洋醜之乱) : 병인년 서양 오랑캐의 난이란 뜻으로, '병인양요(丙寅洋擾:1866)'를 가리킴.

8) 솔가(率家) : 온 집안 식구를 데리고 가거나 데리고 옴.

9) 피란(避亂) : 난리를 피해 옮겨감.

10) 인적(人跡) : 사람이 지나간 흔적.

11) 도원(桃源) : 무릉도원.

12) 호환(虎患) : 호랑이에게 입는 화.

●

까마귀 속 흰 줄 모르고

겉이 검다 얄미워하며

갈매기 겉 희다 사랑하고 속 검은 줄 몰랐더니

이제야

표리흑백(表裏黑白)을 깨우쳤다 하노라.

* 내가 고향의 집에 있을 때, 이천의 오위장(五衛將) 이기풍(李基豊)이 퉁소 신방곡(神方曲) 명창 김군식(金君植)으로 하여금 한 노래하는 여성을 거느리게 하여 보내 주었다. 그 이름을 물으니 '금향선(錦香仙)입니다'라고 하였다. 외모가 못생겨 상대하고 싶지 않았으나, 당세의 풍류랑(風流郎)이 지목하여 보냈기에 괄시하기 어려웠다. 그래서 곧바로 아무개 아무개의 여러 벗을 초청하여 산사(山寺)에 올랐는데, 여러 사람이 그 여자를 보고 모두 얼굴을 가리고 웃었다. 그러나 벌인춤이라 도중에 그만두기가 어려웠다. 다음으로 그 여자에게 시조(時調)를 청하자, 그 여자는 용모를 가다듬고 단정하게 앉아 '창오산붕상수절(蒼梧山崩湘水絕)'의 구절을 노래하였다. 그 소리가 슬퍼하고 원망하며 몹시 쓸쓸하여 구름이 멈추고 먼지가 날리는 것도 깨닫지 못하였고, 자리에 앉은 모든 사람이 눈물을 흘리지 않을 수 없었다. 시조(時調) 3장을 노래한 후에 계속해서 우계면(羽界面) 한바탕을 노래했고, 또 잡가(雜歌)를 모흥갑과 송만갑 등의 명창이 부르는 가락과 격식으로 불렀는데, 대단히 뛰어나지 않음이 없어 진실로 절세(絕世)의 명인(名人)이라고 말할 수 있었다. 자리에서 눈을 씻고 다시 보니, 아까의 못생김이 이제 홀연 어여쁜 얼굴이 되어 오(吳)나라의 미인과 월(越)

나라의 여성일지라도 이 사람을 뛰어넘을 수 없었다. 자리의 젊은이들이 모두 주목하여 정을 보냈는데, 나 또한 춘정(春情)을 금하기 어려워, 이에 다른 사람보다 먼저 착수하였다. 대저(大抵) 외모로 사람을 취하지 말라는 것이 여기에서 비로소 깨달았을 따름이었다.

가마귀 속 흰 줄 모르고
것치 검다 뮈무여1) 하며
갈먹이 것 희다 ᄉ랑허고 속 겸운 줄 몰낫더니
이제야
表裏黑白2)을 씨쳐슨져 허노라.

〈금옥 *157, #0618.1〉

余在鄕廬3)時, 利川李五衛將4)基豊, 使洞簫5)神方曲,6) 名唱7)金君植, 領送一歌娥8)矣. 問其名則曰'錦香仙也.' 外樣9)醜惡,10) 不欲相

---

1) 뮈무여 : 미워. 얄미워.

2) 표리흑백(表裏黑白) : 겉과 속이 검거나 하얗거나 함. 곧 겉과 속이 다를 수 있음을 비유적으로 이르는 말.

3) 향려(鄕廬) : 고향의 집.

4) 오위장(五衛將) : 오위의 군사를 거느리던 장수.

5) 퉁소(洞簫) : 대나무로 만든 국악기인 퉁소.

6) 신방곡(神方曲) : 무속(巫俗)의 음악 중 하나인 시나위.

7) 명창(名唱) : 노래를 뛰어나게 잘 부르는 사람.

8) 가아(歌娥) : 노래하는 여자.

9) 외양(外樣) : 겉모습. 겉으로 드러나는 모양.

對, 然以當世風流郞[11]指送, 有難恕.[12] 然卽請某某諸友, 登山寺,[13] 而諸人見厥娥,[14] 皆掩面[15]而笑. 然旣張之舞,[16] 難以中止. 第使厥娥請時調,[17] 厥娥斂容[18]端坐, 唱蒼梧山崩湘水絶之句,[19] 其聲哀怨悽切,[20] 不覺遏雲飛塵,[21] 滿座[22]無不落淚[23]矣. 唱時調三章後, 續唱羽界面一編,[24] 又唱雜歌,[25] 牟宋等名唱調格,[26] 莫

---

10) 추악(醜惡) : 못생김. 외모가 흉하고 못마땅함.

11) 풍류랑(風流郞) : 풍치가 있고 멋들어진 젊은 남자.

12) 난괄(難恝) : 만만하게 보고 괄시하기 어려움.

13) 산사(山寺) : 산속에 있는 절.

14) 궐아(厥娥) : 그 여자.

15) 엄면(掩面) : 얼굴을 가림.

16) 기장지무(旣張之舞) : 벌인춤. 이미 시작하여 중간에 그만둘 수 없는 것을 이르는 말.

17) 시조(時調) : 3장 형식으로 시조를 창하는 방식.

18) 염용(斂容) : 몸가짐을 조심하고 용모를 단정히 함.

19) 창오산붕상수절지구(蒼梧山崩湘水絶之句) : '창오산붕(蒼梧山崩) 상수절(湘水絶)이라야'로 시작하는 시조.《고시조대전》의 '#4547.1' 작품으로《해동가요》를 비롯한 다수의 가집에 수록되어 있음.

20) 애원처절(哀怨悽切) : 슬퍼하고 원망하며 몹시 쓸쓸함.

21) 알운비진(遏雲飛塵) : 가는 구름을 멈추게 하고 들보의 티끌을 날림. 노래가 그만큼 훌륭하다는 것을 비유적으로 일컫는 표현.

22) 만좌(滿座) : 자리에 가득 앉은 사람들.

23) 낙루(落淚) : 눈물을 흘림.

24) 우계면일편(羽界面一編) : 우조와 계면조 한바탕. 가곡창의 우조와 계면조를 연이어 불러 완성하는 한바탕의 방식.

不透妙,27) 眞可謂絶世28)名人29)也. 座上30)洗眼更見,31) 則俄者32) 醜要,33) 今忽丰容,34) 雖吳姬越女,35) 莫過於此矣. 席上36)少年,37) 皆注目38)送情,39) 而余亦難禁春情,40) 仍爲先着鞭.41) 大抵42)不以

---

25) 잡가(雜歌) : 여기서는 판소리를 가리키는 듯.

26) 모송등명창조격(牟宋等名唱調格) : 판소리 명창인 모흥갑(牟興甲)과 송흥록(宋興祿) 등이 창하는 가락과 격식.

27) 투묘(透妙) : 아주 절묘함.

28) 절세(絶世) : 세상에 겨룰 만한 것이 없을 만큼 훌륭하고 뛰어남.

29) 명인(名人) : 한 분야에서 기술과 재주가 뛰어나서 이름이 난 사람.

30) 좌상(座上) : 여러 사람이 모인 자리.

31) 세안갱견(洗眼更見) : 눈을 씻고 다시 봄.

32) 아자(俄者) : 아까.

33) 추요(醜要) : '추악(醜惡)'의 오기인 듯. '추악(醜惡)'은 외모가 흉하고 못마땅하다는 의미.

34) 봉용(丰容) : 토실토실하게 어여쁜 얼굴.

35) 오희월녀(吳姬越女) : 오나라와 월나라의 미녀. 중국 양자강 이남 일대의 여인이 아름답기로 유명하여, 미인에 대해 관용적으로 사용하는 표현.

36) 석상(席上) : 여러 사람이 모인 자리.

37) 소년(少年) : 젊은 사람.

38) 주목(注目) : 관심을 가지고 주의하여 보거나 살핌.

39) 송정(送情) : 호의를 보임. 정을 줌.

40) 춘정(春情) : 남녀 간의 정욕.

41) 선착편(先着鞭) : 어떤 일에 남보다 먼저 착수하거나 자리를 잡음.

42) 대저(大抵) : 대체로 보아서.

外貌取人,於是乎始覺云耳.

●

사월(四月) 녹음(綠陰) 앵세계(鶯世界)는
우석상서(又石相書) 풍류절(風流節)을
석상실(石想室) 높은 집에 금운(琴韻)이 영롱(玲瓏)하다
옥계(玉階)에
난화저(蘭花低)하고 봉명오동(鳳鳴梧桐)하더라.

* 우석상서(又石尙書)께서 후원(後園)의 석상실(石想室)에 기녀와 악공을 널리 초대하여 온종일 놀고 즐겼는데, 난주(蘭珠)와 봉심(鳳心)이 주가 되었다.

四月 綠陰[1] 鶯世界[2]은
又石相書[3] 風流節[4]를
石想室[5] 놉흔 집의 琴韻[6]이 玲瓏[7]허다
玉階[8]예

---

1) 녹음(綠陰) : 잎이 푸르게 우거짐.

2) 앵세계(鶯世界) : 꾀꼬리 세계. 꾀꼬리 같은 소리가 가득하다는 의미.

3) 우석상서(又石相書) : 흥선대원군의 아들인 이재면.

4) 풍류절(風流節) : 풍류를 즐기는 시절. '풍류(風流)'는 풍치가 있고 멋스럽게 노는 일.

5) 석상실(石想室) : 운현궁 후원에 있던 건물인 듯.

6) 금운(琴韻) : 거문고 연주하는 소리.

7) 영롱(玲瓏) : 맑고 산뜻함.

8) 옥계(玉階) : 옥처럼 곱게 만든 섬돌.

蘭花低9)하고 鳳鳴梧桐10)하더라.

〈금옥 *158, #2279.1〉

又石尙書 廣招妓樂11)於後園12)石想室, 盡日13)娛遊,14) 蘭珠鳳心
作主焉.

---

9) 난화저(蘭花低) : 난초꽃은 낮은 곳에서 피어 있음.

10) 봉명오동(鳳鳴梧桐) : 봉은 오동나무에서 울고 있음. '난화(蘭花)'와 '봉명(鳳鳴)'은 이 자리의 주빈이었던 '난주'와 '봉심'을 비유한 표현.

11) 기악(妓樂) : 기녀와 연주자.

12) 후원(後園) : 집 뒤에 있는 작은 동산이나 정원.

13) 진일(盡日) : 아침부터 저녁까지의 동안. 온종일.

14) 오유(娛遊) : 즐기며 노는 것.

병풍(屛風)에 그린 매화(梅花)

달 없으면 무엇하리

병간매월(屛間梅月) 양상의(兩相宜)는 매불표령(梅不飄零) 월불휴(月不虧)라

지금에

매불표령(梅不飄零) 월불휴(月不虧)하니 그를 좋게 여기노라.

* 내가 평양 감영에 내려갔던 초기에 기녀 혜란(蕙蘭)과 더불어 상대하며 정을 쏟았다.

屛風[1]예 그린 梅花

달 업스면 무엇하리

屛間梅月 兩相宜[2]은 梅不飄零 月不虧[3]라

至今예

梅不飄零 月不虧허니 그를 조히[4] 너기노라.

---

1) 병풍(屛風) : 장식용으로 방 안에 둘러치는 물건.

2) 병간매월양상의(屛間梅月兩相宜) : 병풍의 매화와 달 사이에 둘이 서로 걸맞음.

3) 매불표령월불휴(梅不飄零月不虧) : 매화는 바람에 떨어지지 않고 달은 이지러지지 않음. '표령(飄零)'은 나뭇잎 따위가 바람에 나부끼어 흩날리는 것을 의미함.

4) 조히 : 좋게. 마음에 들게.

〈금옥 *159, #2002.1〉

余於箕營5)下去6)之初, 與蕙蘭妓相對注情.7)

---

5) 기영(箕營) : 평양 감영. 기성(箕城)은 평양의 달리 부르는 명칭.
6) 하거(下去) : 서울에서 지방으로 내려감.
7) 주정(注情) : 정을 쏟음.

◉

채어산(採於山)하니 갱가여(羹可茹)요

조어수(釣於水)하니 선가식(鮮可食)을

좌수변림하(坐水邊林下)하니 진세가망(塵世可忘)이요

보방경한정(步芳經閒程)하니 정회자일(情懷自逸)이로다

아마도

열심락지(悅心樂志)는 나뿐인가 하노라.

* 나의 산속 즐거움이 과연 어떠한가.

採於山하니 羹可茹1)요

釣於水하니 鮮可食2)을

坐水邊林下하니 塵世可忘3)이요 步芳經閒程하니 情懷自逸4)이로다

아마도

悅心樂志5)난 나쏀인가 하노라.

---

1) 채어산 갱가여(採於山羹可茹) : 산에서 나물을 캐면, 국으로 먹을 수 있음.

2) 조어수 선가식(釣於水鮮可食) : 물에서 낚시하면, 신선하여 먹을 수 있음. 초장의 내용은 한유(韓愈)의 〈송이원귀반곡서(送李愿歸盤谷序)〉의 구절 가운데 일부를 활용했음.

3) 좌수변림하 진세가망(坐水邊林下塵世可忘) : 물가의 수풀 아래 앉으니, 어수선한 세상을 잊을 수 있음.

4) 보방경한정 정회자일(步芳經閒程情懷自逸) : 향기로운 풀이 있는 한가로운 길을 걸으니, 모든 감회가 스스로 편안해짐.

〈금옥 *160, #4569.1〉

我之山中之樂, 果何如哉.

---

5) 열심락지(悅心樂志) : 마음이 기쁘고 뜻이 즐거워짐.

●

이슬에 눌린 꽃과

바람에 부친 잎이

봄밤 옥계(玉階) 위에 향기(香氣) 놓는 혜란(蕙蘭)이라

밤중만

월명반정(月明庭畔)의 너만 사랑하노라.

* 담양 기녀 혜란(惠蘭)을 찬미하다.

이슬에 눌닌 숓과

발암예 부친1) 입피

春霄2) 玉階3)上의 香氣 놋는 蕙蘭4)이라

밤중만

月明庭畔5)의 너만 사랑하노라.

〈금옥 *161, #3869.1〉

讚潭陽妓惠蘭.

---

1) 부친 : 바람에 흔들리는.

2) 춘소(春霄) : 봄철의 밤.

3) 옥계(玉階) : 옥처럼 곱게 만든 섬돌.

4) 혜란(蕙蘭) : 난초의 한 종류. 여기서는 담양 기녀의 이름.

5) 월명정반(月明庭畔) : 달 밝은 밤의 뜰 가장자리.

언락(言樂)

●

백화방초(百花芳草) 봄바람을

사람마다 즐길 적에

등동고이서소(登東皐而舒嘯)하고 임청류이부시(臨淸流而賦詩)로다

우리도

기라군(綺羅裙) 거느리고 답청등고(踏靑登高)하리라.

 * 내가 정묘년(丁卯年:1867) 봄에 박경화(朴景華) 선생, 안경지(安慶之), 김군중(金君仲), 김사준(金士俊), 김성심(金聖心), 함계원(咸啓元), 신재윤(申在允)과 더불어 대구 기녀 계월(桂月), 해주 기녀 은향(銀香), 전주 기녀 향춘(香春)과 최고의 연주자 한 무리를 이끌고 곧바로 남한산성에 올랐다. 때는 온갖 꽃들이 다투어 피어 온산이 붉고 푸르렀는데, 서로 비추며 그림이 되었다. 이것이 이른바 만날 수 없는 좋은 경치에서 하는 아름다운 모임이었다. 3일을 정도가 지나치게 즐기고 돌아와 송파진(松坡津)에 도착해서, 배를 타고 흘러 내려가 한강의 하류에서 뭍에 올랐다.

百花芳草1) 봄바람을

사람마다 즐길 적의

登東皐而舒嘯2)하고 臨淸流而賦詩3)로다

---

1) 백화방초(百花芳草) : 온갖 꽃과 향기로운 풀들.

2) 등동고이서소(登東皐而舒嘯) : 동쪽 언덕에 올라 휘파람을 불고.

3) 임청류이부시(臨淸流而賦詩) : 맑은 물 흐르는 곳에 가서 부와 시를

우리도
綺羅裙4) 거나리고 踏靑登高5) 하리라.

〈금옥 *162, #1940.1〉

余於丁卯春, 與朴先生景華,6) 安慶之, 金君仲,7) 金土俊, 金聖心, 咸啓元, 申在允, 率大邱桂月, 全州姸姸, 海州銀香, 全州香春, 一等工人8)一牌,9) 卽上南漢山城.10) 時則百花爭發,11) 萬山紅綠,12) 相暎為畵. 是所謂不可逢之勝槩13)佳會14)也. 三日迭宕15)而還到松坡津,16) 乘船17)下流, 漢江下陸.18)

지음. 중장의 구절은 도잠의 〈귀거래사(歸去來辭)〉에서 가져왔음.

4) 기라군(綺羅裙) : 곱고 아름다운 비단 치마. 곧 아름답게 치장한 여성을 의미.

5) 답청등고(踏靑登高) : 푸른 풀을 밟으며 높은 곳에 오름.

6) 경화(景華) : 박효관의 자.

7) 군중(君仲) : 김윤석의 자.

8) 공인(工人) : 음악에 관한 일을 담당하던 악공.

9) 일패(一牌) : 한 무리.

10) 남한산성(南漢山城) : 한강 남쪽의 남한산에 있는 산성.

11) 백화쟁발(百花爭發) : 온갖 꽃이 다투어 핌.

12) 만산홍록(萬山紅綠) : 온산이 붉은 꽃과 푸른 잎으로 가득 참.

13) 승개(勝槩) : 경치가 좋은 곳.

14) 가회(佳會) : 즐겁고 기쁜 모임.

15) 질탕(迭宕) : 정도가 지나치게 흥에 겨워 높.

16) 송파진(松坡津) : 송파나루. 한강 남쪽에 있던 나루의 이름.

17) 승선(乘船) : 배를 탐. 배에 오름.

18) 하륙(下陸) : 배에서 땅으로 내림.

●

푸른빛이 쪽에서 났으나

푸르기 쪽보다 더 푸르고

얼음이 물로 되었으되 차기 물보다 더 차다더니

너 어찌

일반(一般) 청루인(靑樓人)으로 빼어남이 이 같은가.

* 해주 기녀 옥소선(玉簫仙)이 나와 함께 비록 정의(情誼)가 있지만, 그러나 붓끝에서 사람을 논함에 있어 어찌 터럭 하나라도 사사로운 정이 있겠는가. 내가 본 바로는 과연 이렇게 폄(貶)하는 것이 합당할 따름이다.

푸른 빗치 쪽1)예 낫스되

푸루기 쪽의셔 더 푸루고

어름이 물노 되야스되 차기 물에서 더 차다더니

네 엇지

一般2)靑樓人3)으로 쎄여나미 이 가트뇨.

〈금옥 *162, #5190.1〉

海州玉簫仙, 與我雖有情誼,4) 然至於論人5)筆端,6) 豈有一毫7)私

---

1) 쪽 : 풀이름으로, 푸른 물을 들이는 물감으로 사용함.

2) 일반(一般) : 특별한 일부에 한정되지 않고 전체에 해당되는 것.

3) 청루인(靑樓人) : 기녀. '청루(靑樓)'는 기녀를 두고 손님을 맞아 영업하는 집을 가리킴.

4) 정의(情誼) : 서로 사귀어 친해진 정.

情8)乎. 以吾所見,9) 果合於此貶10)耳.

---

5) 논인(論人) : 사람에 대해 논함.

6) 필단(筆端) : 붓의 뾰족한 끝.

7) 일호(一毫) : 한 개의 가는 털. 극히 작은 정도를 나타내는 말.

8) 사정(私情) : 사사로운 정.

9) 소견(所見) : 보고 느끼는 생각이나 의견.

10) 폄(貶) : 남을 헐뜯어 나쁘게 말함. 상대를 폄하(貶下)한다고 했지만, 실제로는 옥소선을 극찬하는 내용임.

●

진황(秦皇)이 작은 영웅(英雄)이랴마는

장생술(長生術) 곧이듣고

동남동녀(童男童女) 오백인(五百人)을 서불(徐市)에게
붙였더라

제 감(敢)히

석면(石面)에 이름 새겨 지나간 줄 알게 하다.

＊ 내가 진주에 있을 때 남해현(南海縣)으로 가서 금산(錦山)에
올라 유람했는데, 가다가 한 곳에 이르니 한 사람이 있어 높은
봉우리 위의 큰 돌을 가리키며 '이 바위 앞면에 서불과차(徐市
過此) 네 글자가 보입니까, 아닙니까'라고 하였다. 내가 우러러
보니 보일 듯 말 듯 하였다. 아, 서불이 과연 이곳을 지나갔는
가.

秦皇1)이 작한2) 英雄3)이랴마는

長生術4) 고디듯고

童男童女5) 五百人을 徐市6)의게 붓쳐거다

---

1) 진황(秦皇) : 중국 진(秦)나라의 초대 황제로, 천하를 통일했던 진시
황을 가리킴.

2) 작한 : 작은.

3) 영웅(英雄) : 지혜와 용기가 뛰어나 대중을 이끌고 세상을 경륜할 만
한 인물.

4) 장생술(長生術) : 오래 사는 방법.

5) 동남동녀(童男童女) : 남자아이와 여자아이를 아울러 이르는 말.

제 敢이

石面7)의 이름 식겨 지난 줄를 알게 하다.

〈금옥 *164, #4497.1〉

余在晋州時, 往南海縣, 登錦山8)遊覽,9) 行到一處, 有一人, 指萬高峰10)上大石曰, '此巖前面, 徐市過此11)四字, 能見之否.' 余仰視12)之, 或見或不見. 噫,13) 徐市果過此也.

---

6) 서불(徐市) : 중국 진(秦)나라 때의 사람으로, 진시황의 명으로 불사약(不死藥)을 구하러 배를 타고 떠났던 인물.

7) 석면(石面) : 바위의 표면.

8) 금산(錦山) : 경상도 남해에 있는 산.

9) 유람(遊覽) : 아름다운 경치나 이름난 장소를 돌아다니며 구경함.

10) 만고봉(萬高峰) : 아주 높은 산봉우리.

11) 서불과차(徐市過此) : 서불(徐市)이 이곳을 지나감. 남해 금산의 바위에 새겨져 있다는 글귀.

12) 앙시(仰視) : 우러러봄. 올려다봄.

13) 희(噫) : '아아' 또는 '슬프도다'라는 뜻으로, 매우 애통할 때 하는 말.

편락(編樂)

인왕산(仁王山) 하(下) 필운대(弼雲臺)는

운애선생(雲崖先生) 은거지(隱居地)라

선생(先生)이 호방자일(豪放自逸)하여 불구소절(不拘少節)하고 기주선가(嗜酒善歌)하니 주량(酒量)은 이백(李白)이요 가성(歌聲)은 구년(龜年)이라 풍류재자(風流才子)와 야류사녀(冶遊士女)들이 구름같이 모여들어 날마다 풍악(風樂)이요 때마다 노래로다 이때에 태양관(太陽舘) 우석상서(又石尚書)가 가음(歌音)에 교여(皎如)하사 유일풍소인(遺逸風搔人)과 명희(名姬) 현령(賢伶)들을 다 모아 거느리고 날마다 즐기실 제 선생(先生)을 애경(愛敬)하사 못 미칠 듯 하오시니

아마도

성대(聖代)에 호화락사(豪華樂事)가 이밖에 또 어디 있으리.

 * 선생의 호는 운애(雲崖)이다. 우석상서(又石尚書)께서 사랑하고 공경하여 매일같이 좋은 분위기의 모임을 열었으니, 진실로 성대(聖代)의 호화롭고 즐거운 일이라고 말할 수 있을 것이다.

仁王山1) 下 弼雲臺2)는

---

1) 인왕산(仁王山) : 서울의 경복궁 뒤쪽에 있는 산.

雲崖3)先生 隱居地4)라

先生이 豪放自逸5)하야 不拘小節6)하고 嗜酒善歌7)허니 酒量8)은 李白9)이요 歌聲10)은 龜年11)이니라 風流才子12)와 冶遊士女13)들이 구름갓치 모여들어 날마다 風樂14)이요 쩍마다 노리로다 잇찌예 太陽舘15) 又石尙書16)] 歌音17)에 皎如18)허사 遺逸風搔人19)과 名姬20) 賢伶21)들을 다 모와

---

2) 필운대(弼雲臺) : 서울 인왕산 자락의 명승지.

3) 운애(雲崖) : 박효관의 호.

4) 은거지(隱居地) : 몸을 숨겨 머무는 곳.

5) 호방자일(豪放自逸) : 기개가 있고 거리낌이 없으며 스스로 편안함.

6) 불구소절(不拘小節) : 작은 예절에 얽매이지 않음.

7) 기주선가(嗜酒善歌) : 술을 좋아하고 노래를 잘 부름.

8) 주량(酒量) : 마시고 견디어 낼 만한 정도의 술의 양.

9) 이백(李白) : 중국 당(唐)나라의 시인.

10) 가성(歌聲) : 노래를 부르는 소리.

11) 구년(龜年) : 중국 당나라의 음악가인 이구년(李龜年)으로, 음률에 정통하여 뛰어난 음악가를 대표하는 인물로 여겨졌음.

12) 풍류재자(風流才子) : 풍류를 즐기는 재주 있는 사람.

13) 야류사녀(冶遊士女) : 질탕하게 노니는 남녀.

14) 풍악(風樂) : 악기 반주에 맞추어 즐김.

15) 태양관(太陽舘) : 흥선대원군의 아들인 이재면의 거처.

16) 우석상서(又石尙書) : 이재면.

17) 가음(歌音) : 노래와 음악.

18) 교여(皎如) : 매우 밝음. 정통함.

거나리고 날마다 즐기실 제 先生을 愛敬22)허스 못 미칠 듯 하오시니
　아마도
　聖代23)예 豪華樂事24)] 이밧게 쏘 어듸 잇스리.

〈금옥 *165, #3954.1〉

先生號雲崖也. 又石尙書, 愛以敬之, 逐日25)團會,26) 眞可謂聖代27)豪華樂事也.

---

19) 유일풍소인(遺逸風搔人) : 능력이 있으면서도 숨어 지내는 사람과 시를 짓는 사람.

20) 명희(名姬) : 이름난 기녀.

21) 현령(賢伶) : 뛰어난 연주자.

22) 애경(愛敬) : 사랑하고 공경함.

23) 성대(聖代) : 태평한 시대.

24) 호화락사(豪華樂事) : 호화롭고 즐거운 일.

25) 축일(逐日) : 하루도 거르지 않고 날마다.

26) 단회(團會) : 원만한 분위기의 모임.

27) 성대(聖代) : 태평한 시대.

●

비바람 눈서리와

산(山)짐승 바닷물결

들 더위 두메 추위 다 갖춰 겪었으며 빛난 의복 멋진 음식(飮食) 좋은 벗님 고운 색과 술 노래 거문고를 싫토록 지낸 후(後)에 이 몸을 헤아리니 백번(百番) 불린 쇠 아니면 만번(萬番) 씻긴 돌이로다

지금에

내 나이 칠십(七十)이라 평생(平生)을 묵수(黙數)하니 우습고 느꺼워라 물에 섞인 물 아니면 꿈속의 꿈이런가 하노라.

 * 내가 젊어서부터 성격이 호탕하고 편안하게 지내며 즐기고 좋아하는 일은 풍류(風流)였으며, 배운 바는 모두 음악이고 가는 곳은 모두 번화한 곳이요 시간이 있으면 또한 세상을 벗어날 생각도 있었다. 매번 아름다운 산수를 만나면 문득 기쁘고 즐거워 돌아가기를 잊었으며, 그런 까닭에 금강산, 설악산, 대동강(大江), 묘향산, 동해와 서해 무릇 나라 안의 명승지는 거의 발길이 닿지 않은 곳이 없었으니 어찌 모두 풍류와 번화한 곳이 아니었겠는가. 서리와 눈과 바람과 비. 바다의 물결과 산짐승, 들의 더위와 산골의 추위가 또한 그 중간에 갖춰졌고, 한 몸이 이미 쇠로 된 창자와 돌로 된 배가 아니니 어찌 오늘날 늙고 병들지 않았겠는가. 내가 금년에 66살인데 비오는 창에 홀로 앉아 홀연 한평생 지나온 흔적에 대해 생각을 일으키니, 새가 울고 꽃이 떨어지고 구름이 날고 물이 텅 빈 것이 아님이 없을 따

름이다. 거울에 흰머리를 비추며 스스로를 위로할 수 없어, 한 잔의 큰 술잔 들이키고 스스로 노래 한 수를 부르면서, 칠원(漆園)이 나비로 변한 것이 참인가 거짓인가를 분별하지 못할 따름이다.

비바람 눈 셜이와
山짐싱 바다물결
들 더위 두메 치위 다 가초1) 격거시며 빗난 의복 멋진 飮食 조흔 벗님 고은 싁2)과 술 노리 거문고를 실토록3) 지닌 後에 이 몸을 헤여ᄒ니4) 百番 불닌5) 쇠 아니면 萬番 시친6) 돌이로라
至今에
닉 나이 七十이라 平生7)을 黙數8)ᄒ니 우숩고 늣거워라9) 물에 셕긴 물 아니면 쑴속에 쑴이런가 ᄒ노라.

---

1) 가초 : 갖춰. 빠짐없이 지녀.

2) 싁 : 남녀 간의 성적 욕망.

3) 실토록 : 싫을 때까지.

4) 헤여ᄒ니 : 헤아리니. 미루어 짐작하거나 가늠하여 살피니.

5) 불닌 : 불린. 불에 달구어 단련한.

6) 시친 : 씻긴. 물에 쓸린.

7) 평생(平生) : 사람이 태어나서 죽을 때까지의 살아 있는 동안.

8) 묵수(黙數) : 운수를 말없이 생각함.

9) 늣거워라 : 느꺼워라. 마음에 북받쳐 참거나 견뎌 내기 어려워라.

⟨금옥 *166, #2173.1⟩

余自靑春,10) 豪放自逸,11) 嗜好12)風流,13) 所學皆詞曲,14) 所處皆
繁華,15) 所交皆富貴, 而有時亦有物外16)之想. 每逢佳山麗水, 輒
怡然17)忘歸,18) 所以金剛雪嶽貝江19)妙香東海西海, 凡在國中20)
之名勝21)者, 殆無迹不到處, 豈否爲風流繁華. 霜雪風雨,22) 海浪
山獸,23) 野暑峽寒,24) 亦備在其中間, 一身旣非鐵腸石肚,25) 安得
不今日老且病也. 余今年六十有六歲, 雨牕26)獨坐, 忽起念27)一生

---

10) 청춘(靑春) : 한창 젊고 건강한 나이 또는 그런 시절을 봄철에 비유
하여 이르는 말.

11) 호방자일(豪放自逸) : 기개가 있고 거리낌이 없으며 스스로 편안함.

12) 기호(嗜好) : 즐기고 좋아하는 일.

13) 풍류(風流) : 풍치가 있고 멋스럽게 노는 일.

14) 사곡(詞曲) : 다양한 종류의 노래를 통틀어 이르는 말.

15) 번화(繁華) : 번성하고 화려함.

16) 물외(物外) : 세상 물정의 바깥.

17) 이연(怡然) : 즐겁고 기쁘게.

18) 망귀(忘歸) : 돌아갈 것을 잊음.

19) 패강(貝江) : 대동강을 달리 이르는 말.

20) 국중(國中) : 나라의 안.

21) 명승(名勝) : 경치가 좋기로 이름이 난 곳.

22) 상설풍우(霜雪風雨) : 눈서리와 비바람.

23) 해랑산수(海浪山獸) : 바닷물결과 산짐승.

24) 야서협한(野暑峽寒) : 들 더위와 산골 추위.

25) 철장석두(鐵腸石肚) : 쇠로 된 창자와 돌로 된 배. 곧 쇠와 돌처럼
단단하여 병치레가 없는 몸을 일컫는다.

過痕,28) 無非鳥啼花落雲飛水空而已. 照鏡29)白髮, 無以自慰,30) 飮一大白,31) 自唱一闋, 漆園化蝶,32) 不辨33)其眞假耳.

---

26) 우창(雨窓) : 비가 내리는 창.

27) 기념(起念) : 생각을 일으킴.

28) 과흔(過痕) : 지나온 흔적. 지나온 자취.

29) 조경(照鏡) : 거울에 비추어 봄.

30) 자위(自慰) : 스스로를 위로함.

31) 대백(大白) : 큰 술잔.

32) 칠원화접(漆園化蝶) : 장자가 꿈에 나비가 됨. '칠원(漆園)'은 장자(莊子)의 별칭으로, 칠원(漆園)의 태수를 지냈으므로 이렇게 부름.

33) 불변(不辨) : 구별하여 가리지 못함.

편삭대엽(編數大葉)

○

장려(壯麗)하다 동국(東國) 별궁(別宮)

노령광(魯靈光) 한경복(漢景福)을

응천상지삼광(應天上之三光)하고 비인간지오복(備人間之五福)이라 좋도다 우리 세자(世子)가 이 집에 친영(親迎)하사 백량우귀(百輛于歸)하오실 제 산하(山河)가 공읍(拱揖)하고 백령(百靈)이 앙덕(仰德)이라 태평(太平)으로 누리실 제 성자(聖子) 신손(神孫)이 계계승승(繼繼承承)하사 중희루흡(重熙累洽)하사 식지만세(式至萬世)하오실 제

우리도

백세(百歲) 노옹(老翁)으로 무궁(無窮)한 즐거움을 듣고 보려 하노라.

* 별궁(別宮)을 새로 지어 하축(賀祝)하다.

壯麗1)헐슨 東國2)別宮3)

魯灵光4) 漢景福5)을

應天上之三光허고 備人間之五福6)이라 美哉라7) 우리

---

1) 장려(壯麗) : 웅장하고 화려함.

2) 동국(東國) : 중국의 동쪽에 있는 나라라는 뜻으로, 우리나라를 이르던 말.

3) 별궁(別宮) : 특별히 따로 지은 궁전. 여기서는 세자를 위한 동궁(東宮)을 가리킴.

4) 노령광(魯靈光) : 중국 노(魯)나라의 영광전(靈光殿).

世子8)] 이 집에 親迎9)허스 百輛于歸10) 허오실 제 山河11)] 拱揖12)허고 百靈13)이 仰德14)이라 太平15)으로 누리실 제 聖子 神孫16)이 繼繼承承17)허스 重熙累洽18)허스 式至萬世19) 허오실 제

---

5) 한경복(漢景福) : 중국 한(漢)나라의 미앙궁 터에 지은 경복전(景福殿).

6) 응천상지삼광(應天上之三光) 비인간지오복(備人間之五福) : 하늘의 세 가지 빛에 응하여, 인간 세계의 오복을 갖춤. 대체로 건물을 지으면서 상량식을 할 때 대들보에 즐겨 쓰는 문구.

7) 미재(美哉)라 : 아름다워라. 상대에 대한 긍정적인 감정을 표출하는 표현으로, 현대역에서는 글자 수를 맞추기 위해 '좋도다'라고 번역했음.

8) 세자(世子) : 왕위를 이을 왕자.

9) 친영(親迎) : 친히 나아가 맞음.

10) 백량우귀(百輛于歸) : 혼인한 신부가 수레 백 대를 이끌고 처음으로 시집에 들어감.

11) 산하(山河) : 산과 내라는 뜻으로, 모든 자연을 통틀어 이르는 말.

12) 공읍(拱揖) : 두 손을 마주 잡고 인사함.

13) 백령(百靈) : 모든 신령.

14) 앙덕(仰德) : 덕을 우러러봄.

15) 태평(太平) : 세상이 안정되어 걱정 없고 평안한 상태.

16) 성자신손(聖子神孫) : 성스럽고 신이 보호하는 자손.

17) 계계승승(繼繼承承) : 대대손손이 대를 이어 감.

18) 중희루흡(重熙累洽) : 광명이 거듭되어 은택이 두루 미침.

19) 식지만세(式至萬世) : 격식이 만대까지 이어짐.

우리도

百歲 老翁20)으로 無窮21)헌 즐거오믈 듯고 보려 허노라.

〈금옥 *167, #4179.1〉

別宮新建22)賀祝.23)

---

20) 노옹(老翁) : 늙은 남자. 늙은이.

21) 무궁(無窮) : 끝이 없음.

22) 신건(新建) : 새로 지음.

23) 하축(賀祝) : 남의 좋은 일에 기쁘고 즐거운 마음으로 인사함.

●

내 일찍 꿈을 얻어

문무주공(文武周公)을 뵈온 후(後)에

전신(前身)이 황혜(況兮) 길인(吉人)이런가 심독희이자부(心獨喜而自負)러니

과연적(果然的)

아소당(我笑堂) 위 봄바람에 당세(當世) 영걸(英傑)을 모시었다

　* 내가 신축년(辛丑年:1841) 겨울에 꿈에서 문왕(文王)과 무왕(武王)과 주공(周公)을 사사로운 방에서 곁에서 모셨는데, 마음으로 홀로 기뻐하며 자부하였다. 정묘년(丁卯年:1867) 이후부터 석파대로(石坡大老)를 길게 모시고 있으니, 이것이 어찌 꿈의 조짐이 신령하게 응한 것이 아니겠는가.

늬 일즉 쑴을 어더
文武周公1)을 뵈온 後에
前身2)이 況兮吉人3)이런가 心獨喜而自負4) ㅣ 러니

---

1) 문무주공(文武周公) : 중국의 역사에서 훌륭한 왕으로 평가되었던 주(周)나라 문왕(文王)과 무왕(武王), 그리고 형인 무왕을 도와 정치를 펼쳤던 주공(周公)을 아울러 가리킴.

2) 전신(前身) : 전생의 몸.

3) 황혜 길인(況兮吉人) : 황홀하도다, 좋은 사람인가. '길인(吉人)'은 복되고 운 좋은 사람을 일컬음.

4) 심독희이자부(心獨喜而自負) : 마음으로 홀로 기뻐하며 자부함. '자부

果然的5)

我笑堂6)上 봄ᄇᆞ롬에 當世7) 英傑8)을 뫼셧거다.

〈금옥 *168, #0975.1〉

余於辛丑冬, 夢陪9)文武周公於私室,10) 而心獨喜而自負. 自丁卯以後, 長侍11)石坡大老,12) 是豈非夢兆13)之靈應14)歟.

(自負)'는 자기의 가치나 능력을 믿고 마음을 당당하게 가진다는 뜻.

5) 과연적(果然的) : 결과적으로 그러하게.

6) 아소당(我笑堂) : 흥선대원군의 공덕리 별장에 있던 건물.

7) 당세(當世) : 그 시대나 당시의 세상.

8) 영걸(英傑) : 영웅과 호걸을 아울러 이르는 말.

9) 몽배(夢陪) : 꿈에서 모심.

10) 사실(私室) : 개인의 방. 여기서는 조정에서 신하의 신분이 아닌, 개인적으로 모셨음을 의미함.

11) 장시(長侍) : 오랫동안 모심.

12) 석파대로(石坡大老) : 흥선대원군 이하응.

13) 몽조(夢兆) : 꿈에 나타난 길흉의 징조. 흥선대원군을 주나라 문왕과 무왕 그리고 주공에 견줄 수 있다는 의미.

14) 영응(靈應) : 신령스럽게 응함.

●

대왕대비(大王大妃) 전하(殿下) 성수(聖壽) 칠순(七旬)

정축(丁丑) 십이월(十二月) 초육일(初六日)에

산하(山河)가 공읍(拱揖)할 제 만상(萬祥)이 함집(咸集)하고 신민(臣民)이 하축(賀祝)할 제 백령(百靈)이 앙덕(仰德)이로다

성덕(聖德)이

천문(天門)에 사무치거든 옥황(玉皇) 향안(香案) 전(前)으로 훗(後) 팔십(八十)을 내리시다.

* 정축년(丁丑年:1877) 12월 초6일 생일에 하축시를 짓다.

大王大妃[1] 殿下[2] 聖壽[3] 七旬[4]

丁丑 十二月 初六日에

山河[5] ㅣ 拱揖[6]헐 제 萬祥이 咸集[7]허고 臣民이 賀祝[8])

---

1) 대왕대비(大王大妃) : 왕의 할머니이며, 아직 살아 있는 2대 이전 왕의 비를 이르던 말

2) 전하(殿下) : 왕족을 높여 부르던 호칭.

3) 성수(聖壽) : 왕이나 왕족의 나이를 높여 이르는 말.

4) 칠순(七旬) : 70살. 십 년씩 일곱 번을 지낸 해.

5) 산하(山河) : 산과 큰 내라는 뜻으로, 모든 자연을 통틀어 이르는 말.

6) 공읍(拱揖) : 두 손을 마주 잡고 인사함.

7) 만상함집(萬祥咸集) : 만 가지 상서로운 일이 모두 모임.

8) 신민하축(臣民賀祝) : 신하와 백성들이 축하를 드림.

헐 제 百靈이 仰德9)이로라

聖德10)이

天門11)에 ᄉᆞ못ᄎᆞᄉᆞ든12) 玉皇13)香案14)前으로 後八十15)을 나리시다.

〈금옥 *169, #1294.1〉

丁丑十二月初六日, 誕日16)賀祝.17)

---

9) 백령앙덕(百靈仰德) : 온갖 신령이 덕을 우러름.

10) 성덕(聖德) : 성스러운 덕.

11) 천문(天門) : 하늘로 들어가는 데 있다는 문.

12) ᄉᆞ못ᄎᆞᄉᆞ든 : 사무치거든. 강하게 느껴지거든.

13) 옥황(玉皇) : 옥황상제. 개개인의 행위에 선행이 많으면 이듬해에 행운을 주고, 악행이 많으면 벌을 내리는 존재.

14) 향안(香案) : 향로를 올려놓는 상.

15) 훗 팔십(後八十) : 이후의 80년을 더 사는 것.

16) 탄일(誕日) : 태어난 날. 생일.

17) 하축(賀祝) : 남의 좋은 일에 기쁘고 즐거운 마음으로 인사함.

🌑

　　인이수(仁而壽) 덕이복(德而福)을

　　그 정령(丁寧) 믿을 것이

　　석파대로(石坡大老) 관인(寬仁)이며 부대부인(府大夫人) 홍복(洪福)으로 자계자(子繼子) 손계손(孫繼孫)하니 자손(子孫)이 계계(繼繼)하고 수첨수(壽添壽) 복첨복(福添福)하니 수복(壽福)이 첨첨(添添)이로다

　　하물며

　　우석상서(又石尙書) 심인후덕(深仁厚德)과 양지성효(養志誠孝)를 더욱 하례(賀禮)하노라.

　　* 부대부인 회갑연의 하축시 제3수.[1]

　　仁而壽 德而福[2]을

　　그 丁寧[3] 미들 거시

　　石坡大老[4] 寬仁[5]이며 府大夫人[6] 洪福[7]으로 子繼子 孫

---

1) 부대부인 회갑 하축시 3수 중 제3수.

2) 인이수 덕이복(仁而壽德而福) : 어질고 장수하며, 덕과 복이 있음.

3) 정령(丁寧) : 거짓이 없이 진실하게.

4) 석파대로(石坡大老) : 흥선대원군 이하응.

5) 관인(寬仁) : 너그럽고 어짊.

6) 부대부인(府大夫人) : 왕의 부친인 대원군의 아내에게 주던 작호.

7) 홍복(洪福) : 매우 큰 복.

繼孫8)허니 子孫이 繼繼허고 壽添壽 福添福9)허니 壽福10)이 添添이로다

　허믈며

　又石尙書11) 深仁厚德12)과 養志誠孝13)를 더욱 賀禮14)허노라.

〈금옥 *170, #3961.1〉

府大夫人甲宴,15) 賀祝16)第三.

---

8) 자계자 손계손(子繼子孫繼孫) : 아들에서 아들로 이어지고, 손자에서 손자에게 이어짐.

9) 수첨수 복첨복(壽添壽福添福) : 장수에 장수가 더해지고, 복에 복이 더해짐.

10) 수복(壽福) : 장수와 복을 아울러 이르는 말.

11) 우석상서(又石尙書) : 흥선대원군 이하응의 아들 이재면.

12) 심인후덕(深仁厚德) : 인자함이 깊고 덕이 두터움.

13) 양지성효(養志誠孝) : 부모를 즐겁게 해드리고 진심으로 효도함.

14) 하례(賀禮) : 축하하여 예를 차림.

15) 갑연(甲宴) : 회갑연. 만 60세의 생일에 여는 잔치.

16) 하축(賀祝) : 남의 좋은 일에 기쁘고 즐거운 마음으로 인사함.

◉

　　무인(戊寅) 이월(二月) 초삼일(初三日)에

　　상연서애(祥烟瑞靄) 요운궁(繞雲宮)을

　　이로당(二老堂) 높은 누(樓)에 금병수연(金屛繡筵)으로
하천추(賀千秋)를 하오실 제

　　옥반(玉盤)에

　　영지반도(靈芝蟠桃)는 우석공(又石公)이 드리더라.

　　* 부대부인 회갑연의 하축시 제2수.[1]

　　戊寅[2] 二月 初三日에

　　祥烟瑞靄 繞雲宮[3]을

　　二老堂[4] 놉흔 樓에 金屛繡筵[5]으로 賀千秋[6]를 허오실
제

　　玉盤[7]에

　　靈芝蟠桃[8]는 又石公[9]이 드리더라.

---

1) 부대부인 회갑 하축시 3수 중 제2수.

2) 무인(戊寅) : 1878년.

3) 상연서애요운궁(祥烟瑞靄繞雲宮) : 상서로운 안개와 기운이 운현궁 주위를 감쌈.

4) 이로당(二老堂) : 흥선대원군의 저택인 운현궁에 있는 건물.

5) 금병수연(金屛繡筵) : 금으로 장식한 병풍과 수놓은 대나무 방석.

6) 하천추(賀千秋) : 천년의 장수를 축하함.

7) 옥반(玉盤) : 옥으로 만든 쟁반.

〈금옥 *171, #1699.1〉

府大夫人甲宴,10) 賀祝11)第二.

---

8) 영지반도(靈芝蟠桃) : 장수를 기원하는 물건으로 영지버섯과 반도 복숭아.

9) 우석공(又石公) : 흥선대원군의 아들인 이재면.

10) 갑연(甲宴) : 회갑연. 만 60세의 생일에 여는 잔치.

11) 하축(賀祝) : 남의 좋은 일에 기쁘고 즐거운 마음으로 인사함.

불학(不學)이 무문(無聞)이면

정장면이립(正墻面而立)이어니

성학(聖學)을 많이 배워 온고지신(溫古知新)하오리라

그러매

(이후 결락)

不學1)이 無聞2)이면

正墻面而立3)이어니

聖學4)을 만이 비와 溫古知新5) 허오리라

그러미

(이후 缺落)

〈금옥 *172, #2158.1〉

---

1) 불학(不學) : 배우지 못한 사람.

2) 무문(無聞) : 듣는 것이 없음.

3) 정장면이립(正墻面而立) : 똑바로 담에 얼굴을 마주하고 서 있음.

4) 성학(聖學) : 성인이 가르친 학문.

5) 온고지신(溫古知新) : 옛것을 익히고 그것을 통하여 새것을 앎.

●

운거(雲車)를 머무르고

방초안(芳草岸)에 기어올라

휘파람 한 마디로 흉해(胸海)를 넓힌 후(後)에 다시금 청류변(淸流邊)에 시(詩)를 읊고 잔(盞) 날릴 제 붉은 꽃 푸른 잎은 산형(山形)을 그림하고 닫는 미록(麋鹿) 나는 새는 춘흥(春興)을 자양(藉良)한다 요량(嘹亮)한 가는 노래 향풍(香風)에 묻어가고 낭자(浪藉)한 풍악(風樂) 소리 행운(行雲)에 섞여 난다

이윽고

석경은은(石逕隱隱) 비낀 길로 치의(緇衣) 백랍(白衲)이 차례(次例)로 들어오며 합장배례(合掌拜禮)하더라.

* 병자년(丙子年:1876) 봄에 우석상서(又石尙書)께서 양주의 덕사(德寺)에서 꽃놀이하셨다.

雲車1)를 머므르고

芳草岸2)에 긔여올나

긴프롬3) 흔 마듸로 胸海4)를 널닌5) 後에 다시금 淸流

---

1) 운거(雲車) : 대(臺)가 높이 있는 수레.

2) 방초안(芳草岸) : 향기로운 풀이 핀 언덕.

3) 긴프롬 : 긴파람. 길게 부는 휘파람.

4) 흉해(胸海) : 바다처럼 넓은 가슴.

邊6)에 詩를 읊고 盞 날릴 졔 불근 곳 푸른 닙흔 山形7)을 그림허고8) 닷는9) 麋鹿10) 나는 시는 春興11)을 藉良12)헌다 嘹亮13)헌 가는 노리 香風14)에 무더가고 浪藉15)헌 風樂16) 쇼리 行雲17)에 셧겨 난다

　俄已18)오

　石逕19)隱隱 비긴 길노 緇衣白衲20)이 次例로 느러 오며 合掌拜禮21) 허더라.

---

5) 널닌 : 넓힌.

6) 청류변(淸流邊) : 맑게 흐르는 강가.

7) 산형(山形) : 산의 생김새.

8) 그림허고 : 그림 같고.

9) 닷는 : 닫는. 빨리 뛰어서 가는.

10) 미록(麋鹿) : 고라니와 사슴.

11) 춘흥(春興) : 봄철에 절로 일어나는 흥.

12) 자양(藉良) : 도와서 좋음.

13) 요량(嘹亮) : 낭랑하고 맑음.

14) 향풍(香風) : 향기로운 바람.

15) 낭자(浪藉) : 왁자지껄하고 시끄러움.

16) 풍악(風樂) : 악기 반주에 맞춘 음악.

17) 행운(行雲) : 지나가는 구름.

18) 아이(俄已) : 이윽고. 조금 후에.

19) 석경(石逕) : 돌이 많은 좁은 길.

20) 치의백납(緇衣白衲) : 검은 물을 들인 옷과 흰 가사로, 곧 승려들이 입는 옷을 일컬음.

〈금옥 *173, #3610.1〉

丙子春, 又石尙書,22) 花遊於楊州德寺.23)

---

21) 합장배례(合掌拜禮) : 두 손바닥을 마주 대고 절함.

22) 우석상서(又石尙書) : 흥선대원군의 아들 이재면.

23) 양주 덕사(楊州德寺) : 남양주의 흥국사(興國寺)의 이전 이름인 흥덕사(興德寺)를 지칭함.

언편(言編)

갑술(甲戌) 이월(二月) 초파일(初八日)은

세자저하(世子邸下) 탄일(誕日)이요

백룡(白龍) 사월(四月) 초파일(初八日)은 세자저하(世子邸下) 보령(宝齡) 팔세(八歲) 삼팔(三八)이 상합(相合)하여 장안(長安) 이십사교월(二十四橋月)이 두렷이 밝았는데 만호(萬戶)에 등(燈)을 달고 억조(億兆)가 난구(攔衢)하며 가무행휴(歌舞行休)하여 산호만세(山呼萬歲)하실 적에 월명(月明) 등명(燈明) 천지명(天地明)이라

우리는

성세(聖世) 토맹(土氓)이니 격양고복(擊壤鼓腹)하며 감격군은(感激君恩)하노라.

* 세자저하(世子邸下) 생일 하축시.

甲戌1) 二月 初八日은

世子2)邸下3) 誕日4)이요

白龍5) 四月 初八日은 世子邸下 宝齡6) 八歲 三八이 相

---

1) 갑술(甲戌) : 1874년.

2) 세자(世子) : 왕위를 이을 왕자.

3) 저하(邸下) : '왕세자'를 높여 부르던 호칭.

4) 탄일(誕日) : 태어난 날. 생일.

5) 백룡(白龍) : 오행으로 간지를 표현할 때 백(白)은 경(庚)과 신(申)을

合7)허여 長安8) 二十四橋月9)이 두려시10) 발갓는데 萬戶11)에 燈을 달고 億兆ㅣ 攔衢12)허며 歌舞行休13)허여 山呼万歲14) 허올 적에 月明 燈明 天地明15)이라

 우리는

 聖世16) 土氓17)인져 擊壤鼓腹18)허며 感激君恩19) 허노라.

지칭하고, 용(龍)은 진(辰)을 뜻하므로 경진년(庚辰年:1880)을 가리킴.

6) 보령(寶齡) : 왕족의 나이를 높여 이르는 말.

7) 삼팔상합(三八相合) : '삼팔(三八)'은 인묘(寅卯)일을 지칭하며, 태자의 생일이 이에 해당하여 좋은 날이라는 의미.

8) 장안(長安) : 수도 또는 번화한 도시.

9) 이십사교월(二十四橋月) : 서울의 24개의 다리에 비치는 달.

10) 두려시 : 두렷하게, 곧 흐리지 않고 분명하게.

11) 만호(萬戶) : 아주 많은 집.

12) 억조난구(億兆攔衢) : 셀 수 없이 많은 사람으로 거리가 꽉 참.

13) 가무행휴(歌舞行休) : 노래와 춤이 끝나감.

14) 산호만세(山呼萬歲) : 만세를 부르며 만수무강을 기원함. 중국 한(漢)나라의 무제가 산 위에서 제사를 지낼 때 백성이 만세를 삼창한 데에서 비롯된 것으로, 임금의 만수무강을 비는 뜻으로 부르는 만세.

15) 월명등명천지명(月明燈明天地明) : 달이 밝고 등도 밝아서 천지가 밝음.

16) 성세(聖世) : 태평한 시대.

17) 토맹(土氓) : 백성. 땅 위에 붙어사는 사람이라는 뜻.

18) 격양고복(擊壤鼓腹) : 지팡이로 땅을 두드리고, 손으로 배를 두드림. 곧 태평한 시대를 일컫는 표현.

〈금옥 *174, #0113.1〉

世子邸下, 誕日賀祝.20)

---

19) 감격군은(感激君恩) : 임금의 은혜에 감격함.

20) 하축(賀祝) : 남의 좋은 일에 기쁘고 즐거운 마음으로 인사함.

국태공지궁만고영걸(國太公之亘萬古英傑)

이제 뵙고 의논(議論)컨대

정신(精神)은 추수(秋水)거늘 기상(氣像)은 산악(山岳)이라 만기(萬機)를 궁섭(躬攝)하니 사방(四方)에 풍동(風動)이라 예악법도(禮樂法度)와 의관문물(衣冠文物)이며 정모절기(旌旄節旗)와 검극도창(劒戟刀鎗)을 찬연(燦然) 경장(更張)하단 말인가

그 밖에

금석정이(金石鼎彛)와 서화음률(書畵音律)에는 어찌 그리 밝으신가.

* 비록 옛날의 영웅호걸들이 다시 태어난다고 해도, 많이 양보하는 것을 수긍하지 않을 것이다.

國太公之亘萬古英傑[1]

이제 뵈와 議論[2]컨디

精神은 秋水[3]여늘 氣像은 山岳[4]이라 萬機를 躬攝[5]허

---

1) 국태공지궁만고영걸(國太公之亘萬古英傑) : 국태공이 만고의 영웅호걸들과 나란히 함. 곧 국태공이라고 칭하던 흥선대원군 이하응이 만고의 영웅들에 비견할 수 있다는 의미.

2) 의논(議論) : 어떤 문제에 대하여 서로 의견을 주고받음.

3) 정신추수(精神秋水) : 정신은 가을철의 맑은 물과 같음. 사람의 정신이 맑고 깨끗함을 비유적으로 이르는 말.

니 四方에 風動6)이라 禮樂法度7)와 衣冠文物8)이며 旌旄節
旗9)와 劍戟刀鎗10)을 燦然11)更張12)허시단 말가
  그 밧게
  金石鼎彛13)와 書畵音律14)에란 엇지 그리 발근신고.
〈금옥 *175, #0432.1〉

雖使古之英傑復生,15) 未肯多讓.

---

4) 기상산악(氣像山岳) : 타고난 기질은 산악과 같음. 기질이 산처럼 우뚝하게 솟아난 듯 위대하다는 의미.

5) 만기궁섭(萬機躬攝) : 모든 정사를 몸소 다스려 처리함.

6) 사방풍동(四方風動) : 사방에 바람이 일어나듯 풍속이 변화함.

7) 예악법도(禮樂法度) : 예법, 음악, 법률, 제도를 아울러 이르는 말.

8) 의관문물(衣冠文物) : 옷과 갓 그리고 문화의 산물이라는 뜻으로, 한 나라의 문화와 문물을 아울러 이르는 말.

9) 정모절기(旌旄節旗) : 다양한 모양과 기능을 지닌 기를 아울러 이르는 말.

10) 검극도창(劍戟刀鎗) : 칼과 창 등 각종 무기를 아울러 이르는 말.

11) 찬연(燦然) : 눈부시게 밝음.

12) 경장(更張) : 묵은 제도 따위를 고쳐 새롭게 함.

13) 금석정이(金石鼎彛) : 쇠와 돌 그리고 제사에 사용하는 솥에 새겨진 글자를 탐구함. 이러한 학문을 금석학(金石學)이라고 함.

14) 서화음률(書畵音律) : 붓글씨와 그림, 음악을 아울러 이르는 말.

15) 부생(復生) : 죽었다가 다시 살아남.

석파대로(石坡大老) 조화란(造化蘭)과

추사필(秋史筆) 자하시(紫霞詩)는

시서화(詩書畵) 삼절(三絶)이요 소산죽(蘇山竹) 석련매(石蓮梅)는 매여죽(梅與竹) 양절(兩絶)이라

그중에

본(本)받기 어려움은 석파란(石坡蘭)인가 하노라.

* 오절(五絶) 가운데 본받기 어려운 것은 오직 석파란(石坡蘭)이다.[1]

石坡大老[2] 造化蘭[3]과

秋史筆[4] 紫霞詩[5]는

詩書畵 三絶[6]이요 蘇山竹[7] 石蓮梅[8]는 梅與竹 兩絶[9]이라

---

1) 〈난초사〉 3수 중 제3수.

2) 석파대로(石坡大老) : 흥선대원군 이하응.

3) 조화란(造化蘭) : 이치를 알 수 없을 정도로 신통한 난 그림.

4) 추사필(秋史筆) : 추사 김정희(金正喜)의 글씨.

5) 자하시(紫霞詩) : 조선 후기의 문인인 자하 신위(申緯)의 한시.

6) 시서화 삼절(詩書畵三絶) : 시, 붓글씨, 그림에 각각 뛰어난 세 사람.

7) 소산죽(蘇山竹) : 소산 송상래(宋祥來)의 묵죽(墨竹).

8) 석련매(石蓮梅) : 석련 이공우(李公愚)의 매화 그림.

9) 매여죽 양절(梅與竹兩絶) : 매화와 난 그림에 뛰어난 두 사람.

其中에
本밧기 어려올슨 石坡蘭10)인가 허노라.

〈금옥 *176, #2568.1〉

五絶11)之中難摹12)者, 獨石破蘭.

---

10) 석파란(石坡蘭) : 석파 이하응의 난 그림.

11) 오절(五絶) : 다섯 사람의 뛰어난 인물.

12) 난모(難摹) : 모방하기 어려움. 베끼기 어려움.

어리석다 안주옹(安周翁)이

어찌 그리 못 든고

공명(功名)에 매었던가 부귀(富貴)에 얽혔던가 공명은 본비원(本非願)이요 부귀는 초불친(初不親)인데 무엇에 거리껴 못 가고서 육십년 풍진(風塵) 속에 빈발(鬢髮)만 희게 하고 방백붕어천말(放白鵬於天抹)이란 도정절(陶靖節)의 귀거래(歸去來)요 추풍홀억송강로(秋風忽憶松江鱸)는 장사군(張使君)의 귀사(歸思)로다 오늘이야 깨쳤으니 묻지 말고 가리로다 일엽편주(一葉扁舟) 흘리 저어 마음대로 떠갈 적에 신겸처자도삼구(身兼妻子都三口)요 학여금서공일선(鶴與琴書共一船)을 풍표표이취의(風飄飄而吹衣)하고 주요요이경양(舟搖搖而輕颺)이라 뱃머리에 비낀 백구(白鷗) 가는 길을 인도(引導)하고 열타(捩柁) 뒤에 부는 바람 돛을 밀어 빨리 갈 제 호호탕탕(浩浩蕩蕩)하여 흉금(胷襟)이 쇄락(灑落)하다 오호(五湖)에 범려주(范蠡舟)인들 시원하기 이만하랴 살같이 닫는 배가 순식(瞬息)이 다 못하여 한 곳을 다다르니 도화원리인가(桃花源裏人家)거늘 행수단변어부(杏樹壇邊漁夫)로다 배에 내려 들어갈 제 때 거의 석양(夕陽)이라 사면(四面)을 살펴보니 경개(景槪)도 기이(奇異)하다 산불고이수아(山不高而秀雅)하고 수불심이징청(水不深而澄淸)이라 만종도수(萬種桃樹) 두른 곳에 삼삼오오(三三五五) 숨은 집이 대수풀을 의지하여 저녁 연기(烟氣) 일으키고 홍홍백백(紅紅白白) 빛난 꽃은 늦은 안개 무릅쓰고 고운 태도 자랑한다 유수(流水)에 떴는 도화(桃花) 그물 밖에 나지 마라 홍진(紅塵)에 물든 사람 무릉(武陵) 알까 두렵노라 시내를 인연(因緣)하여 점점 깊이 들어갈 제 한 편을 바라보니 백운(白雲)이 어린 곳에 죽호(竹戶) 형비(荊扉) 두세 집이 은근(隱勤)히 보이는데 문전(門前) 오류(五柳) 드리웠고 석상(石上) 삼지(三芝) 빼어났다 문득 가까이 다가가니 시비(柴扉)를 굳이 닫았으니 문수설이상관(門雖設而尙關)이라 지취(志趣)도 깊으시고 다만 보이고 들리는 바는 만화심처송천척(萬花深處松千尺)이요 중조제시학일성(衆鳥啼時鶴一聲)이 반공(半空)에 요량(嘹亮)하니 이 과연(果然) 내 집이로다

이제야

이별(離別) 없을 임(任)과 함께 남은 세상 몇몇 해를 근심 없이 즐기다가 우화등선(羽化登仙)하오리라.

* 통쾌하다, 나는 이제 떠난다.

어리석다 安周翁[1]이
엇지 그리 못 든고
功名에 미엿던가 富貴에 얼켜든가 功名은 本非願[2]이요

---

1) 안주옹(安周翁) : 안민영. 주옹(周翁)은 안민영의 호.

富貴는 初不親3)인데 무어세 걸잇겨4) 못 가고셔 六十年 風塵5) 속에 鬢髮6)만 희계 한고 放白鷴於天抹7)이란 陶淸節8)의 歸去來9)요 秋風忽憶松江鱸10)는 張使君11)의 歸思12)로다 오날이야 씨처스니 뭇지 말고 가리로다 一葉扁舟13) 흘니 저어 마음듸로 써 갈 적의 身兼妻子都三口14)요 鶴與琴

---

2) 공명본비원(功名本非願) : 공을 세워 이름을 떨치는 것을 본래 원하지 않았음.

3) 부귀초불친(富貴初不親) : 부유하고 귀하게 되는 것을 처음부터 가까이하지 않았음.

4) 걸잇겨 : 거리껴. 꺼림칙하거나 어색하게 생각되어 걸리어.

5) 풍진(風塵) : 세상의 어지러운 일을 비유적으로 이르는 말.

6) 빈발(鬢髮) : 귀밑머리와 머리털.

7) 방백한어천말(放白鷴於天抹) : 하늘가에 백한(白鷴)을 풀어놓음. '백한(白鷴)'은 꿩과의 새로, 귀하게 여겨 애완용으로 키웠다고 함.

8) 도청절(陶淸節) : '도정절(陶靖節)'의 오기인 듯. '도정절(陶靖節)'은 중국 진(晉)나라의 시인인 도잠(陶潛)이며, '정절(靖節)'은 그의 시호(諡號).

9) 귀거래(歸去來) : 관직을 그만두고 시골로 돌아감.

10) 추풍홀억송강로(秋風忽憶松江鱸) : 가을바람에 갑자기 고향인 송강의 농어가 생각남.

11) 장사군(張使君) : 중국 진(晉)나라 사람인 장한(張翰).

12) 귀사(歸思) : 고향으로 돌아가고 싶은 생각.

13) 일엽편주(一葉扁舟) : 조그마한 한 척의 배.

14) 신겸처자도삼구(身兼妻子都三口) : 자기 몸과 처와 자식을 모두 합하여 세 식구.

書共一船15)을 風飄飄而吹衣하고 舟搖搖而輕颺16)이라 빗 머리의 빗긴 白鷗17) 가는 길을 引導18)하고 捩柁19) 뒤에 부는 바람 돗20)츨 미러 쌜니 갈 졔 浩浩蕩蕩21)하야 胷襟이 灑落22)하다 五湖에 范蠡舟23)_ㄴ들 시원하기 이만하랴 살가치 닷는 비가 瞬息24)이 다 못ᄒᆞ야 한 곳즐 다드르니 桃花源裏人家25)여늘 杏樹壇邊漁夫26)ㅣ로다 비여 ᄂᆞ려 드러갈 졔

---

15) 학여금서공일선(鶴與琴書共一船) : 학과 거문고와 책을 한 척의 배에 실음.

16) 풍표표이취의(風飄飄而吹衣) 주요요이경양(舟搖搖而輕颺) : 바람은 살랑살랑 옷깃을 스치고, 배는 흔들흔들 경쾌하게 나아감. 도잠의 〈귀거래사(歸去來辭)〉에 나오는 구절.

17) 백구(白鷗) : 갈매기.

18) 인도(引導) : 안내하여 이끌어 줌.

19) 열타(捩拖) : 배의 방향키를 돌린다는 뜻인 '열타(捩柁)'의 오기인 듯.

20) 돗 : 돛. 바람을 받아 배를 가게 하기 위해, 뱃바닥에 세운 기둥에 매어 펴 올리고 내리도록 만든 넓은 천.

21) 호호탕탕(浩浩蕩蕩) : 끝없이 넓고 넓음.

22) 흉금쇄락(胷襟灑落) : 앞가슴의 옷깃 근처가 상쾌하고 시원함.

23) 오호 범려주(五湖范蠡舟) : 오호로 떠난 범려의 배. '범려(范蠡)'는 중국 춘추시대의 인물로, 월(越)나라와 구천을 도와 패업을 이루고, 미인 서시(西施)와 함께 오호에서 배를 타고 떠났다고 함.

24) 순식(瞬息) : 눈을 한 번 깜박하거나 숨을 한 번 쉴 동안의 짧은 시간.

25) 도화원리인가(桃花源裏人家) : 도화원 속의 사람이 사는 집. '도화원(桃花源)'은 도잠의 〈도화원기〉에 나오는 이상향을 일컬음.

쩌 거의 夕陽이라 四面27)을 살펴보니 景槩28)도 奇異29)하다 山不高而秀雅30)하고 水不深而澄淸31)이라 萬種桃樹32) 두룬 곳에 三三五五33) 수문 집이 뒷수풀34)을 의지하야 전역 烟氣35) 이르혀고 紅紅白白 빗난 곳츤 느즌 안기 무릅쓰고 고은 틔도 자라한다 流水의 써난 桃花 그물 밧게 나지 마라 紅塵36)의 무든 사람 武陵37) 알가 두리노라 시닉을 因緣38)하야 졈졈 깁히 드러갈 제 한 편을 발라보니 白雲39)이

---

26) 행수단변어부(杏樹壇邊漁夫): 살구나무가 있는 축대 가의 어부들. 이상 두 구절은 중국 당(唐)나라의 시인 왕유(王維)의 한시〈전원락(田園樂)〉에서 취했음.

27) 사면(四面): 전후좌우의 모든 둘레.

28) 경개(景槩): 자연의 모습.

29) 기이(奇異): 유별나고 이상함.

30) 산불고이수아(山不高而秀雅): 산은 높지 않으나 수려하고 우아함.

31) 수불심이징청(水不深而澄淸): 물은 깊지 않되 맑고 깨끗함.

32) 만종도수(萬種桃樹): 온갖 종류의 복숭아나무.

33) 삼삼오오(三三五五): 몇 집씩 떼를 지어 여기저기 흩어져 있음.

34) 뒷수풀: 대나무 수풀. 대나무가 한데 엉키어 울창하게 자라는 곳.

35) 전역 연기(烟氣): 저녁밥을 짓느라고 여러 집에서 나는 연기.

36) 홍진(紅塵): 번거롭고 어지러운 속된 세상을 비유적으로 이르는 말.

37) 무릉(武陵): 무릉도원으로, 곧 이상향.

38) 인연(因緣): 결과를 만드는 직접적인 원인인 인(因)과 간접적인 원인인 연(緣)을 아울러 이르는 말.

39) 백운(白雲): 하얀 구름.

어린 곳에 竹戶 荊扉40) 두세 집이 隱勤41)이 보이난듸 門前 五柳42) 드리엿고 石上 三芝43) 셴여낫다 문득 갓가이 다다라는 柴扉44)를 굿이 다다스니 門雖設而尙關45)이라 志趣46)도 깁푸시고 다만 보이고 들니난 바는 萬花深處松千尺47)이요 衆鳥啼時鶴一聲48)이 半空49)에 嚠亮50)하니 이 果然 늬 집이로다

　　이제야

　　離別 업슬 任과 함긔 남은 세上 몃몃 히를 근심 업시 즐기다가 羽化登仙51) 하오리라.

---

40) 형비(荊扉) : 가시나무를 엮어 만든 사립문.

41) 은근(隱勤) : 깊고 그윽함.

42) 문전오류(門前五柳) : 문 앞의 버드나무 다섯 그루. 곧 오류선생(五柳先生)으로 칭하던 도잠에 비견한 표현.

43) 석상삼지(石上三芝) : 돌 위에 핀 지초(芝草) 세 포기.

44) 시비(柴扉) : 사립문. 잡목의 가지를 엮어서 만든 문.

45) 문수설이상관(門雖設而尙關) : 문은 비록 달았지만 늘 닫아 둠.

46) 지취(志趣) : 품은 뜻과 취향.

47) 만화심처송천척(萬花深處松千尺) : 온갖 꽃이 핀 깊은 곳에 천척(千尺) 높이의 소나무가 있음.

48) 중조제시학일성(衆鳥啼時鶴一聲) : 뭇 새들이 지저귈 때 학이 한 번 소리를 냄.

49) 반공(半空) : 그리 높지 않은 공중.

50) 요량(嚠亮) : 낭랑하고 맑음.

51) 우화등선(羽化登仙) : 사람이 날개가 돋아서 하늘로 올라가 신선이

〈금옥 *177, #3154.1〉

快哉, 我今去矣.

된다는 말.

홍진(紅塵)을 이미 하직(下直)하고

도원(桃源)을 찾아 누웠으니

육십년(六十年) 세외풍랑(世外風浪) 꿈이런 듯 가소(可笑)롭다 이 몸이 한가(閑暇)하여 산수(山水)에 오유(遨遊)할 제 일소주(一小舟)의 불시고로(不施篙艪)하고 풍범(風帆) 낭즙(浪楫)으로 임기소지(任其所之)하올 적에 수애(水涯)에 시어(視魚)하며 사제(沙際)에 구맹(鷗盟)하여 비자(飛者) 주자(走者)와 부자(浮者) 약자(躍者)로 형용(形容)이 익었으니 의구(疑懼)한 바 있을 건가 행단(杏壇)에 배를 매고 조대(釣臺)에 기어올라 곧은 낚시 드리우고 석두(石頭)에 졸다가 어부(漁夫)의 낚은 고기 유지(柳枝)에 꿰어 들고 흥(興)치며 돌아올 제 원옹야수(園翁野叟)와 초동목수(樵童牧竪)를 계변(溪邊)에 해후(邂逅)하여 문상마(問桑麻) 설갱도(說秔稻)할 제 행화촌(杏花村) 바라보니 소교변(小橋邊) 쓴 술집이 청렴주(靑帘酒) 날리거늘 완보(緩步)로 들어가서 꽃으로 주(籌) 놓으며 명정(酩酊)히 취(醉)한 후에 동고(東皐)에 기어올라 휘파람 한 마디를 마음대로 길게 불고 다시금 모여 내려 임청유이부시(臨淸流而賦詩)하고 무고송이반환(撫孤松而盤桓)타가 황정(黃精)을 캐어 들고 집으로 돌아올 제 방경(芳逕)에 나는 꽃은 의건(衣巾)을 침노하고 벽수(碧樹)에 우는 새는 유수성(流水聲)을 화답한다

문 앞에 달아 놓은 막대를 의지하여 사면(四面)을 살펴보니 석양(夕陽)은 재산(在山)하고 인영(人影)이 산란(散亂)이라 자록(紫綠)이 만상(萬狀)인데 변환(變幻)이 경각(頃刻)이라 송영(松影)이 참치(參差)거늘 금성(禽聲)은 상하(上下)로다 산요(山腰)의 양양적성(兩兩笛聲) 소등의 아이로다 이슥고 일락서산(日落西山)하고 월인전계(月印前溪)하니 나대경(羅大經)의 산중(山中)이며 왕마힐(王摩詰)의 망천(輞川)인들 이보다 나을 건가 뜰 가운데 들어서니 섬돌 밑에 어린 난초(蘭草) 옥로(玉露)에 눌려 있고 울 가의 성긴 꽃은 청풍(淸風)에 나부낀다 방(房) 안에 들어가니 기약(期約) 둔 황혼월(黃昏月)이 청풍(淸風)과 함께 와서 불거니 비추거니 흉금(胸襟)이 쇄락(洒落)하다 와분(瓦盆)에 듣는 술을 포준(匏樽)으로 받아내어 임(任)과 함께 마주 앉아 둘이 서로 권(勸)할 적에 황정채(黃精菜) 노어회(鱸魚膾)는 산수(山水)를 갖춤이라 오오열열(嗚嗚咽咽) 통소성(洞簫聲)을 내 능(能)히 불었으니 청풍(淸風) 칠월(七月) 적벽승유(赤壁勝遊)가 여기와 방불(彷彿)하다 거문고 이끌어서 슬상(膝上)에 비껴 놓고 봉황곡(鳳凰曲) 한바탕을 임(任) 시켜 불리면서 흥(興)대로 짚었으니 사마상여[司馬相] 봉구봉(鳳求凰)이 여기에 미칠 건가 승창(升窓)을 밀고 보니 달이 거의 낮이거늘 밤은 하마 오경(五更)이라 솔 그림자 어린 곳에 학(鶴)의 꿈이 깊었거늘 대수풀 우거진 데 이슬 바람 서늘하다 옥수(玉手)를 이끌고서 침상(枕上)에 나아가니 금슬우지(琴瑟友之) 깊은 정(情)이 뫼 같고 물 같아서 연리(連理)에 비취(翡翠)거늘 녹수(綠水)의 원앙(鴛鴦)이라 무산(巫山)의 운우몽(雲雨夢)이 여기와 어떻던가 묻노라 벗님네야 안주옹(安周翁)의 열심락지(悅心樂志) 이만하면 넉넉하냐

이 후(後)는

이별(離別)을 아주 이별(離別)하고 도원(桃源)에 길이 숨어 임(任)과 함께 즐기다가 원명(元命)이 다하거든 동년(同年) 동월(同月) 동일시(同日時)에 백일승천(白日昇天)하오리라.

* 옛날의 도원(桃源)이 또한 지금의 도원(桃源)이다. 내가 이 곳에 숨어 이러한 즐거움을 누리는 것이 곧 하늘이 내리고 신이 돕는 것이 아니겠는가.

紅塵[1]을 이믜 下直[2]ᄒ고
桃源[3]을 차자 누엇스니
六十年 世外風浪[4] 꿈이런 듯 可笑[5]롭다 이 몸이 閑暇[6]

---

1) 홍진(紅塵) : 번거롭고 어지러운 속된 세상을 비유적으로 이르는 말.

2) 하직(下直) : 떠나서 감.

3) 도원(桃源) : 무릉도원으로, 곧 이상향.

4) 세외풍랑(世外風浪) : 속세를 벗어난 세상 밖의 바람과 물결. 곧 세상 밖에서 마주친 어려움을 의미함.

호야 山水의 遨遊⁷⁾헐 제 一小舟⁸⁾의 不施篙艣⁹⁾호고 風帆浪楫¹⁰⁾으로 任其所之¹¹⁾ 호올 져긔 水涯에 視魚¹²⁾호며 沙際에 鷗盟¹³⁾호야 飛者 走者¹⁴⁾와 浮者 躍者¹⁵⁾로 形容¹⁶⁾이 익어스니 疑懼¹⁷⁾홀 비 잇슬 것가 杏壇¹⁸⁾의 비을 미고 釣坮¹⁹⁾에 긔여올나 고든 낙시²⁰⁾ 듸리우고 石頭²¹⁾에 조으다가

---

5) 가소(可笑) : 어이없어 우스움.

6) 한가(閑暇) : 겨를이 생겨 여유가 있음.

7) 산수오유(山水遨遊) : 산과 물이 있는 자연에서 재미있게 놂.

8) 일소주(一小舟) : 작은 배 한 척.

9) 불시고로(不施篙艣) : 상앗대와 노를 사용하지 않음.

10) 풍범낭즙(風帆浪楫) : 바람을 돛 삼고 물결을 노 삼음.

11) 임기소지(任其所之) : 마음대로 가도록 함.

12) 수애시어(水涯視魚) : 물가에서 물고기를 바라봄.

13) 사제구맹(沙際鷗盟) : 모래사장의 가에서 갈매기와 벗이 되기를 맹세함.

14) 비자 주자(飛者走者) : 나는 것과 달리는 것, 곧 날짐승과 길짐승.

15) 부자 약자(浮者躍者) : 떠 있는 것과 뛰어오르는 것, 곧 물 위에서 헤엄치는 물고기와 뛰어오르는 물고기.

16) 형용(形容) : 사람이나 사물의 생긴 모양.

17) 의구(疑懼) : 의심하고 두려워함.

18) 행단(杏壇) : 학문을 배워 익히는 곳. 공자(孔子)가 살구나무의 단 위에서 제자들을 가르쳤다는 고사에서 유래함.

19) 조대(釣臺) : 낚시질하는 곳.

20) 고든 낙시 : 곧은 낚시. 굽지 않고 곧은 낚싯바늘이라는 뜻으로, 고

漁夫22)의 낙근 고기 柳枝23)에 쎄여 들고 興치며24) 도라올 제 園翁野叟25)와 樵童牧竪26)을 溪邊의 邂逅27)ᄒ야 問桑麻 說秔稻28)할 제 杏花村29) 바라보니 小橋邊30) 쓴 술집이 靑帘酒31) 날니거날 緩步32)로 드러가셔 솟츠로 籌 노으며33) 酩酊34)이 醉ᄒᆞᆫ 후의 東皐35)의 긔여 올나 슈파람36) ᄒᆞᆫ 마듸 을 마음디로 길게 불고 다시금 뫼여 ᄂᆞ려 임청유이부시37) ᄒᆞ

─────

기를 잡는 것에 낚시의 목적이 있지 않다는 뜻.

21) 석두(石頭) : 돌머리. 땅이나 물에 있는 돌 가운데에서 물에 잠기지 않거나 흙에 묻히지 않은 돌의 윗부분.

22) 어부(漁夫) : 고기 잡는 일을 직업으로 하는 사람.

23) 유지(柳枝) : 버드나무 가지.

24) 흥(興)치며 : 흥겹게. 매우 즐겁고 마음이 들떠서.

25) 원옹야수(園翁野叟) : 과수원에서 일하는 노인과 들에서 일하는 늙은이.

26) 초동목수(樵童牧竪) : 나무하는 아이와 소 치는 젊은이.

27) 계변해후(溪邊邂逅) : 시냇가에서 만남.

28) 문상마 설갱도(問桑麻說秔稻) : 뽕과 삼 농사를 묻고, 벼농사를 이야기함.

29) 행화촌(杏花村) : 살구꽃이 많이 피는 마을.

30) 소교변(小橋邊) : 작은 다리의 옆.

31) 청렴주(靑帘酒) : 파란 헝겊에 주(酒)라고 쓴 기. 술집을 표시하기 위한 깃발.

32) 완보(緩步) : 느린 걸음.

33) 주(籌) 노으며 : 주 놓으며. 산가지로 수를 세며. 주(籌)는 수를 세기 위한 산가지를 일컬음.

고 무고송이반환38)타가 黃精39)을 싸여 들고 집으로 도라들 제 芳逕40)의 나는 꼿츤 衣巾41)을 침노ᄒ고42) 碧樹43)의 우 는 시는 流水聲44)을 화답ᄒ다 문 압폐 다다라는 막뒤을 의 지ᄒ야 四面을 살펴보니 夕陽은 在山45) ᄒ고 人影이 散乱46) 이라 紫綠이 萬狀47)인데 變幻이 頃刻48)이라 松影이 參 差49)여늘 禽聲은 上下50)로다 山腰의 兩兩笛聲51) 쇠등의

---

34) 명정(酩酊) : 술에 몹시 취함.

35) 동고(東皐) : 동쪽 언덕.

36) 슈파람 : 휘파람.

37) 임청유이부시(臨淸流而賦詩) : 맑은 물가에 이르러 부와 시를 지음.

38) 무고송이반환(撫孤松而盤桓) : 외로운 소나무를 어루만지며 주위를 맴돎. 이상의 두 구절은 도잠의 〈귀거래사〉에서 인용함.

39) 황정(黃精) : 죽대의 뿌리로, 한약재로 쓰임.

40) 방경(芳逕) : 양옆으로 꽃이 피어 있는 길.

41) 의건(衣巾) : 옷과 두건.

42) 침노ᄒ고 : 달라붙고. 곧 꽃향기가 옷에 스며드는 것을 일컬음.

43) 벽수(碧樹) : 잎이 푸른 나무.

44) 유수성(流水聲) : 물 흐르는 소리.

45) 석양재산(夕陽在山) : 지기 직전의 해가 산에 걸림.

46) 인영산란(人影散亂) : 사람의 그림자가 흩어져 어지러움.

47) 자록만상(紫綠萬狀) : 붉은 꽃과 푸른 잎이 온갖 모양을 만듦.

48) 변환경각(變幻頃刻) : 순식간에 갑자기 나타났다 없어졌다 함.

49) 송영참치(松影參差) : 소나무 그림자가 일정하지 않고 들쭉날쭉함.

50) 금성상하(禽聲上下) : 새소리가 위와 아래에서 들림.

아희로다 俄已52)오 日落西山호고 月印前溪53)호니 羅大
經54)의 山中이며 王摩詰55)의 輞川56)인들 여긔와 지날 것
가 쓸 가온디 드러셔니 셤쓸57) 밋테 어린 蘭草 玉露58)의 눌
녀 잇고 울 가59)의 셩긴60) 솟츤 淸風61)의 나붓긴다 房 안의
드러가니 期約62) 둔 黃昏月63)이 淸風과 함긔 와셔 불거니
비춰거니 胷襟이 洒落64)호다 瓦盆65)의 듯넌 술을 匏樽66)

---

51) 산요양양적성(山腰兩兩笛聲) : 산 중턱에서 피리 소리가 쌍쌍으로 들림.

52) 아이(俄已) : 이윽고. 조금 후에.

53) 일락서산 월인전계(日落西山月印前溪) : 해는 서산으로 지고, 달은 앞 시내에 비침.

54) 나대경(羅大經) : 중국 남송(南宋)의 문인.

55) 왕마힐(王摩詰) : 중국 당(唐)나라의 시인인 왕유(王維). '마힐(摩詰)'은 그의 자.

56) 망천(輞川) : 왕유가 은거하던 곳.

57) 셤쓸 : 섬돌. 집채와 뜰을 오르내릴 수 있게 만든 돌층계.

58) 옥로(玉露) : 맑고 깨끗한 이슬.

59) 울 가 : 울타리 가장자리.

60) 셩긴 : 성긴. 사이가 떠서 공간이 많은.

61) 청풍(淸風) : 부드럽고 맑게 부는 바람.

62) 기약(期約) : 때를 정하여 약속함.

63) 황혼월(黃昏月) : 해가 뉘엿뉘엿하여 어두워질 무렵에 떠오른 달.

64) 흉금쇄락(胸襟洒落) : 앞가슴의 옷깃 근처가 상쾌하고 시원함.

65) 와분(瓦盆) : 질그릇으로 만든 술동이.

으로 바다 니야 任과 홈긔 마조 안져 드러 서로 劝할 져게 黃精菜 鱸魚膾67)는 山水68)늘 가츄미라 嗚嗚咽咽洞簫聲69)을 늬 能히 부러스니 淸風 七月 赤壁 勝遊70)ㅣ 여긔와 彷彿71)ᄒ다 거문고 잇그러셔 膝上72)의 빗겨73) 놋코 鳳凰曲74) ᄒᆞᆫ 바탕을 任 시겨 불니면셔 興듸로 집허스니 司馬相75) 鳳求凰76)이 여긔와 밋츨 것가 升窓77)을 밀고 보니 달이 거의 나지여널 밤은 ᄒᆞ마 五更78)이라 솔 그림ᄌ 어린 곳의 鶴의 ᄭᅮᆷ

---

66) 포준(匏樽) : 박으로 만든 술 그릇.

67) 황정채 노어회(黃精菜鱸魚膾) : 죽대의 뿌리를 삶아 만든 나물과 농어회.

68) 산수(山水) : 자연의 경치 또는 경개를 비유적으로 이르는 말.

69) 오오열열 통소성(嗚嗚咽咽洞簫聲) : 목메어 우는 듯한 퉁소 소리.

70) 청풍칠월 적벽승유(淸風七月赤壁勝遊) : 맑은 바람이 부는 7월의 적벽에서의 즐거운 놀이. 소식(蘇軾)의 〈전적벽부〉에 형상화된 것과 비슷한 놀이를 일컬음.

71) 방불(彷彿) : 거의 비슷함.

72) 슬상(膝上) : 무릎의 위.

73) 빗겨 : 비껴. 비스듬한 방향으로 두어.

74) 봉황곡(鳳凰曲) : 조선 시대의 가사. 주로 부부 사이의 화락함을 형상화한 작품.

75) 사마상여[司馬相] : 중국 전한(前漢) 시대의 문인.

76) 봉구봉(鳳求凰) : 사마상여가 탁문군(卓文君)에게 불러 주었던 노래. 이 노래로 인하여 두 사람이 부부의 인연을 맺었다고 함.

77) 승창(升窓) : 들어 올려 여닫는 창문.

78) 오경(五更) : 하룻밤을 다섯 시기로 나누었을 때의 다섯째 부분으

이 깁허거날 딕슈풀 우거진 데 이슬 바람 션을ᄒ다 玉手79)
을 잇쓸고셔 枕上80)의 나아가니 琴瑟友之81) 깁흔 情이 뫼
갓고 물 갓타야 連理82)예 翡翠83)여널 綠水의 鴛鴦84)이라
巫山의 雲雨夢85)이 여긔와 엇텃턴고 뭇노라 번님네야 安周
翁86)의 悅心樂志87) 이만ᄒ면 넉넉ᄒ야

이後란

離別을 아조 離別ᄒ고 桃源의 길이 슙어 任과 함긔 즐기
다가 元命88)이 다ᄒ거든 同年 同月 同日時에 白日昇天89)

로, 새벽 3시에서 5시까지의 시간.

79) 옥수(玉手) : 아름답고 고운 손.

80) 침상(枕上) : 베개의 위. 곧 잠자리.

81) 금슬우지(琴瑟友之) : 부부 사이가 화락하여 마치 친구처럼 지내는 것.

82) 연리(連理) : 화목한 부부 사이.

83) 비취(翡翠) : 짙은 초록색의 보석.

84) 녹수원앙(綠水鴛鴦) : 푸른 물에 떠 있는 한 쌍의 원앙. 화목한 부부 사이를 비유적으로 이르는 말.

85) 무산운우몽(巫山雲雨夢) : 무산에서의 사랑을 나누는 꿈. 초(楚)나라 양왕의 꿈에 무산(巫山)의 여신과 사랑을 나누는 꿈을 일컬음.

86) 안주옹(安周翁) : 안민영. 주옹(周翁)은 안민영의 호.

87) 열심락지(悅心樂志) : 마음을 기쁘게 하고 뜻을 즐겁게 함.

88) 원명(元命) : 원래 타고난 운명. 또는 환갑을 달리 일컫는 말.

89) 백일승천(白日昇天) : 대낮에 하늘로 올라간다는 뜻으로, 곧 신선이 된다는 말.

ᄒ오리라.

〈금옥 *178, #5447.1〉

古之桃源, 亦今之桃源也. 我之隱於此, 行此樂, 毋及天賜神佑[90]耶.

---

90) 천사신우(天賜神佑) : 하늘이 내리고 귀신이 도움.

팔십일세(八十一歲) 운애선생(雲崖先生)

뉘라 늙다 말했던가

동안(童顔)이 미개(未改)하고 백발(白髮)이 환흑(還黑)이라 두주(斗酒)를 능음(能飮)하고 장가(長歌)를 웅창(雄唱)하니 신선(神仙)의 바탕이요 호걸(豪傑)의 기상(氣像)이라 단애(丹崖)에 서린 님을 해마다 사랑하여 장안(長安) 명금명가(名琴名歌)들과 명희현령(名姬賢伶)이며 유일풍소인(遺逸風騷人)을 다 모아 거느리고 우계면(羽界面) 한바탕을 엇걸어 불러 낼 제 가성(歌聲)은 요량(嘹亮)하여 들보 티끌 날려 내고 금운(琴韻)은 냉랭(泠泠)하여 학(鶴)의 춤을 일으킨다 진일(盡日)을 질탕(迭宕)하고 명정(酩酊)히 취(醉)한 후(後)에 창벽(蒼壁)의 붉은 잎과 옥계(玉階)의 누런 꽃을 다 각기 꺾어 들고 수무족도(手舞足蹈) 하올 적에 서릉(西陵)에 해가 지고 동령(東嶺)에 달이 나니 실솔(蟋蟀)은 재당(在堂)하고 만호(萬戶)의 등명(燈明)이라 다시금 잔(盞)을 씻고 일배일배(一盃一盃) 하온 후에 선소리 제일명창(第一名唱) 나는 북 들어 놓고 모송(牟宋)을 비양(比樣)하여 한바탕 적벽가(赤壁歌)를 멋지게 듣고 나니 삼십삼천(三十三天) 파루(罷漏) 소리 새벽을 보(報)하거늘 휴의상부(携衣相扶)하고 다 각자 헤어지니 성대(聖代)에 호화락사(豪華樂事)가 이밖에 또 있는가

다만적(的)

동천(東天)을 바라보아 ○○○○○을 생각하는 회포(懷抱)야 어찌 끝이 있으리.

* 경진년(庚辰年:1880) 가을 음력 9월 운애(雲崖) 박경화(朴景華) 선생, 황자안(黃子安) 선생이 한 시대의 이름난 거문고 연주자와 노래하는 사람, 이름난 기녀와 뛰어난 연주자, 속세를 피해 사는 이들과 시 짓는 사람들을 청하여, ○○○○○○ 산정(山亭)에서 단풍과 국화를 감상하며 옛 ○○○○○을 배웠다. 벽강(碧江) 김윤석(金允錫)의 자는 군중(君仲)으로 이 사람은 한 시대의 절묘한 실력을 지닌 이름난 거문고 연주자이다. 취죽(翠竹) 신응선(申應善)의 자는 경현(景賢)으로 이 사람은 당시의 세상에서 이름난 노래하는 사람이다. 신수창(申壽昌) 이 사람은 독보적인 양금(洋琴) 연주자이다. 해주에서 온 임백문(任百文)의 자는 경아(敬雅)이고 당시의 세상에서 이름난 피리 연주자이다. ○○ 장(張)○○의 자는 치은(稚殷), ○○ 이제영(李濟榮)의 자는 공즙(公楫)으로 이들은 당시의 세상에서 시를 잘 짓는 사람들이다. 마침 이 무렵에 해주 기녀 옥소선(玉簫仙)이 올라왔는데, 이 사람은 곧 재능과 기예 그리고 아름다운 자태가 한 도(道)에서 으뜸일 뿐만 아니라 노래와 거문고 두 가지를 모두 갖춰, 비록 옛날의 이름을 떨쳤던 사람들이 다시 태어난다고 해도 남에게 양보하지 않을 정도로 참으로 나라 안에서 가장 뛰어난 기녀이다. 전주 기녀 농월(弄月)은 16세의 아름다운 얼굴로 노래와 춤에 뛰어나 무리 중에서 가장 뛰어난 이름난 기녀라고 말할 수 있다. 천흥손(千興孫), 정약대(鄭若大), 박용근(朴用根), 윤희성(尹喜成) 이 사람들은 뛰어난 연주자들이다. 박유전(朴有田), 손만길(孫萬吉), 전상국(全尙國) 이 사람

들은 당시의 시대에 제일가는 소리꾼들이며, 모홍갑(牟興甲)과 송흥록(宋興祿)과 더불어 서로 표리(表裏)를 이루어 나라 안을 소란스럽게 움직였던 사람들이다. 아, 박·황 두 선생께서 90세를 바라보는 노인으로, 호화로운 성정(性情)이 오히려 젊은 시절의 혈기 왕성한 때보다 줄지 않아 오늘 이러한 모임이 있었는데, 내년에 또 이러한 모임이 다시 있을지 알지 못하겠다.

八十一歲 雲崖[1]先生
뉘라 늑다 일엇던고
童顔이 未改[2]ᄒ고 白髮이 還黑[3]이라 斗酒를 能飮[4]ᄒ고 長歌을 雄唱[5]ᄒ니 神仙[6]의 밧탕이요 豪傑의 氣像[7]이라 丹崖[8]의 설인 님흘 희마당 사랑ᄒ야 長安[9] 名琴名歌[10]들

---

1) 운애(雲崖) : 박효관의 호.
2) 동안미개(童顔未改) : 어린아이 같은 얼굴이 바뀌지 않음.
3) 백발환흑(白髮還黑) : 흰머리가 다시 검어짐.
4) 두주능음(斗酒能飮) : 한 말의 술을 마실 수 있음.
5) 장가웅창(長歌雄唱) : 길이가 긴 노래를 굳세게 부름.
6) 신선(神仙) : 인간계를 떠나 장생불사(長生不死)한다는 이상적인 사람.
7) 호걸기상(豪傑氣像) : 높은 기개를 지닌 사람의 타고난 기상.
8) 단애(丹崖) : 붉은 꽃이 핀 암벽. 여기서는 모임이 열린 장소를 가리킴.
9) 장안(長安) : 수도 또는 번화한 도시.
10) 명금명가(名琴名歌) : 이름난 거문고 연주자와 노래하는 사람.

과 名姬賢伶11)이며 遺逸風騷人12)을 다 모와 거나리고 羽界面 흔밧탕13)을 엇겨러14) 불너 닐 제 歌聲은 嘹亮15)ᄒᆞ야 들ᄲᅢ 틔쓸 날녀 니고 琴韻은 泠泠16)ᄒᆞ야 鶴의 춤17)을 일의 현다 盡日18)迭宕19)ᄒᆞ고 酩酊20)이 醉ᄒᆞᆫ 後의 蒼壁21)의 불근 입과 玉階22)의 누른 곳츨 다 각기 썻거 들고 手舞足蹈23) ᄒᆞ올 적의 西陵24)의 ᄒᆡ가 지고 東嶺25)의 달이 나니 蟋蟀은

---

11) 명희현령(名姬賢伶) : 이름난 기녀와 뛰어난 실력의 연주자.

12) 유일풍소인(遺逸風騷人) : 능력이 있으면서도 숨어 지내는 사람과 시를 짓는 사람.

13) 우계면(羽界面) 흔밧탕 : 우계면 한바탕. 시조를 노래하는 방식의 하나인 가곡창에서, 우조와 계면조의 순서로 모든 곡을 차례로 부르는 방식을 일컬음.

14) 엇겨러 : 엇걸어. 서로 번갈아 가며.

15) 가성요량(歌聲嘹亮) : 노랫소리가 낭랑하고 맑음.

16) 금운냉랭(琴韻泠泠) : 거문고로 연주하는 소리가 차고 싸늘함.

17) 학(鶴)의 춤 : 학의 모습을 본뜬 춤.

18) 진일(盡日) : 진종일. 온종일.

19) 질탕(迭宕) : 지나칠 정도로 흥에 겨워 놂.

20) 명정(酩酊) : 정신을 차릴 수 없을 정도로 술에 몹시 취함.

21) 창벽(蒼壁) : 푸른색의 벽.

22) 옥계(玉階) : 옥처럼 곱게 만든 섬돌.

23) 수무족도(手舞足蹈) : 손과 발을 움직여 춤을 춤.

24) 서릉(西陵) : 서쪽의 무덤.

25) 동령(東嶺) : 동쪽에 있는 고개.

在堂26)ᄒᆞ고 萬戶의 燈明27)이라 다시금 盞을 씻고 一盃一盃28) ᄒᆞ온 후의 션솔이29) 第一名唱30) 나는 북 드러 노코 牟宋을 比樣31)ᄒᆞ야 ᄒᆞᆫ밧탕32) 赤壁歌33)을 멋지게 듯고 나니 三十三天 罷漏 솔이34) 시벽을 報ᄒᆞ거널35) 携衣相扶36)ᄒᆞ고 다 各기 허여지니 聖代37)에 豪華樂事38)ㅣ 이밧긔 ᄯᅩ 잇는가

    다만的

---

26) 실솔재당(蟋蟀在堂) : 귀뚜라미가 방 안에 있음. 가을이 되었다는 의미.

27) 만호등명(萬戶燈明) : 모든 집에서 등을 밝힘.

28) 일배일배(一盃一盃) : 한 잔 또 한 잔.

29) 션솔이 : 선소리. 한 사람이 앞서 부르는 소리.

30) 제일명창(第一名唱) : 실력이 가장 뛰어난 소리꾼.

31) 모송비양(牟宋比樣) : 판소리 명창인 모흥갑(牟興甲)과 송흥록(宋興祿)이 창하는 모습과 비슷함.

32) 한바탕 : 한판 크게.

33) 적벽가(赤壁歌) : 판소리 열두 마당 중 전승되고 있는 다섯 마당의 하나.

34) 삼십삼천(三十三天) 파루(罷漏) 소리 : 통행금지 해제를 알리는 33번의 북소리. 보통 새벽 3시부터 5시까지의 시간인 오경(五更)에 파루를 알림.

35) 보(報)ᄒᆞ거널 : 알리거늘.

36) 휴의상부(携衣相扶) : 옷을 손에 들고 서로 도움.

37) 성대(聖代) : 태평한 시대.

38) 호화락사(豪華樂事) : 호화롭고 즐거운 일.

東天39)을 바라보아 ○○○○○을 싱각ᄒᆞ는 懷抱40)야 어닉 긔지 잇스리.

〈금옥 *179, #5147.1〉

庚辰秋九月, 雲崖朴先生景華,41) 黃先生子安, 請一代名琹名歌名 姬賢伶遺逸風騷人於○○○○○○山亭42) 觀楓賞菊,43) 學古○ ○○○○. 碧江金允錫字君仲, 是一代透妙44)名琴也. 翠竹申應善 字景賢, 是當世45)名歌也. 申壽昌, 是獨步46)洋琴47)也. 海州任百 文字敬雅, 當世名簫也. ○○張○○字稚殷, ○○李濟榮字公楫, 是當世風騷人也. 適於此際, 海州玉簫仙上來,48) 而此人則非但才 藝49)色態之雄於一道, 歌琴雙全,50) 雖使古之揚名51)者復生, 未肯 讓頭,52) 眞國內之甲姬53)也. 全州弄月二八丰容,54) 歌舞出類,55)

---

39) 동천(東天) : 동틀 무렵의 하늘.

40) 회포(懷抱) : 마음속에 품은 생각.

41) 경화(景華) : 박효관의 호.

42) 산정(山亭) : 산속에 지은 정자.

43) 관풍상국(觀楓賞菊) : 국화와 단풍을 감상함.

44) 투묘(透妙) : 아주 절묘함.

45) 당세(當世) : 당시의 세상.

46) 독보(獨步) : 남이 감히 따를 수 없을 정도로 혼자 앞서감.

47) 양금(洋琴) : 국악기의 하나.

48) 상래(上來) : 올라 옴.

49) 재예(才藝) : 재능과 기예.

50) 쌍전(雙全) : 두 가지를 완전하게 갖춤.

51) 양명(揚名) : 이름을 드날림.

52) 양두(讓頭) : 남에게 넘겨줌.

可謂一代名姬. 千興孫, 鄭若大, 朴用根, 尹喜成, 是賢伶也. 朴有田, 孫萬吉, 全尙國, 是當世第一唱夫,56) 與牟宋相表裏,57) 喧動58) 國內者也. 噫,59) 朴黃兩先生, 以九十耆老,60) 豪華性情,61) 猶不減於靑春强壯62)之時, 有此今日之會, 未知明年63)又有此會也歟.

---

53) 갑희(甲姬) : 으뜸가는 여성.

54) 이팔봉용(二八丰容) : 16살의 아름다운 얼굴.

55) 출류(出類) : 같은 무리 중에서 특별히 뛰어남.

56) 창부(唱夫) : 소리꾼. 여기서는 판소리 창자를 일컬음.

57) 표리(表裏) : 물건의 겉과 속.

58) 훤동(喧動) : 소란스럽게 움직임.

59) 희(噫) : '아아' 또는 '슬프도다'라는 뜻으로, 매우 애통할 때 하는 말.

60) 기로(耆老) : 60세 이상의 노인. 60세를 기(耆), 70세를 노(老)라 함.

61) 호화성정(豪華性情) : 사치스럽고 화려한 사람의 성질과 마음씨.

62) 청춘강장(靑春强壯) : 젊은 시절의 힘이 세고 혈기가 왕성함

63) 명년(明年) : 다음 해. 내년.

편시조(編時調)

오늘 밤 풍우(風雨)를

그 정령(丁寧) 알았다면

대 사립짝을 곱걸어 단단 매었을 것을 비바람에 불리어 왜각대각하는 소리에 행여나 오는 양하여 창(窓) 밀고 나서 보니

월침침(月沉沉)

우사사(雨絲絲)한대 풍습습(風習習) 인적적(人寂寂)을 하더라.

* 내가 주덕기(朱德基)를 이끌고 이천에 머물 때 여염집의 젊은 부인과 몰래 만날 약속을 하고 밤을 새우며 몹시 기다렸다.

오늘 밤 風雨1)를

그 丁寧2) 아랏던덜

듸 사립짝3)을 곱거러4) 단단 미엿슬 거슬 비바람의 불니여5) 왜각지걱하난6) 소리여 항연아7) 오는 양하야 窓 밀고

---

1) 풍우(風雨) : 바람과 함께 내리는 비.

2) 정령(丁寧) : 거짓이 없이 진실하게.

3) 듸 사립짝 : 대나무를 엮어 만든 사립의 문짝.

4) 곱거러 : 두 번 겹쳐서 묶거나 걸어.

5) 불니여 : 날려 움직이어.

6) 왜각지걱하난 : 왜각대각하는. 부딪치거나 깨져 요란스러운 소리가 나는.

나서 보니
月沉沉
雨絲絲8)한데 風習習 人寂寂9)을 하더라.
〈금옥 *180, #3391.1〉

余率朱德基, 留利川時, 與閭家10)少婦,11) 有桑中之約,12) 而達宵13)苦待.14)

---

7) 항연아 : 행여나. 그럴 리야 없겠지만 그래도.

8) 월침침 우사사(月沉沉雨絲絲) : 달은 보일락 말락 하고, 비는 실타래처럼 내림.

9) 풍습습 인적적(風習習人寂寂) : 바람은 차며 부드럽고, 사람은 흔적이 없이 고요함.

10) 여가(閭家) : 여염집. 보통 사람의 살림집.

11) 소부(少婦) : 젊은 부인.

12) 상중지약(桑中之約) : 남녀의 밀회에 대한 약속. 뽕나무밭에서 남녀가 만나 정을 통했다는 고사에서 온 말.

13) 달소(達宵) : 밤을 새움.

14) 고대(苦待) : 몹시 기다림.

●

이리 알뜰히 살뜰히 그리고 그려 병(病)되다가

만일(萬一)에 어느 때가 되던지 만나 보면 그 어떠할꼬

응당(應當) 이 두 손길 부여잡고 어안 벙벙 아무 말도 못하다가 두 눈에 물결이 어리어 방울방울 떨어져 아로롱지리라 이 옷 앞자락에

애써서

만났다 하고 정녕(丁寧)이 이럴 줄 알 양이면 차라리 그려 병(病)되느니만 못하여라.

* 강릉 기녀 홍련(紅蓮)을 추억하다.

이리 알쓰리 살쓰리1) 그리고 그려 病되다가

萬一2)에 어느 쩌가 되던지 만나 보면 그 엇더 할고

應當3) 이 두 손길 뷔여잡고4) 어안 벙벙5) 아모 말도 못하다가 두 눈에 물결6)이 어리여7) 방울방울 써러져 아로롱지

---

1) 알쓰리 살쓰리 : 알뜰히 살뜰히. 정성스럽고 지극하게.

2) 만일(萬一) : 있을지도 모르는 뜻밖의 경우.

3) 응당(應當) : 지극히 당연하게.

4) 뷔여잡고 : 부여잡고. 놓치지 않으려는 듯 손으로 힘껏 움키거나 거머쥐고.

5) 어안 벙벙 : 뜻밖에 놀랍거나 기막힌 일을 당하여 어리둥절함.

6) 물결 : 눈물.

7) 어릐여 : 어리어. 눈동자에 고여.

리라8) 이 옷 압자랄9)에
   일것세
   만낫다 하고 丁寧10)이 이럴 쥴 알 냥이면 차라리 그려11)
病되넌이만 못하여라.

〈금옥 *181, #3779.1〉

憶江陵紅蓮.

---

8) 아로롱지리라 : 아롱지리라. 여러 가지 빛깔이 고르고 촘촘하게 나타나리라.

9) 압자랄 : 앞자락. 옷의 앞쪽 자락.

10) 정녕(丁寧) : 거짓이 없이 진실하게.

11) 그려 : 그리워하여. 간절히 생각하여.

작품 찾아보기 [1]

갑술(甲戌) 이월(二月) 초파일(初八日)은 388
강의과감(剛毅果敢) 열장부(烈丈夫)요 92
개구리 저 개구리 297
건천궁(乾天宮) 버들 빛은 314
고송(古松) 기석(奇石) 둘 사이에 338
고와라 저 꽃이여 140
공덕리(孔德里) 천조류(千條柳)에 131
공명(功名)은 부운(浮雲)이요 118
공산(空山) 풍설야(風雪夜)에 124
관산(關山) 천리(千里) 멀다 마라 243
구포동인(口圃東人) 빛난 신세 84
구포동인(口圃東人)은 춤을 추고 199
국태공지긍만고영걸(國太公之亘萬古英傑) 391
국화(菊花)야 너는 어찌 289
그려 걸고 보니 281
그려 살지 말고 321
금강(金剛) 일만이천봉(一萬二千峰)이 185
기러기 높이 뜬 뒤에 298

---

[1] 《금옥총부》에 수록된 시조에는 제목이 없어 각 작품의 초장(初章)을 기준으로 작품을 쉽게 찾아볼 수 있도록 했습니다.

기러기 훨훨 벌써 날아갔으려니 306
기정백대(旗亭百隊) 개신시(開新市)요 72
까마귀 속 흰 줄 모르고 342
꽃 같은 얼굴이요 168
꽃은 곱다마는 268
꾀꼬리 고운 노래 237
나위(羅幃) 적막(寂寞)한데 272
낙성(洛城) 서북(西北) 삼계동천(三溪洞天)에 207
낙화(落花) 방초로(芳草路)에 157
남산(南山) 같이 높은 수(壽)와 94
남산(南山) 송백(松栢) 울울창창(鬱鬱蒼蒼) 214
남포월(南浦月) 깊은 밤에 86
내 일찍 꿈을 얻어 375
내 죽고 그대 살아 229
내 집은 도화원리(桃花源裏)거늘 340
넓고도 둥근 연못 54
높은 듯 낮은 듯하며 74
눈으로 기약(期約)하고 128
늙은이 저 늙은이 116
담 안에 붉은 꽃은 336
담 안의 꽃이거늘 166
대도(大道) 정여발(正如髮)한데 145
대왕대비(大王大妃) 전하(殿下) 성수(聖壽) 칠순(七旬) 377
도화(桃花)는 흩날리고 78
도화여도화(桃花如桃花)하고 184

동각(東閣)에 숨은 꽃이 218
동리(東籬)의 물이 밀고 262
동장(東墻)에 까치 울음 254
두견(杜鵑)의 목을 빌고 323
만물(萬物)이 회양(回陽)하니 122
만호(萬戶)에 드리운 버들 134
망지여운(望之如雲) 취지여일(就之如日) 120
매영(梅影)이 부딪힌 창에 38
목흔흔이향영(木欣欣而向榮)하고 189
몰라 병 되더니 288
무관(武關)의 새벽달과 231
무인(戊寅) 이월(二月) 초삼일(初三日)에 381
바람은 안아 닥친 듯이 불고 210
바람이 눈을 몰아 195
바위는 위태롭지만 57
백악산(白岳山) 밑 옛 자리에 170
백척(百尺) 홍교(紅橋) 위로 181
백화방초(百花芳草) 봄바람을 356
벽산(碧山) 추야월(秋夜月)에 179
벽상(壁上)에 봉(鳳) 그리고 325
병풍(屛風)에 그린 매화(梅花) 349
복성고조(福星高照) 평안지(平安地)요 153
부수부자(父雖不慈)하나 36
부용당(芙蓉堂) 난간 밖에 65
불음(不飮)이면 시졸(詩拙)이라 182

불학(不學)이 무문(無聞)이면 383

붉은 이마 아니런들 291

붓끝에 젖은 먹을 193

비바람 눈서리와 367

비오동불서(非梧桐不棲)하고 111

빙자옥질(氷姿玉質)이여 106

사월(四月) 녹음(綠陰) 앵세계(鶯世界)는 347

산길 육칠리(六七里) 가니 102

삼백척(三百尺) 솔이거늘 197

삼월(三月) 화류(花柳) 공덕리(孔德里)요 216

상운(祥雲)이 어린 곳에 52

상원(上元) 갑자년 봄에 28

새벽에 일어나서 242

새해 정월(正月) 일일(一日) 새벽에 265

서양배 포화로는 48

석양(夕陽) 고려국(高麗國)에 309

석파(石坡)에 석우석(石又石)이요 76

석파(石坡)에 우석(又石)하니 34

석파대로(石坡大老) 영풍웅략(英風雄略) 159

석파대로(石坡大老) 조화란(造化蘭)과 393

설진심중(說盡心中) 무한사(無限事)하여 310

세병관(洗兵舘) 높은 집에 144

세상이 눈이거니 67

세자저하(世子邸下) 보령(寶齡) 팔세(八歲)에 205

수심(愁心) 겨운 임(任)의 얼굴 244

수첨수(壽添壽) 복첨복(福添福)하니 155
심중(心中)에 무한(無限) 사설(辭說) 248
십이(十二)에 학금(學琴)하니 260
아불효친(我不孝親)하니 235
아소당(我笑堂) 추수루(秋水樓)에 133
아아 군중(君仲)이 떠나가니 250
아아 능운(凌雲)이 떠나가니 252
알뜰히 그리다가 327
앞내에 비 그치니 82
어득한 구름 가에 117
어리고 성긴 매화 56
어리석다 안주옹(安周翁)이 395
억지로는 못 할 일이 50
엊그제 이별(離別)하고 320
연광정(練光亭) 올라가니 136
연우조양(烟雨朝陽) 비낀 곳에 87
영산홍록(暎山紅綠) 봄바람에 113
영제교(永濟橋) 천조류(千條柳)에 286
오늘 밤 풍우(風雨)를 420
오운(五雲)이 어리는 곳에 44
옥반(玉盤)에 흩은 구슬 164
옥질(玉質)이 수연(粹然)하니 173
옥협(玉頰)의 구른 눈물 329
용루(龍樓)에 상운(祥雲)이요 191
용루(龍樓)에 우는 북은 80

우사사(雨絲絲) 양류사사(楊柳絲絲) 129
우산(牛山)에 지는 해를 224
우석상서(又石尙書) 산두중망(山斗重望) 147, 151
운거(雲車)를 머무르고 384
운하(雲下) 태을정(太乙亭)에 104
원조(寃鳥) 되어 제궁(帝宮)에 나니 334
월로(月老)의 붉은 실을 302
유월(六月) 양구(羊裘) 저 어옹(漁翁)아 203
유유(悠悠)히 가는 구름 256
육십일세(六十一歲) 화갑연(花甲宴)에 316
이 어떤 급한 병(病)고 267
이리 알뜰히 살뜰히 그리고 그려 병(病)되다가 422
이슬에 눌린 꽃과 32, 353
인왕산(仁王山) 하(下) 필운대(弼雲臺)는 364
인이수(仁而壽) 덕이복(德而福)을 379
인재교(麟在郊) 봉상기(鳳翔岐)하니 46
일대장강(一帶長江)이여 175
일장청(一丈靑) 호삼랑(扈三娘)은 161
일주송(一株松) 양간죽(兩竿竹)이 177
임(任)과 이별(離別)할 적에 258
임금의 부친(父親)이시니 42
자못 붉은 꽃이 142
장려(壯麗)하다 동국(東國) 별궁(別宮) 372
저 건너 나부산(羅浮山) 눈 속에 209
적적(寂寂) 산창(山窓) 아래 187

전나귀 고삐 채니 107
제이태양관(第二太陽舘)에 149
주렴계(周濂溪)는 애련(愛蓮)하고 88
주옹(周翁)의 미(微)함으로 63
즐거워 웃음이요 61
지난해 오늘 밤에 126
지모(智謀)는 한상(漢相) 제갈무후(諸葛武侯)요 331
직파빙초(織罷氷綃) 독상루(獨上樓)하니 304
진왕(秦王)이 격부(擊缶)하니 100
진황(秦皇)이 작은 영웅(英雄)이랴마는 361
진흙에 천연(天然)한 꽃이 138
차다 저 달이여 284
채어산(採於山)하니 갱가여(羹可茹)요 351
천리(千里)를 닫는 말이 233
천만 칸 넓은 집에 40
청문(靑門)에 오이 팔던 239
청산(靑山)의 옛길 찾아 59
청춘(靑春) 호화일(豪華日)에 275
촉석루(矗石樓) 난간(欄干) 밖에 300
추파(秋波)에 섰는 연꽃 109
출자동문(出自東門)하니 295
충신(忠臣)의 옛 자취를 227
크도다 오왕원유(吾王苑囿) 90
태극(太極)이 갈라진 후 30
팔십일세(八十一歲) 운애선생(雲崖先生) 412

팔십일세(八十一歲) 저 늙은이 201
푸른빛이 쪽에서 났으나 359
풍석력(風淅瀝) 설비비(雪霏霏)한데 270
필운대(弼雲臺) 호림원(好林園)에 220
하늘 구만리(九萬里)에 96
혈루(血淚)가 방방(滂滂)하니 293
호방(豪放)하다 저 늙은이 98
홍엽(紅葉)은 취벽(翠壁)에 날고 70
홍진(紅塵)을 이미 하직(下直)하고 402
황혼(黃昏)에 돋는 달이 172
희기 눈 같으니 127

해 설

《금옥총부(金玉叢部)》는 안민영(安玟英, 1816~1876?)의 작품으로만 이뤄져 있으며, 모두 181수가 가곡창(歌曲唱)의 곡조별로 분류되어 수록되어 있다. 서울대학교 도서관(가람문고)과 충남대학교 도서관에 소장된 2종의 이본(異本)이 전해지고 있는데, 각각 책의 크기나 글씨체가 다르지만 수록 작품과 체제가 유사한 필사본(筆寫本) 가집이다. 두 가집을 검토한 결과 서울대학교 도서관 소장본이 저본(底本)이고, 충남대학교 도서관 소장본은 이를 모사한 것으로 추측된다. 수록 작품들의 경향은 크게 둘로 구분할 수 있는데, 그 가운데 하나는 안민영이 모시던 흥선대원군 이하응(李昰應, 1820~1898)과 고종(高宗, 1852~1919)을 비롯한 왕실의 인물들에게 바치는 작품들이 각 곡조의 앞부분에 수록되어 있다. 이와 함께 저자인 안민영 자신의 풍류 생활과 지인들과의 관계를 형상화한 작품들이 수록되어 있으며, 작품마다 창작 상황이나 자신의 생각 등을 발문(跋文)의 형태로 첨부하였다. 따라서 작품에 첨부된 기록을 통해 안민영의 활동과 인간관계는 물론 삶의 역정 등을 어느 정도 추정할 수 있는 단서로 활용할 수 있을 것이다.

《금옥총부》의 체제는 먼저 가집의 앞부분에 가집의 서문을 비롯해 다양한 음악 관련 기록들이 제시되어 있고, 뒤를 이어 가곡창의 곡조별로 작품이 수록되어 있다. 권두(卷頭)에 수록된 음악 관련 기록들과 박효관, 안민영의 서문 등의 순서는 다음과 같다.

가곡원류(歌曲源流:能改齋謾錄)
논곡지음(論曲之音:能改齋謾錄)
논오음지용(論五音之用) 유상생협률(有相生協律)
박효관 서(朴孝寬 序)
평조 우조 계면조(平調 羽調 界面調)
가지풍도형용(歌之風度形容) 15조목(十五條目)
안민영 자서(安玟英 自序)

가집의 맨 앞에 수록된 '가곡원류(歌曲源流)'와 '논곡지음(論曲之音)'은 중국 송(宋)나라의 문인인 오증(吳曾)의 《능개재만록(能改齋謾錄)》에서 인용했음을 밝히고 있다. 이어지는 '논오음지용(論五音之用) 유상생협률(有相生協律)'은 누가 썼는지 밝히고 있지 않지만, 《가곡원류》 계열의 이본인 《해동악장(海東樂章)》에는 '논가영지원(論歌詠之源)'이란 제목으로 박효관이 쓴 것으로 기록되어 있다. 음악에서 '평조 우조 계면조'의 특징을 간략하게 소개하는 내용과, 가곡창 15개 곡조의 풍도형용을 소개하는 기록들은 조선 후기의 가집들에 널리 수록되어 있다.

박효관의 서문은 1876년[丙子]에 쓴 것이며, 안민영의 자서(自序)는 약간의 시차를 두고 1880년[庚辰]에 쓴 것으로 확인된다. 두 사람의 서문을 통하여 가집의 성격과 수록 작품의 특징은 물론, 이들이 결성하여 활동했던 '노인계'와 '승평계'의 존재도 확인할 수 있다. 두 사람의 서문으로만 본다면, 《금옥총부》의 편찬은 1876년에 시작되어 1880년에 완성된 것으로 파악할 수 있다. 하지만 작품 발문에 1881년(금옥 *68)과 1883년(금옥 *115) 그리고 1885년(금옥 *120)에 창작되었다고 밝혀져 있는 작품들이 각 1수씩 있어, 안민영의 서문이 작성된 이후에도 꾸준히 가집의 증보 작업이 있었음을 알 수 있다.

작품은 가곡(歌曲)의 곡조를 먼저 제시하고, 각각의 곡조에 해당하는 작품들이 배열되는 식으로 수록되어 있다. 각 작품에는 해당 작품의 창작 배경이나 관련 내용을 기록한 발문(跋文)이 첨부되어 있어, 창작 시기와 안민영의 활동과 생애를 재구할 수 있는 단서가 되고 있다. 작품은 줄글의 형식으로 띄어쓰기하지 않고 가곡의 창법에 따라 5장으로 구분되어 있으며, 이 책에서도 그에 따라 장을 나누어 작품을 배열하고 다만 현대어의 어법에 따라 띄어쓰기했음을 밝혀 둔다. 주지하듯이 시조를 노래하는 방식은 시조창과 가곡창의 두 종류의 창법이 있다. 시조창은 초·중·종장의 3장으로 구분하여 노래를 하며, 종장의 마지막 음보는 생략하고 노래를 부르지 않고 끝맺는다. 이에 비해 가곡창은 초장을 각각 2음보씩 1장과 2장으로 나누고, 중장을 3장으로 구분하여 노래한다. 여기에 종장의 첫 음보는 4장으로 구분하고, 나머지 종장 3음보를 5장으로 구분하여 노래를 부르는 방식이다. 《금옥총부》에 수록된 가곡의 곡조와 작품의 수는 다음과 같다.

   우조   초삭대엽(9수)
           이삭대엽(25수)
           중거삭대엽(14수)
           평거삭대엽(20수)
           두거삭대엽(19수)
           삼삭대엽(7수)
           소용(4수)
회계삭대엽(4수)
계면조   초삭대엽(6수)
           이삭대엽(12수)
           중거삭대엽(6수)
           평거삭대엽(5수)

두거삭대엽(5수)

삼삭대엽(7수)

언롱(2수)

농(7수)

계락(2수)

우락(7수)

언락(3수)

편락(2수)

편삭대엽(7수)

언편(6수)

편시조(2수)

가집의 곡조는 19세기 이후 정착된 현행 남창 가곡의 순서와 대체로 일치하고 있으나, 마지막에 현행 가곡의 '태평가(太平歌)' 대신 '편시조(編時調)'가 등장한다는 점이 특징이라고 할 수 있다. 가집의 수록 작품들은 우조(羽調)로 시작되어 반우반계(半羽半界)의 곡조인 회계삭대엽을 거쳐 계면조(界面調)로 바뀌고, 농·락·편 등의 변주곡조로 이어지고 있음을 확인할 수 있다. 이러한 체제를 통해서 이 가집에 수록된 작품들은 철저하게 연창(演唱)을 목적으로 했음을 알 수 있다. 이 가집에 수록된 순서로 한 작품씩 연이어 가창한다면, 그것이 바로 가곡의

'우·계면 한바탕' 형식으로 완성될 수 있는 것이다.

《금옥총부》는 안민영의 작품만으로 이뤄진 가곡창 가집이며, 작품들은 편찬 당시 불리던 가곡의 곡조에 맞추어 수록되어 있다. 각 곡조의 앞부분에는 대체로 당시 임금인 고종을 비롯한 왕실 인물들을 축하하는 내용의 '하축시(賀祝詩)', 그리고 고종의 친부인 흥선대원군 이하응과 그의 아들 이재면과의 특별한 관계를 드러내는 작품들이 수록되어 있다. 작품에 첨부된 발문(跋文)을 통해서 흥선대원군과의 인연을 강조하고 있는 것으로 보아, 안민영은 이들의 후원 아래 당대 문화의 중심에서 활동했음을 알 수 있다. 이와 함께 진연(進宴) 등 궁중의 행사에 참여하기 위해 지방에서 올라온 기녀들과의 인연을 강조하는 내용들도 적지 않으며, 서울과 지방의 예술인들과의 교유 관계를 드러내는 작품들도 적지 않다. 이러한 기록들을 통해서, 19세기 중·후반 안민영과 흥선대원군을 중심으로 펼쳐졌던 문화계의 활동 양상의 면모를 확인할 수 있을 것이다.

4음보격 3행시라는 형태적 특성을 지닌 시조는, 가곡창으로 연창될 때에는 그 형식이 5장으로 구분된다. 가곡창 가집인《금옥총부》에 수록된 작품들이 이에 따라 장을 구분하고 있어, 원문과 현대역 모두 5장으로 행 구분을 하여 수록했음을 밝혀 둔다. 통상적으로 시조는 우리말을 사용하고 있기에, 독자들에게 쉽게 읽히는 갈래라고 할 수 있다. 하지만 작품에 사용된 표현들이 지금은 사용되지 않는 용어들이 적지 않으며, 또한 한시를 인용하거나 전고(典故)를 포함하는 경우 그 유래와 배경 등을 알지 못한다면 작품의 내용을 이해하기 쉽지 않다. 《금옥총부》에 수록된 작품들에도 그러한 사례들이 적지 않게 나타나고 있기에, 이 경우 현대어로 번역을 잘한다고 해도 그 내용을 풀어서 제시하는 것만으로는 독자들이 그 내용을 제대로 파악하기가 쉽지 않다. 조선 시대 지식인들은 사서(四書)를 비롯한 유가(儒家)의 경전을 익히는 것이 기본이었고, 한문으로 기록된 문헌과 중국의 역사적 사실 등에 대해 일찍부터 공부해야만 했다. 그렇기에 시조에 한자와 다양한 전고를 사용하였고, 또 그런 작품들을 읽고 이해하기가 그리 어렵지 않았다. 하지만 조선 시대 지식인들에게 상식화된 표현들일지라도 현대 독자들에게는 생소하고 어렵게 다가올 수밖에 없다. 아울러 작품에 사용된 전고조차도 현대의 독자들은 전문적인 내용으로 받아들이게 되는 것이다.

그렇다면 현대의 독자들이 조선 시대에 창작되고 즐겼던 시조 작품을 제대로 이해하기 위해서는, 단순히 현대어로 번역하는 것에 그치지 않고 각각의 작품에 걸맞은 친절한 설명이 뒤따라야만 한다고 하겠다. 또한 율격이 중요한 시조 갈래의 특징을 고려하여, 현대역에서도 가급적 원문과 글자 수를 비슷하게 유지하려고 노력했다. 다만 어려운 한자와 전고 등에 대해서는 각주를 통해 상세하고 친절한 해석을 덧붙여 두었다. 각주는 일차적으로 작품에 포함된 용어를 풀이하는 주석의 역할을 우선으로 하되, 작품 이해에 도움이 되는 다양한 내용을 덧붙였다. 용어에 대한 주석은 여러 작품에 등장하는 표현이라도 개별 작품마다 붙이는 것을 원칙으로 했으며, 현대 독자들이 쉽게 이해할 수 있도록 상세하게 서술했다. 이 책을 읽는 독자들이 안민영의 시조를 이해하는 데 현대어 번역과 각주의 설명이 도움이 될 수 있기를 기대한다.

지은이에 대해

　안민영(安玟英, 1816~1885?)은 그의 스승인 박효관(朴孝寬, 1800~1880?)과 더불어 《가곡원류(歌曲源流)》를 편찬한 가집 편찬자이자 가창자(歌唱者)로 활동했던 인물이다. 그들이 편찬한 《가곡원류》는 조선 시대 시조사를 논함에 있어 핵심적인 자료이기에, 그동안의 연구에서 비중 있게 다뤄져 왔음은 주지의 사실이다. 특히 안민영은 당시 문화계의 흐름을 주도하는 역할을 했기에, 19세기 시조문학사를 서술하는 데 있어 가장 중요한 인물 가운데 하나로 꼽히고 있다. 그러나 당시 문화계를 주도하는 등 활발한 활동을 했음에도, 정작 안민영의 생애를 확인할 수 있는 자료는 그리 많지 않다. 그에 관한 자료가 가장 풍부하게 남아 있는 기록은 자신의 작품으로만 엮은 가집 《금옥총부》다.

　안민영은 주옹(周翁)과 구포동인(口圃東人)이라는 호를 사용했으며, 자(字)는 '성무(聖武)'와 '형보(荊寶)'다. 특히 '구포동인'이라는 호는 흥선대원군 이하응이 내려 준 것으로, 북악산 기슭의 삼계동에 있는 그의 집 후원에 '구(口)'자 모양의 채마밭이 있어 붙여졌다고 밝히고 있다.

《금옥총부》의 기록을 통해서 안민영의 출생 연도가 1816년이라는 것을 알 수 있지만, 언제 죽었는지는 확인되지 않는다. 그러나 그가 70세 되던 해인 1885년에 안경지라는 인물의 죽음을 애도하는 내용의 작품(금옥 *120)이 있어, 적어도 그때까지는 생존했었음을 확인할 수 있을 따름이다. 또한 1880년(경진)에 세상을 떠난 부인의 죽음을 애도하는 작품(금옥 *105)의 발문(跋文)에 아내와 '함께 따른 지 40년으로 금슬처럼 벗하였다(相隨四十年, 琴瑟友之)'라는 기록으로 보아, 대략 25세(1840) 무렵에 부인과 결혼했다는 것을 알 수 있다.

《금옥총부》의 기록을 통해서, 안민영은 젊어서부터 여러 지방을 여행하면서 다양한 사람들과 만나 교류했음을 확인할 수 있다. 안민영이 66세가 되던 해에 자신의 삶을 회고하면서 지은 작품(금옥 *166)의 발문에, '내가 젊어서부터 성격이 호탕하고 편안하게 지내며 즐기고 좋아하는 일은 풍류(風流)였으며, 배운 바는 모두 음악이고 가는 곳은 모두 번화한 곳이요 시간이 있으면 또한 세상을 벗어날 생각도 있었다(余自靑春, 豪放自逸, 嗜好風流, 所學皆詞曲, 所處皆繁華, 所交皆富貴, 而有時亦有物外之想)'라고 토로하였다. 이러한 그의 행적은 가집의 수록 작품과 발문을 통해서 구체적으로 확인할 수 있을 것이다. 아마도 이러한 활동이 가능했던 것은 당대의 최고 권력자였던 홍선대원군과의 인연이 밑바탕에 있었기 때문으로 이해된다. 흥선대원군과 그의 아들인 이재면의 후원으로 비교적 여유로운 조건에서 예술가로 살아갈 수 있었으며, 음악을 바탕으로 하여 낭만과 풍류를 즐기는 생활이 가능했을 것으로 파악된다.

흥선대원군과의 만남은 안민영의 삶에서 매우 중요한 의미를 지니고 있다고 할 것인데, 1867년(정묘)부터 '오랫동안 모셨다(長侍)'라는 기록(금옥 *168)을 남기고 있다. 흥선대원군의 심복 가운데 하나로 알려진 하정일과의 인연을 강조한 작품(금옥 *34)이 있는 것으로 보아, 아마도 그와의 인연을 바탕으로 흥선대원군과 연결되었을 것이라 짐작된다. 안민영은 당대 최고 권력자의 후원 아래 문화의 중심에서 활동할 수 있었고, 자연스럽게 왕실 인물들과도 인연을 맺어 그들의 생일을 축하하는 작품을 짓기도 했을 것으로 파악된다. 특히 흥선대원군의 저택인 운현궁과 별장들을 출입하면서 더욱 돈독한 관계를 맺을 수 있었고, 이들의 후원에 대해《금옥총부》의 작품들과 발문에 상세히 기록을 남긴 것으로 이해된다.

확인 가능한 안민영의 행적으로 27살(1842)에 호남을 방문하여 남원 인근의 운봉에 살고 있던 판소리 명창 송흥록 등과 어울려 놀았던 기록을 작품(금옥 *141) 발문에 남기고 있다. 또한 37살(1852)에는 영남을 방문하였다가,

돌아오는 중에 새재(鳥嶺)에 들러 교구정(交龜亭)과 용추(龍湫)에 들렀던 기록(금옥 *16)을 남기고 있다. 그로부터 10년 뒤인 1862년에는 홍천의 임경칠이란 인물과 금강산을 유람했다는 기록(금옥 *85)도 전하고 있다. 정확한 연대가 기록되지 않은 경우가 적지 않지만, 안민영은 영남과 호남은 물론 금강산과 평양이나 해주 등지를 여행하면서 지은 작품들과 발문을 남기고 있다. 창작 연대가 확인되는 안민영의 마지막 작품은 1885년(금옥 *120)에 지은 것인데, 이후 창작된 작품의 연대는 더 이상 확인되지 않는다. 1880년에 서문을 쓰고도 새롭게 창작한 작품들까지 가집에 추가하여 보완했던 편찬 태도로 보아, 그 이후 어느 시점에 죽음을 맞이한 것으로 짐작된다.

옮긴이에 대해

김용찬(金塘鑽)은 전라북도 군산 출생으로, 고려대학교 국어국문학과를 졸업했다. 같은 대학의 대학원에서 석사 학위와 박사 학위를 받았으며, 박사 학위 논문의 제목은 〈18세기 가집 편찬과 시조 문학의 전개 양상〉이다. 한중대학교 국문과 교수를 거쳐, 2008년부터 순천대학교 사범대학 국어교육과 교수로 재직하고 있다. 2011년 여름부터 1년간 캐나다의 브리티시컬럼비아대학(UBC) 아시아학과의 방문학자로 활동했으며, 한국시가문화학회의 회장을 역임했다. 주로 고전 시가에 관한 논문과 저서들을 쓰고 있지만, 고전 문학과 현대 문학을 포함한 한국 문학 전반에 관심을 가지고 연구와 교육에 종사하고 있다. 최근에는 고전 문학 작품을 일반 독자들에게 쉽게 풀어서 전달할 수 있는 책을 만들려고 노력하고 있다. 이밖에도 영화와 책에 관한 리뷰(review)들을 다양한 지면에 소개하고 있다.

그동안 출간했던 저서로는 《18세기의 시조 문학과 예술사적 위상》(월인, 1999), 《교주 병와가곡집》(월인, 2001), 《조선 후기 시가 문학의 지형도》(보고사, 2002),

《시로 읽는 세상》(이슈투데이, 2002: 개정판, 휴머니스트, 2021), 《교주 고장시조 선주》(보고사, 2005), 《조선 후기 시조 문학의 지평》(월인, 2007), 《조선의 영혼을 훔친 노래들》(인물과사상, 2008: 개정판, 한티재, 2019), 《옛 노래의 숲을 거닐다》(리더스가이드, 2013), 《조선 후기 시조사의 지형과 탐색》(태학사, 2016), 《윤선도 시조집》(지만지, 2016), 《가사, 조선의 마음을 담은 노래》(휴머니스트, 2020), 《고정옥과 우리어문학회》(보고사, 2022), 《100인의 책마을》(공저, 리더스가이드, 2010), 《고시조 대전》(공저, 고려대학교 민족문화연구원, 2012), 《고시조 문헌 해제》(공저, 고려대학교 민족문화연구원, 2012) 등이 있다.

금옥총부

지은이 안민영
옮긴이 김용찬
펴낸이 박영률

초판 1쇄 펴낸날 2023년 10월 17일

지만지한국문학
출판등록 제313-2007-000166호(2007년 8월 17일)
02880 서울시 성북구 성북로 5-11
전화 (02) 7474 001, 팩스 (02) 736 5047
commbooks@commbooks.com
www.commbooks.com

ⓒ 김용찬, 2023

지만지한국문학은 커뮤니케이션북스(주)의
한국 문학 출판 브랜드입니다.
이 책은 저작권자와 계약하여 발행했으므로, 본사의 서면 허락 없이는
어떠한 형태나 수단으로도 이 책의 내용을 이용할 수 없습니다.

ISBN 979-11-288-3793-7 03810

책값은 뒤표지에 있습니다.